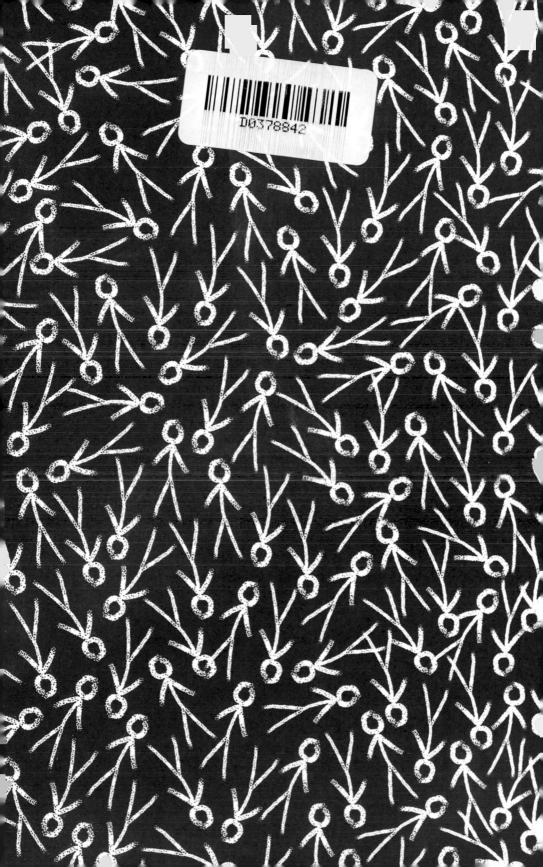

EL HOMBRE DE TIZA

C. J. TUDOR

EL HOMBRE DE TIZA

WITHDRAWN

Traducción de
Carlos Abreu

PLAZA JANÉS

Papel certificado por el Forest Stewardship Council®

Título original: *The Chalk Man*
Primera edición: mayo de 2018

© 2018, C. J. Tudor
© 2018, Penguin Random House Grupo Editorial, S. A. U.
Travessera de Gràcia, 47-49. 08021 Barcelona
© 2018, Carlos Abreu, por la traducción

Printed in Spain – Impreso en España

ISBN: 978-84-01-01981-4
Depósito legal: B-5627-2018

Compuesto en Comptex&Ass., S. L.

Impreso en Liberdúplex
Sant Llorenç d'Hortons (Barcelona)

L019814

Penguin
Random House
Grupo Editorial

Para Betty. Las dos

Prólogo

La cabeza de la chica descansaba sobre un montón de hojas de color naranja y marrón.

Sus ojos almendrados contemplaban con fijeza las copas de los sicomoros, hayas y robles, pero no veían los vacilantes rayos del sol que se colaban entre las ramas y salpicaban de oro el suelo del bosque. No parpadeaban cuando los brillantes escarabajos negros correteaban sobre sus pupilas. Ya nunca verían nada, salvo la oscuridad.

A poca distancia, una mano pálida sobresalía de su propia mortaja de hojas como si pidiera ayuda, o la tranquilizadora confirmación de que no estaba sola. Nadie podía proporcionársela. El resto de su cuerpo, inaccesible, estaba oculto en varios rincones recónditos de la espesura.

Cerca de allí, se oyó el crujido de una ramita, atronador como un petardo en medio de aquella quietud, y una bandada de pájaros se elevó de la maleza con un aleteo estrepitoso. Alguien se aproximaba.

Ese alguien se arrodilló junto a la chica de ojos ciegos. Unos dedos trémulos de emoción le acariciaron con delicadeza el cabello y la fría mejilla. Le levantaron la cabeza, le desprendieron unas hojas que se le habían adherido al borde irregular del cuello y la depositaron con cuidado en una bolsa, donde quedó asentada entre trozos de tizas rotas.

Tras reflexionar por unos instantes, acercó la mano para bajarle los párpados. Acto seguido, cerró la bolsa, se enderezó y se la llevó de allí.

Unas horas después, aparecieron los agentes de policía y el equipo forense. Numeraron, fotografiaron y examinaron las partes del cuerpo de la joven antes de transportarlo al depósito de cadáveres, donde permaneció durante varias semanas, como aguardando el momento en que lo completaran.

Ese momento jamás llegó. Hubo búsquedas exhaustivas, interrogatorios y peticiones de colaboración ciudadana, pero, a pesar de los diligentes esfuerzos de todos los agentes de policía y funcionarios del ayuntamiento, nunca encontraron la cabeza, por lo que fue imposible recomponer el cuerpo de la chica del bosque.

2016

Empecemos por el principio.

El problema es que nunca nos hemos puesto de acuerdo respecto a cuál fue exactamente el principio. ¿Cuando Gav recibió un cubo de tizas por su cumpleaños? ¿Cuando nos dio por dibujar las figuras con tiza o cuando empezaron a aparecer por sí solas? ¿Fue el terrible accidente? ¿O el día en que encontraron el primer cadáver?

Existen unos cuantos principios. Cualquiera de ellos podría considerarse el inicio de la historia, supongo. Pero, en realidad, creo que todo empezó el día de la feria. Es el día que recuerdo con más claridad. Por la Chica de la Ola, claro, pero también porque fue el día en que todo dejó de ser normal.

Si nuestro mundo fuera una bola de cristal con nieve, habría sido el día en que un dios distraído pasó por allí, la agitó con fuerza y la dejó donde estaba. Incluso después de que la espuma y los copos se depositaran en el fondo, las cosas no volvieron a ser como antes. No del todo. Aunque, a través del cristal, nada parecía haber cambiado, en el interior todo era distinto.

Fue también el día en que conocí al señor Halloran, por lo que supongo que se trata de un principio tan bueno como cualquier otro.

1986

—Hoy habrá tormenta, Eddie.

Mi padre era aficionado a emitir pronósticos meteoro-lógicos con voz profunda y categórica, como los hombres del tiempo de la tele. Sus afirmaciones siempre destilaban una certeza absoluta a pesar de que se equivocaba a menudo.

Dirigí la mirada a la ventana y vi un cielo de un azul impecable, tan resplandeciente, que tuve que entornar un poco los ojos para mirarlo.

—No tiene pinta de que vaya a caer una tormenta, papá —dije mientras masticaba un bocado de sándwich de queso.

—Eso es porque no va a caer —dijo mamá, que había entrado en la cocina de pronto y sin hacer ruido, como una especie de guerrero ninja—. En la BBC anuncian un fin de semana caluroso y soleado... Y no hables con la boca llena, Eddie —añadió.

—Hummm —dijo papá, como siempre que no estaba de acuerdo con mi madre pero le faltaban arrestos para plantarle cara.

Nadie se atrevía a contradecir a mamá. Daba —y sigue dando, de hecho— un poco de miedo. Era alta, tenía el pelo negro corto y unos ojos castaños capaces de titilar cuando estaba de buen humor o de ennegrecerse y relampaguear cuando se enfadaba (y, un poco como con el increíble Hulk, todos procurábamos no hacerla enfadar).

Mi madre era médico, pero no de esos médicos normales que cosen las piernas a la gente o ponen inyecciones. Papá me dijo una vez que ella «ayudaba a mujeres que se habían metido en un lío». No me aclaró a qué clase de lío se refería, pero supuse que debía de ser bastante gordo para que necesitaran un médico.

Mi padre también trabajaba, pero en casa. Escribía para revistas y periódicos, aunque no siempre. A veces se quejaba de que nadie le daba trabajo o comentaba con una carcajada amarga: «Supongo que no he encontrado mi público este mes, Eddie».

De pequeño, yo tenía la sensación de que no había conseguido un «empleo decente». Un empleo propio de un padre. Los papás debían llevar traje y corbata, salir a trabajar por la mañana y regresar a casa por la tarde, a la hora de la cena. Mi padre se iba a trabajar a la habitación libre que teníamos y se sentaba frente a un ordenador, vestido con pantalón de pijama y camiseta, y en ocasiones sin haberse peinado siquiera.

Su aspecto tampoco era como el de la mayoría de los padres. Lucía una barba crecida, frondosa, y una cabellera larga recogida en una cola de caballo. Llevaba vaqueros recortados y llenos de rotos, incluso en invierno, y camisetas desteñidas con nombres de grupos prehistóricos como Led Zeppelin y The Who. A veces iba en sandalias.

Gav el Gordo dijo que mi padre era un «puñetero jipi». Seguramente tenía razón. Pero en aquel momento me lo tomé como un insulto, le propiné un empujón, él me levantó y me tiró al suelo como en un combate de lucha libre, y yo me marché dando tumbos, con algunos moretones y sangrando por la nariz.

Más tarde hicimos las paces, claro. Gav el Gordo podía portarse como un auténtico capullo —era uno de esos chicos rellenitos que siempre tienen que ser los más ruidosos y desagradables para que los abusones de verdad los dejen en paz—, pero también era uno de mis mejores amigos, además de la persona más leal y generosa que conocía.

—Cuida bien de tus amigos, Eddie Munster —me aconsejó un día con toda solemnidad—. Los amigos son lo más importante.

«Eddie Munster» era mi apodo. Me lo habían puesto porque mi apellido es Adams, casi igual que el de *La familia Addams*. Cierto, el crío de *La familia Addams* se llamaba Pugsley, y Eddie Munster era un personaje de *La familia Monster*, pero en aquel entonces parecía tener sentido, de modo que, como suele ocurrir, se me quedó el apodo.

Eddie Munster, Gav el Gordo, Metal Mickey (a quien llamábamos así por los enormes correctores que llevaba en los dientes), Hoppo (David Hopkins) y Nicky: esos éramos los miembros de la panda. Nicky no tenía apodo porque era una chica, aunque hacía todo lo posible por fingir que no lo era. Soltaba tacos como un chico, trepaba a los árboles como un chico y peleaba casi tan bien como la mayoría de los chicos. Pero seguía pareciendo una chica. Una chica muy bonita, de largo pelo rojo y tez pálida, salpicada de diminutas pecas marrones. Aunque no es que me fijara mucho en ella, ni nada.

Habíamos quedado en vernos todos ese sábado. Nos juntábamos casi todos los sábados para ir a casa de uno u otro, a la zona de juegos o, a veces, al bosque. Sin embargo, ese sábado era especial, debido a la feria. Llegaba a nuestra localidad todos los años y se instalaba en el parque, cerca del río. Sería el primer año en que nos dejarían ir por nuestra cuenta, sin un adulto que nos supervisara.

Esperábamos ansiosos ese día desde que, semanas atrás, habían aparecido los carteles por toda la ciudad. Habría coches de choque, una Centrífuga, un Barco Pirata y un Pulpo. Seguro que sería la repera.

Your receipt
Brentwood Library

Contra Costa County Library

104 Oak Street

Brentwood, CA. 94513

(925) 516-5290

Customer ID: ***************

Items that you checked out

Title: El hombre de tiza /
ID: 31901063556700
Due: Saturday, May 18, 2019
Messages:
Item checked out.

Total items: 1
Account balance: $0.00
4/27/2019 3:07 PM
Ready for pickup: 0

_____

Items may be renewed online at ccclib.org

or by calling 1-800-984-4636, menu option 1.

Have a nice day!

—Bueno —dije, despachando el sándwich de queso lo más deprisa posible—. He quedado con los demás fuera del parque, a las dos.

—Pues no te desvíes de las calles principales —me aleccionó mi madre—. No tomes atajos ni hables con desconocidos.

—No lo haré.

Me deslicé de la silla y me encaminé hacia la puerta.

—Y llévate la riñonera.

—¡Pero mamá...!

—Si montas en las atracciones, se te puede caer la cartera del bolsillo. La riñonera. Y no me discutas.

Abrí la boca, pero la cerré enseguida. Me ardían las mejillas. Detestaba la riñonera de las narices. Los turistas gordos llevaban riñonera. Me haría quedar en ridículo delante de todos, sobre todo de Nicky. Pero cuando mamá se ponía así, discutir no servía de nada.

—Está bien.

En realidad no me parecía bien, pero veía que el reloj de la cocina estaba a punto de dar las dos y tenía que marcharme cuanto antes. Subí corriendo las escaleras, cogí la riñonera de las narices y guardé mi dinero dentro. Nada menos que cinco libras. Una fortuna. Acto seguido, bajé a toda velocidad.

—Nos vemos luego.

—Pásalo bien.

No me cabía la menor duda de que así sería. Brillaba el sol. Llevaba puestas mi camiseta preferida y mis Converse. Ya alcanzaba a oír el débil «chunda, chunda» de la música de feria, y a oler las hamburguesas y el algodón de azúcar. Sería una tarde perfecta.

Gav el Gordo, Hoppo y Metal Mickey ya estaban esperando frente a la entrada cuando llegué.

—¿Qué hay, Eddie Munster? ¡Bonita mariconera! —exclamó Gav el Gordo.

Colorado como un tomate, le mostré el dedo medio. Hoppo y Metal Mickey se rieron de la pulla de Gav.

—Más mariconada es el pantalón corto que llevas tú, cabeza de polla —dijo Hoppo, que siempre era el más amable y conciliador.

Gav el Gordo desplegó una gran sonrisa, se agarró el dobladillo del pantalón y se marcó un bailecillo, alzando mucho las rollizas piernas, como una bailarina de ballet. Así era Gav el Gordo: resultaba imposible insultarlo de verdad porque todo le resbalaba. O al menos eso hacía creer a todo el mundo.

—Da igual —dije, porque, a pesar del cable que me había echado Hoppo, me parecía que la riñonera me quedaba fatal—. No pienso llevarla puesta.

Desabroché el cinturón, me guardé la cartera en el bolsillo del pantalón y paseé la mirada alrededor. Un espeso seto cercaba el parque. Escondí la riñonera entre las hojas, de manera que la gente no la viera al pasar, pero no tan adentro como para no poder recuperarla más tarde.

—¿Seguro que quieres dejarla allí? —preguntó Hoppo.

—Eso, ¿y si se entera tu mami? —dijo Metal Mickey con su sonsonete burlón de siempre.

Aunque Mickey formaba parte de nuestra panda y era el mejor amigo de Gav el Gordo, nunca me cayó muy bien. Había algo en su carácter tan frío y desagradable como los aparatos que tenía por toda la boca. Por otro lado, considerando el hermano que le había tocado en suerte, quizá no era de extrañar.

—No me importa —mentí, encogiéndome de hombros.

—A nadie le importa —dijo Gav el Gordo con impaciencia—. ¿Podemos olvidarnos de la dichosa riñonera y entrar de una vez? Quiero montar primero en el Pulpo.

Metal Mickey y Hoppo echaron a andar; casi siempre

acabábamos haciendo lo que Gav quería. Seguramente porque era el más corpulento y el que más gritaba.

—Pero aún no ha llegado Nicky —observé.

—¿Y qué? —dijo Metal Mickey—. Siempre llega tarde. Vamos, ya nos encontrará.

Mickey tenía razón. Nicky siempre llegaba tarde. Por otra parte, no era eso lo que habíamos convenido. Se suponía que iríamos todos en grupo. Andar cada uno por separado en la feria podía ser peligroso. Sobre todo para una chica.

—Démosle cinco minutos más —propuse.

—¡Estás de guasa! —exclamó Gav el Gordo, ofreciéndonos su mejor imitación (bastante mala, por cierto) de John McEnroe.

Gav el Gordo hacía imitaciones a todas horas. Por lo general de americanos. Eran tan lamentables que nos desternillábamos.

Metal Mickey no se rio con tantas ganas como Hoppo y yo. No le gustaba la sensación de que la panda se había vuelto en contra de él. De todos modos, daba igual porque cuando se nos empezaba a pasar la risa, oímos una voz conocida.

—¿Qué os hace tanta gracia?

Nos dimos la vuelta. Nicky subía por la pendiente hacia nosotros. Como de costumbre, sentí un extraño cosquilleo en el estómago al verla. Como si de pronto me hubieran entrado un hambre voraz y unas ligeras náuseas.

Ese día llevaba suelto el cabello rojizo, que le caía en una mata enmarañada por la espalda casi hasta rozarle la cintura de los vaqueros cortos deshilachados. Se había puesto además una blusa amarilla sin mangas, con florecitas azules en torno al cuello. Capté un destello plateado en su garganta: una pequeña cruz colgada de una cadenilla. Llevaba en bandolera una bolsa de arpillera grande y de aspecto pesado.

—Llegas tarde —señaló Metal Mickey—. Te estábamos esperando.

Como si él lo hubiera decidido.

—¿Qué llevas en la bolsa? —preguntó Hoppo.

—Mi padre quiere que reparta esta mierda por la feria. —Sacó un panfleto de la bolsa y nos lo mostró.

«Venid a la iglesia de Saint Thomas para alabar al Señor. ¡La atracción más emocionante que existe!»

El padre de Nicky era el párroco local. Yo nunca había ido a la iglesia —a mis padres no les iban esas cosas—, pero lo había visto por el pueblo. Llevaba unas gafitas redondas y tenía la calva cubierta de pecas, como la nariz de Nicky. Aunque siempre saludaba con una sonrisa, me daba un poco de miedo.

—Eso es un zurullo como el estado de Texas, muchacho —dijo Gav el Gordo.

«Un zurullo como el estado de Texas» o «un gran zurullo» figuraban entre las expresiones favoritas de Gav el Gordo, que solía rematarlas con un «muchacho», pronunciado con acento pijo por alguna razón.

—No pensarás hacerlo, ¿verdad? —pregunté, imaginando de pronto cómo sería desperdiciar el día entero pateándonos la feria con Nicky mientras repartía los folletos.

Ella me miró con una cara que me recordó un poco a mi madre.

—Claro que no, so memo —contestó—. Solo llevaremos unos cuantos, los esparciremos por ahí, como si la gente los hubiera tirado al suelo, y echaremos el resto a una papelera.

Sonreímos de oreja a oreja. No había nada mejor que cometer alguna trastada y de paso tomarle el pelo a un adulto.

Una vez que dispersamos los folletos y tiramos la bolsa a la basura, pudimos centrarnos en lo importante. Subimos al Pulpo (que, en efecto, resultó ser la repera), a los coches de choque (donde Gav me embistió con tal fuerza que creí que me había partido el espinazo), a los Cohetes Espaciales (un poco aburridos, aunque el año anterior me habían divertido bastante), al tobogán en espiral, la Centrífuga y el Barco Pirata.

Comimos perritos calientes, Gav y Nicky intentaron pescar patitos, aprendieron la dura lección de que conseguir siempre un premio no es lo mismo que conseguir el premio que quieres, y se marcharon de la caseta carcajeándose y tirándose uno a otro los peluches pequeños y cutres que habían ganado.

La tarde se nos escurría entre los dedos. Se me empezaban a pasar los efectos de la emoción y la adrenalina, a lo que se sumó el descubrimiento de que seguramente solo me quedaba dinero suficiente para montar en dos o quizá tres atracciones más. Me llevé la mano al bolsillo para sacar la cartera. Por poco se me salió el corazón por la boca. No estaba allí.

—¡Me cago en todo!

—¿Qué pasa? —preguntó Hoppo.

—La cartera. La he perdido.

—¿Estás seguro?

—Claro que estoy seguro, joder.

De todos modos, palpé el otro bolsillo, por si acaso. Los dos estaban vacíos. Mierda.

—Bueno, ¿dónde la has sacado por última vez? —preguntó Nicky.

Intenté hacer memoria. Sabía que aún la tenía tras bajar de la última atracción, porque lo había comprobado. Además, habíamos comprado perritos calientes después. No había probado suerte con los patitos, así que...

—El puesto de perritos.

El puesto de perritos estaba en el otro extremo de la feria, en dirección contraria al Pulpo y la Centrífuga.

—Mierda —mascullé de nuevo.

—Venga —dijo Hoppo—. Vayamos a echar un vistazo.

—¿De qué serviría? —protestó Mickey—. Ya la habrá cogido alguien.

—Te dejaría algo de pasta —dijo Gav—, pero no me queda mucha.

Yo estaba casi seguro de que mentía. Gav el Gordo siempre tenía más dinero que los demás, además de los mejores juguetes y la bici más nueva y reluciente. Su padre era el dueño del Bull, un pub local, y su madre trabajaba como vendedora de Avon. Gav el Gordo era generoso, pero yo sabía que se moría de ganas de montar en más atracciones.

Sacudí la cabeza de todos modos.

—No pasa nada, gracias.

Sí que pasaba. Me ardían los ojos de contener las lágrimas. No era solo por haber perdido dinero, sino por lo estúpido que me sentía por haber fastidiado el día. Por saber que mi madre se mosquearía y me diría «te lo advertí».

—Vosotros seguid —dije—. Yo volveré atrás para echar una ojeada. No tiene sentido que perdamos todos el tiempo con esto.

—Genial —comentó Metal Mickey—. Venga, vámonos.

Dicho esto, reanudaron la marcha. Saltaba a la vista que se sentían aliviados. No era su dinero el que se había perdido, ni su día el que se había ido al garete. Yo eché a andar arrastrando los pies para cruzar el parque en dirección al puesto de perritos. Estaba justo al otro lado de la Ola, así que utilicé esta vieja atracción como punto de referencia. No tenía pérdida; estaba justo en el centro de la feria.

Sonaba una música atronadora, distorsionada por los altavoces antediluvianos. Las luces multicolores relumbraban, y los ocupantes de los coches de madera soltaban chillidos mientras daban vueltas y vueltas cada vez más deprisa sobre la plataforma giratoria, también de madera.

Cuando ya estaba cerca, empecé a mirar hacia abajo, caminando a paso más lento y con más cuidado, escudriñando el suelo. Basura, envoltorios de perritos, pero ni rastro de mi cartera. Era de esperar. Metal Mickey tenía razón: seguro que alguien la había recogido y me había birlado el dinero.

Suspirando, alcé los ojos. Lo primero que vi fue al Hombre Pálido. No se llamaba así, claro. Más tarde me enteré de que se apellidaba Halloran y era nuestro nuevo profesor.

Habría sido difícil pasar por alto al Hombre Pálido. Para empezar, era muy alto y delgado. Llevaba unos vaqueros lavados a la piedra, una camisa blanca holgada y un gran sombrero de paja. Se parecía a ese cantante carroza de los setenta que le gustaba a mi madre. David Bowie.

El Hombre Pálido estaba parado cerca del puesto de perritos, bebiéndose un granizado azul y contemplando la Ola. Bueno, al menos, eso me pareció.

Seguí la dirección de su mirada casi sin querer y fue entonces cuando avisté a la chica. Aunque todavía estaba cabreado por haber perdido la cartera, yo era un muchacho de doce años con unas hormonas que empezaban a entrar en efervescencia. Por las noches, en mi habitación, no me dedicaba solo a leer cómics a la luz de la linterna bajo las sábanas.

La chica estaba con una amiga rubia cuya cara me sonaba del pueblo (su padre era policía o algo así), pero mi mente se desentendió de ella enseguida. Es una triste realidad de la vida que la belleza, la auténtica belleza, eclipsa todas las cosas y personas que la rodean. La amiga rubia era mona, pero la Chica de la Ola —que es como la llamaría para mis adentros, incluso después de saber su nombre— era realmente hermosa. Alta y esbelta, con una larga cabellera negra y piernas aún más largas, tan tersas y morenas que relucían al sol. Llevaba una falda corta con volantes, una camiseta ancha con la palabra «Relax» garabateada y un sujetador-top verde fosforito. Cuando se colocó el pelo detrás de la oreja, vislumbré el brillo de un aro dorado.

Me avergüenza reconocer que al principio apenas me fijé en su cara, pero cuando se volvió para hablar con su amiga rubia, no me decepcionó. Era tan bonita que dolía el corazón solo de verla, con unos labios carnosos y los ojos almendrados y sesgados.

Y de pronto desapareció.

Un momento antes, ella estaba allí, su cara estaba allí, y al momento siguiente un ruido sobrecogedor me taladró los tímpanos, como si una bestia gigantesca hubiera proferido un rugido desde las entrañas de la tierra. Más tarde me enteré de que había sido el sonido del rodamiento del eje de la antigua atracción al partirse por exceso de uso y falta de mantenimiento. Vi un destello plateado, y la cara de la chica, o más bien la mitad, se desgarró, dejando tras sí una gran masa de cartílago, hueso y sangre. Mucha sangre.

Unas fracciones de segundo después, sin darme tiempo a abrir la boca para gritar, un objeto enorme, morado y negro, pasó como un bólido junto a mí. Sonó un estrépito ensordecedor —el coche suelto de la Ola se había estrellado contra el puesto de perritos entre una lluvia de trozos de metal y astillas de madera—, seguido de más alaridos y gritos de la gente que se apartaba tirándose al suelo. Algo chocó contra mí y me derribó.

Varias personas me cayeron encima. Alguien me pisó la muñeca con fuerza. Una rodilla me golpeó la cabeza. Una bota me asestó una patada en las costillas. Se me escapó un chillido, pero de alguna manera conseguí hacerme un ovillo y rodar hacia un lado. Entonces chillé de nuevo. La Chica de la Ola yacía junto a mí. Por fortuna, el cabello le tapaba el rostro, pero reconocí la camiseta y el top fosforescente, pese a que ambos estaban empapados en sangre. La pierna también le sangraba a mares. Una segunda pieza afilada de metal le había hendido el hueso, justo por debajo de la rodilla. La parte inferior de la pierna, que se le había desprendido casi por completo, le colgaba solo de unos tendones correosos.

Empecé a alejarme con dificultad; era evidente que estaba muerta. No podía hacer nada por ella... De repente, extendió la mano y me agarró del brazo.

Volvió hacia mí la cara sanguinolenta y destrozada. En

medio de todo aquel amasijo rojo, un solitario ojo castaño me miraba. El otro pendía laxo sobre su destrozada mejilla.

—Ayúdame —imploró con voz ronca—. Ayúdame.

Yo solo quería huir. Quería desgañitarme, llorar y vomitar, todo a la vez. Quizá habría hecho las tres cosas si una mano grande y firme no me hubiera sujetado el hombro con fuerza y una voz suave no me hubiera dicho:

—Tranquilo. Sé que estás asustado, pero necesito que me escuches con mucha atención y sigas mis instrucciones al pie de la letra.

Me di la vuelta. El Hombre Pálido me contemplaba desde arriba. Solo entonces me percaté de que, bajo el sombrero de ala ancha, tenía la tez casi tan blanca como la camisa. Incluso sus ojos eran de un gris nebuloso y traslúcido. Parecía un fantasma o un vampiro, y en cualquier otra circunstancia seguramente me habría atemorizado. Pero en ese momento no era para mí más que un adulto, y yo necesitaba que un adulto me indicara lo que tenía que hacer.

—¿Cómo te llamas? —preguntó.

—Ed... Eddie.

—Muy bien. Eddie. ¿Te has hecho daño?

Sacudí la cabeza.

—Me alegro. Pero esta jovencita sí, de modo que debemos ayudarla, ¿de acuerdo?

Asentí.

—Quiero que hagas lo siguiente: agárrale la pierna por aquí y aprieta muy muy fuerte. —Me cogió las manos y las colocó en torno a la pierna de la chica. Noté el tacto cálido y viscoso de la sangre—. ¿La tienes?

Asentí otra vez. Percibía en la lengua el sabor amargo y metálico del miedo. Notaba la sangre que se me escapaba entre los dedos, pese a que estaba apretando mucho, con todas mis fuerzas...

Oía sonidos lejanos, mucho más distantes de lo que estaban en realidad: el ritmo sordo de la música, los gritos de diversión. Los alaridos de la chica habían cesado. Se había quedado inmóvil y en silencio, salvo por el susurro áspero de su respiración, e incluso esto sonaba cada vez más débil.

—Eddie, tienes que concentrarte, ¿vale?

—Vale.

Observé al Hombre Pálido. Se había quitado el cinturón de los vaqueros. Era largo, demasiado para su estrecha cintura, y él le había hecho agujeros adicionales para poder apretárselo.

Resulta curioso, pero en los momentos más jodidos uno se fija en cosas de lo más raras. Por ejemplo, me di cuenta de que a la Chica de la Ola se le había caído un zapato. Un zapato de plástico rosa con purpurina. Y se me ocurrió que probablemente ya no lo necesitaría, ahora que tenía la pierna prácticamente cortada en dos.

—¿Me estás escuchando, Eddie?

—Sí.

—Bien. Casi hemos terminado. Lo estás haciendo muy bien, Eddie.

El Hombre Pálido ciñó con el cinturón la parte de arriba de la pierna de la chica. Tiró con fuerza, con mucha mucha fuerza. Era más vigoroso de lo que parecía. Casi de inmediato, noté que el chorro de sangre disminuía.

El hombre me miró e hizo un gesto afirmativo con la cabeza.

—Ya puedes soltarla. Lo tengo controlado.

Aparté las manos. Como el momento de tensión había pasado, empezó a temblarme el pulso. Me abracé el torso y me sujeté las manos bajo las axilas.

—¿Se pondrá bien?

—No lo sé. Con un poco de suerte, podrán salvarle la pierna.

—¿Y la cara? —musité.

Alzó la vista hacia mí, y algo en aquellos ojos gris pálido me tranquilizó.

—¿Estabas mirándole la cara antes, Eddie?

Abrí la boca, pero no supe qué decir, ni entendía por qué su tono de voz ya no me parecía tan amigable.

—Sobrevivirá —murmuró, apartando la mirada—. Eso es lo que importa.

En ese momento se oyó el estruendo de un trueno en lo alto y empezaron a caer las primeras gotas de lluvia.

Supongo que fue entonces cuando comprendí por primera vez que las cosas pueden cambiar en un instante. Todo aquello que damos por sentado nos puede ser arrebatado sin más. Quizá por eso lo cogí. Para aferrarme a algo. Para guardarlo en un lugar seguro. Por lo menos, eso me dije.

Pero, como tantas cosas que nos decimos, seguramente no era más que un zurullo como el estado de Texas.

El periódico local nos calificó de héroes. Nos convocó al señor Halloran y a mí en el parque para hacernos algunas fotografías.

Aunque parezca mentira, los dos ocupantes del coche de la Ola que salió despedido solo sufrieron fracturas, cortes y moretones. Algunas personas que pasaban por allí acabaron con heridas feas que requerían puntos, y durante la desbandada de quienes intentaban ponerse a salvo se produjeron otras roturas de huesos y fisuras de costillas.

Hasta la Chica de la Ola (que en realidad se llamaba Elisa) sobrevivió. Los médicos consiguieron reimplantarle la pierna y, de algún modo, salvarle el ojo. Según los periódicos, fue un milagro. No opinaron lo mismo respecto al resto de su rostro.

Poco a poco, como suele ocurrir con los dramas y las tragedias, el interés por el suceso empezó a decaer. Gav el Gordo dejó de hacer bromas de mal gusto (especialmente sobre personas sin piernas), e incluso Metal Mickey se cansó de llamarme «Chico Héroe» y de preguntarme dónde me había dejado la capa. Otras noticias y cotilleos lo desplazaron como tema de actualidad. Hubo un accidente de coche en la A36, el primo de un chico del colegio murió, y luego Marie Bishop, que estaba en quinto grado, se quedó embarazada. Así pues, la vida, como era su costumbre, seguía su curso.

Esto no me molestó demasiado. Yo mismo me había hartado un poco de la historia. Por otro lado, tampoco era la clase de chico al que le gusta ser el centro de atención. Además, cuanto menos hablaba de ello, menos me venían a la cabeza imágenes de la cara arrancada de la Chica de la Ola. Poco a poco, dejé de tener pesadillas. Mis escapadas furtivas al cesto de la ropa sucia con sábanas mojadas se volvieron menos frecuentes.

Mi madre me preguntó en un par de ocasiones si me apetecía visitar a la Chica de la Ola en el hospital. Siempre le respondía que no. No quería volver a verla. No quería contemplar su rostro desfigurado. No quería que esos ojos castaños se clavaran en mí con expresión acusadora: «Sé que ibas a huir, Eddie. Si el señor Halloran no llega a frenarte, me habrías dejado morir allí tirada».

Creo que el señor Halloran la visitaba. A menudo. Supongo que tenía tiempo de sobra. No empezaría a dar clase en nuestro colegio hasta septiembre. Por lo visto, había decidido mudarse a una pequeña casa alquilada con unos meses de antelación para aclimatarse al pueblo.

A mi juicio, fue una buena idea: de ese modo les dio a todos la oportunidad de acostumbrarse a verlo por ahí y responder a todas las preguntas de los niños antes de que él pusiera un pie en el aula.

«¿Qué problema tiene en la piel?» Era albino, explicaban los adultos, armados de paciencia. Eso significaba que le faltaba algo llamado «pigmento», que confería a la piel de la mayoría de la gente un tono rosado o marrón. «¿Y a sus ojos?» Lo mismo. Simplemente carecían de pigmento. «¿O sea que no es un bicho raro, un monstruo o un fantasma?» No, solo un hombre normal con un trastorno médico.

Se equivocaban. El señor Halloran era muchas cosas, pero normal desde luego que no.

2016

La carta llega sin ceremonias, fanfarrias o un mal presentimiento siquiera. Cae en el buzón y se cuela entre una solicitud de donación de una asociación benéfica y el folleto de un nuevo local de pizzas para llevar.

En cualquier caso, ¿quién envía cartas en estos tiempos? Incluso mi madre, a sus setenta y ocho años, se ha enganchado al correo electrónico, Twitter y Facebook. De hecho, la tecnología se le da mucho mejor que a mí. Yo soy un poco ludita. Esto constituye una fuente inagotable de diversión para mis alumnos, cuyas conversaciones sobre Snapchat, favoritos, etiquetas e Instagram me suenan a chino. «Yo creía que era profesor de lengua —suelo decirles, avergonzado—. Pero no entiendo nada de lo que decís.»

No reconozco la letra del sobre, pero en estos tiempos de teclados y pantallas táctiles, a duras penas soy capaz de reconocer la mía.

Rasgo el sobre y estudio la carta, sentado a la mesa de la cocina, tomando sorbos de café. En realidad, esto no es del todo cierto. Estoy sentado a la mesa, contemplando la carta mientras una taza de café se enfría junto a mí.

—¿Qué es eso?

Doy un respingo y miro hacia atrás. Chloe entra en la cocina, descalza, cayéndose de sueño y bostezando. Lleva suelto el pelo teñido de negro, y unos mechones tiesos le sobresalen del irregular flequillo. Luce una vieja sudadera de The Cure y restos del maquillaje de anoche.

—Esto —digo, doblándolo con cuidado— es lo que llamamos una carta. La gente las usaba antaño como medio de comunicación.

Fulminándome con la mirada, me muestra el dedo medio.

—Te veo hablar, pero no oigo más que blablablá.

—Ese es el problema que tenéis los jóvenes de hoy en día. No sabéis escuchar.

—Ed, apenas eres lo bastante mayor para ser mi padre. ¿Por qué hablas como si fueras mi abuelo?

No le falta razón. Tengo cuarenta y dos años, y Chloe raya en la treintena (o eso creo; nunca me lo ha dicho y yo soy demasiado caballeroso para preguntárselo). Aunque no nos llevamos muchos años, a menudo me da la impresión de que nos separan décadas.

Chloe es juvenil, moderna y parece una adolescente. Yo, en cambio, podría pasar por jubilado. Calificar mi aspecto de «desmejorado por la ansiedad» sería benévolo. Aunque he descubierto que lo que desmejora no es la ansiedad, sino las preocupaciones y el arrepentimiento.

Pese a que sigo teniendo el pelo abundante y en su mayor parte negro, hace tiempo que mis líneas de expresión perdieron el sentido del humor. Como muchas personas altas, ando encorvado, y Chloe describe la ropa que más me gusta como «chic de tienda solidaria de segunda mano». Trajes, chalecos y zapatos de vestir. Tengo algunos vaqueros, pero no me los pongo para trabajar, que es a lo que dedico buena parte del día —aparte de arrellanarme de vez en cuando en mi estudio—, e incluso imparto tutorías durante las vacaciones.

Podría decir que esto es porque me encanta la docencia, pero a nadie le gusta tanto su trabajo. Lo hago porque necesito el dinero. Y Chloe vive aquí por esa misma razón. Es mi inquilina y me gusta pensar que también es mi amiga.

He de reconocer que formamos una extraña pareja. Chloe no es el tipo de persona a la que normalmente aceptaría como inquilina. Pero ya me habían dado calabazas varios interesados en alquilar la habitación, y la hija de un conocido sabía de «una chica» que necesitaba con urgencia un sitio donde vivir. El arreglo parece funcionar, y el alquiler me viene bien. También la compañía.

Puede parecer extraño que me haga falta un inquilino. Me pagan relativamente bien, vivo en una casa que me regaló mi madre, y seguro que la mayoría de la gente se imagina que esto supone una existencia cómoda y libre de hipotecas.

La triste realidad es que mis padres compraron la casa cuando los tipos de interés superaban el diez por ciento, la rehipotecaron a fin de costear las reformas y luego la rehipotecamos por segunda vez para pagar los cuidados de mi padre cuando ya no podíamos ocuparnos de él.

Mamá y yo vivimos aquí juntos hasta hace cinco años, cuando conoció a Gerry, un jovial exbanquero que decidió mandarlo todo a la porra para llevar una vida autosuficiente en una casa sostenible construida por él mismo en la campiña de Wiltshire.

No tengo nada en contra de Gerry. En realidad, tampoco tengo nada a favor, pero al parecer hace feliz a mamá, y, según la mentira que tanto nos gusta repetir, esto es lo más importante. Supongo que, aunque tengo cuarenta y dos años, una parte de mí no quiere que mamá viva feliz con ningún hombre que no sea mi padre. Es una actitud infantil, inmadura y egoísta. Y a mucha honra.

Por otro lado, a sus setenta y ocho años, para ser sinceros, a mi madre se la suda lo que yo piense. No fue esta la frase textual que empleó para comunicarme que había decidido irse a vivir con Gerry, pero capté el trasfondo de sus palabras:

—Necesito alejarme de este lugar, Ed. Me trae demasiados recuerdos.

—¿Quieres vender la casa?

—No, quiero que te quedes con ella, Ed. Con un poco de cariño, podrías convertirla en un maravilloso hogar familiar.

—Mamá, ni siquiera tengo pareja, mucho menos una familia.

—Nunca es demasiado tarde.

No respondí.

—Si no quieres la casa, véndela y ya está.

—No. Yo solo... Solo quiero que seas feliz.

—Bueno, ¿y quién te ha enviado esa carta? —pregunta Chloe, acercándose a la cafetera para servirse una taza.

Me guardo el sobre en el bolsillo de la bata.

—Nadie importante.

—Oooh, qué misterioso.

—No tanto. Es de... una persona que conozco de hace tiempo.

Ella arquea una ceja.

—¿Otra? Vaya. Salen hasta de debajo de las piedras. No tenía ni idea de que fueras tan popular.

Frunzo el ceño. Entonces me acuerdo de que ya le había comentado que tendría un invitado a cenar esta noche.

—No te hagas la sorprendida.

—Lo estoy. Para ser tan antisocial, me asombra que tengas amigos.

—Tengo amigos aquí, en Anderbury. Y los conoces. Gav y Hoppo.

—Esos no cuentan.

—¿Por qué no?

—Porque no son amigos de verdad. Solo son conocidos tuyos de toda la vida.

—¿No es esa la definición de amigos?

—No, esa es la definición de parroquianos. Tipos a los

que te sientes obligado a frecuentar por costumbre más que por un deseo sincero de estar con ellos.

Tiene razón. En parte.

—En fin —digo para cambiar de tema—. Más vale que vaya a vestirme. Hoy me toca ir al instituto.

—¿No estabas de vacaciones?

—Al contrario de lo que suele creerse, el trabajo de un profesor no termina cuando se interrumpen las clases en verano.

—Eso es de una canción de Alice Cooper. No sabía que fueras fan suyo.

—Me encanta cómo canta esa tía —aseguro con cara de póquer.

Chloe esboza una sonrisa extraña y torcida que convierte su rostro normalito en algo extraordinario. Hay mujeres así: a primera vista presentan un aspecto poco común, incluso raro, pero de pronto una sonrisa o el sutil arqueo de una ceja las transforma.

Supongo que estoy un poco colado por Chloe, aunque jamás lo reconocería en voz alta. Sé que ella me ve más como un pariente protector que como un novio en potencia. Por nada del mundo querría incomodarla dándole a entender que siento por ella algo más que un afecto paternal. Además, soy muy consciente de que, dada mi situación, una relación con una mujer mucho más joven podría malinterpretarse fácilmente en una ciudad tan pequeña.

—¿Y a qué hora llegará esa «persona que conoces de hace tiempo»? —me pregunta mientras se acerca a la mesa con su café.

Echo mi silla hacia atrás y me levanto.

—Hacia las siete. —Hago una pausa—. Si quieres, puedes cenar con nosotros.

—Creo que paso. No quiero molestar mientras habláis de vuestras cosas.

—Tú misma.

—A lo mejor en otra ocasión. Por lo que he leído, parece un personaje interesante.

—Sí —digo con una sonrisa forzada—. «Interesante» es una forma de describirlo.

El instituto está a quince minutos de mi casa, andando a paso rápido. En un día como hoy —hace una agradable y templada temperatura de verano, y se alcanza a entrever un poco de azul tras la fina capa de nubes—, resulta un paseo relajante. Me permite poner mis pensamientos en orden antes de empezar a trabajar.

En época de clases, esto a veces resulta útil. Muchos de mis alumnos del instituto de Anderbury constituyen lo que llamamos «un reto». En mis tiempos, los habrían llamado «una panda de niñatos de mierda». Hay días en que necesito mentalizarme para lidiar con ellos. Y otros en los que el único preparativo que sirve de algo es un chorrito de vodka en mi café matinal.

Como muchas poblaciones pequeñas que son núcleo comercial de su zona, Anderbury le parecería a un observador superficial un lugar pintoresco donde vivir. Hay cantidad de calles adoquinadas, salones de tés y una catedral más o menos famosa. Se celebra un mercado dos veces por semana, y abundan los parques bonitos y los senderos a la orilla del río. Está a pocos minutos en coche de las arenosas playas de Bournemouth y del brezal abierto de New Forest.

Sin embargo, si se rasca un poco bajo la superficie se descubre que el relumbrón turístico no es más que eso. Gran parte del empleo es estacional, y hay una tasa de paro elevada. Grupos de jóvenes aburridos se pasan el día cerca de las tiendas y en los parques. Madres adolescentes van y vienen por la calle principal empujando cochecitos en los que berrean sus bebés. Esto no es nuevo, pero sí parece haberse vuelto frecuente. O quizá se trate solo de una percepción mía. A menudo la edad no trae consigo sabiduría, sino intolerancia.

Llego ante la verja del parque Old Meadows, mi territorio durante la adolescencia. Ha cambiado mucho desde entonces. Como no podía ser de otra manera. Hay una nueva pista de monopatín, y la zona de juegos donde nuestra panda solía pasar las horas muertas ha quedado eclipsada por un «área recreativa» nueva y moderna, en el otro extremo del parque. Hay columpios de cuerda, un enorme tobogán túnel, tirolinas y toda clase de artilugios alucinantes con los que ni siquiera soñábamos cuando éramos jóvenes.

Curiosamente, la vieja zona de juegos todavía existe, aunque abandonada y descuidada. La torre de escalada está oxidada, los columpios enredados por encima de las barras, y la pintura del carrusel de madera, antes tan brillante, está llena de ampollas y descascarillada, cubierta de antiguas pintadas realizadas por personas que han olvidado hace tiempo por qué «Helen es una zorra» y por qué diablos proclamaban su amor por Andy W. con un corazón.

La contemplo durante un rato, rememorando.

El tenue chirrido del columpio para bebés, el aire frío y cortante de la madrugada, la nitidez de los trazos de tiza blanca sobre el asfalto negro. Otro mensaje. Pero este era distinto. No era un hombre de tiza…, sino otra cosa.

Aparto la vista de golpe. Ahora no. Otra vez no. No me dejaré arrastrar de nuevo.

El trabajo en el instituto no me lleva mucho tiempo. Termino antes de la hora del almuerzo. Recojo mis libros, cierro con llave y me encamino de vuelta hacia el centro del pueblo.

El Bull está en una esquina de la calle principal, el último de los bares de barrio que quedan. Antes había dos pubs más en Anderbury, el Dragon y el Wheatsheaf, pero entonces llegaron las grandes cadenas. Los viejos bares de barrio cerraron, y los padres de Gav se vieron obligados a bajar los precios, a ofrecer noches de chicas, horas felices y un «ambiente familiar» para sobrevivir.

Al final, se habían hartado y se habían mudado a Mallorca, donde regentaban un bar llamado Britz. Gav, que había trabajado a tiempo parcial en el pub desde que había cumplido los dieciséis, se había hecho cargo de los tiradores de cerveza, y a eso se dedicaba desde entonces.

Empujo la pesada puerta para abrirla y entro en el local. Hoppo y Gav están sentados frente a nuestra mesa de siempre, en el rincón próximo a la ventana. De cintura para arriba, Gav sigue siendo corpulento, lo bastante para recordarme por qué lo llamábamos Gav el Gordo. Pero ahora la corpulencia consiste más en músculo que en grasa. Tiene los brazos gruesos como troncos, y se le marcan unas venas azules, tirantes como alambres. De facciones cinceladas, lleva muy corto el pelo cano y ralo.

Hoppo se conserva casi igual. Con su mono de fontanero, si uno lo mirara con los ojos entrecerrados, podría confundirlo con un chico de doce años disfrazado.

Los dos están tan enfrascados en la conversación que apenas tocan los vasos que reposan sobre la mesa. El de Hoppo contiene Guinness, y el de Gav, Coca-Cola light, pues rara vez bebe alcohol.

Le pido una Taylor's Mild a la chica de aspecto hosco que está detrás de la barra, y ella me mira a mí y luego al tirador, con el entrecejo arrugado, como si este le hubiera inferido una ofensa mortal.

—Tengo que cambiar el barril —farfulla.

—Pues vale.

Me quedo esperando. Ella pone cara de exasperación.

—Ahora lo traigo.

—Gracias.

Doy media vuelta y atravieso el pub. Cuando echo un vistazo hacia atrás, compruebo que la chica no se ha movido del sitio. Me siento en un taburete desvencijado, junto a Hoppo.

—Buenas.

Alzan la vista, y noto de inmediato que algo va mal. Ha ocurrido algo. Gav se da impulso para salir de detrás de la mesa. Los músculos de sus brazos contrastan de forma pronunciada con las atrofiadas extremidades inferiores que descansan laxas sobre su silla de ruedas.

Me vuelvo en mi taburete.

—Gav, ¿qué...?

Su puño sale disparado hacia mi cara, siento un estallido de dolor en la mejilla izquierda y caigo al suelo de espaldas. Él me clava los ojos desde arriba.

—¿Desde cuándo lo sabías?

1986

Pese a ser el más robusto y el jefe de nuestra panda, Gav el Gordo era en realidad el más joven.

Cumplía años a principios de agosto, justo cuando empezaban las vacaciones escolares. Esto nos daba bastante envidia a los demás. Sobre todo a mí. Yo era el mayor. Mi cumpleaños también caía en vacaciones, tres días antes de Navidad. Lo que significaba que, en vez de recibir dos regalos como Dios manda, por lo general me daban uno solo «grande», o dos no muy buenos.

A Gav el Gordo siempre le compraban montones de regalos. No solo porque sus padres estaban forrados, sino también porque tenía como un millón de parientes, entre tíos, primos, abuelos y bisabuelos.

Esto también me daba un poco de envidia. Yo solo tenía a mis padres y a mi abuela, que no veíamos a menudo porque vivía lejos, y porque se le iba «un poco la olla», como decía mi padre. La verdad es que no me gustaba mucho visitarla. Siempre hacía calor en su salón, que además olía mal, y ella siempre tenía puesta la misma estúpida peli en la tele.

—¿Verdad que era hermosa Julie Andrews? —Suspiraba con los ojos llorosos, y todos teníamos que asentir y comer galletas integrales que guardaba en una vieja caja de hojalata con figuras de renos bailarines en los costados.

Los padres de Gav el Gordo le organizaban cada año una fiesta por todo lo alto. En esta ocasión, iban a preparar una barbacoa. Habría un mago y, más tarde, montarían incluso una disco en el jardín.

Mi madre puso los ojos en blanco al ver la invitación. Yo sabía que en el fondo no le caían bien los padres de Gav el Gordo. Una vez la oí comentarle a papá que eran «la hostia de tontos». Cuando me hice mayor, caí en la cuenta de que lo que había dicho era «ostentosos», pero durante años creí que los consideraba idiotas perdidos.

—¿Una disco, Geoff? —le preguntó a mi padre en un tono extraño que no supe si interpretar como buena o mala señal—. ¿Qué opinas de eso?

Mi padre dejó de fregar platos, se acercó y echó una ojeada a la tarjeta.

—Parece divertido —dijo.

—Tú no puedes ir, papá —dije—. Es una fiesta para chavales. A ti no te han invitado.

—En realidad, sí —repuso mi madre, señalando la invitación—. «Las mamás y los papás serán bienvenidos. Traed una salchicha.»

La leí de nuevo y fruncí el ceño. ¿Mamás y papás en una fiesta de críos? No me parecía una buena idea. Para nada.

—Bueno, ¿qué le vas a regalar a Gav el Gordo por su cumpleaños? —preguntó Hoppo.

Estábamos en el parque, sentados en la torre de escalada, balanceando las piernas y chupando polos de cola. En el suelo, debajo de nosotros, Murphy, el viejo labrador negro de Hoppo, dormitaba a la sombra.

Era un día de finales de julio, casi dos meses después de que acaeciera aquel terrible suceso en la feria, y una semana antes del cumpleaños de Gav el Gordo. Las cosas empezaban a volver a la normalidad, y me alegraba de ello. No era uno de esos chicos a los que les gustaran las emociones fuertes o los dramas imprevistos. Lo mío era —y sigue siendo— la rutina. Aunque solo tenía doce años, mantenía mi cajón de los calcetines siempre bien ordenado, y guardaba mis libros y cintas en orden alfabético.

Quizá era porque en el resto de la casa casi siempre reinaba cierto caos. Para empezar, estaba a medio construir. Esta era otra de las características que diferenciaban a mamá y papá de los otros padres que conocía. Aparte de Hoppo, que vivía con su madre en una vieja casa adosada, casi todos los chicos del colegio residían en edificios bonitos y modernos con jardines bien cuidados y rectangulares que se asemejaban todos entre sí.

Nosotros habitábamos una antigua y fea casa victoriana que parecía estar siempre rodeada de andamios. Por la parte de atrás se extendía un jardín grande y cubierto de una maleza por la que nunca había conseguido abrirme paso del todo, y en la planta de arriba había al menos dos habitaciones desde las que se divisaba el cielo a través del techo.

Mis padres la habían comprado cuando yo era muy pequeño, con la intención de reformarla de arriba abajo. Ya habían pasado ocho años y, por lo que yo veía, todavía quedaba mucho por reformar, tanto arriba como abajo. Los dormitorios principales eran más o menos habitables, pero en las paredes del vestíbulo y la cocina el yeso estaba a la vista, y no había moqueta en ningún sitio.

En el piso superior, aún conservamos el baño original. Una bañera prehistórica esmaltada con su propia araña doméstica residente, un lavabo con un grifo que goteaba y un retrete antediluviano provisto de una larga cadena. Y sin ducha.

Para un chico de doce años, todo ello resultaba tan embarazoso que daban ganas de morirse. Ni siquiera teníamos estufa eléctrica. Papá tenía que partir troncos fuera, entrar con ellos en casa y encender la chimenea. Era como vivir en la maldita Edad de Piedra.

—¿Cuándo quedará terminada la casa? —preguntaba yo a veces.

—Bueno, las obras requieren tiempo y dinero —respondía papá.

—¿Es que no tenemos dinero? Mamá es médico. Gav el Gordo dice que los médicos ganan mucha pasta.

Mi padre suspiró.

—Ya hemos hablado de esto, Eddie. Gav el Gor... Gavin no lo sabe todo. Y no olvides que mi trabajo no está tan bien pagado como otros, ni es tan regular.

En más de una ocasión, estuve a punto de mascullar «entonces ¿por qué no vas y te buscas un trabajo decente?». Pero eso habría disgustado a mi padre, y no me gustaba disgustarlo.

Sabía que él a menudo se sentía culpable por no ganar tanto dinero como mamá. Cuando no estaba redactando algún artículo para una revista, intentaba escribir un libro.

—Todo cambiará cuando sea un autor de éxito —solía comentar con un guiño y una carcajada. Aunque fingía decirlo en broma, sospecho que en el fondo creía que ese día llegaría tarde o temprano.

Pero nunca llegó. Aunque estuvo cerca. Sé que envió manuscritos a agentes literarios e incluso logró captar el interés de uno durante un tiempo. Pero, por alguna razón, todo quedó en nada. Tal vez, de no ser por sus problemas de salud, lo habría conseguido al final. Cuando la enfermedad empezó a corroerle la mente, lo primero que le borró fue lo que más amaba: las palabras.

Chupé el polo con más fuerza.

—La verdad es que aún no he pensado qué le voy a regalar —le contesté a Hoppo.

Era una mentira. Sí que había pensado en ello; me había devanado los sesos. Ese era el problema con Gav el Gordo.

Como tenía casi de todo, comprarle algo que le gustara resultaba de lo más complicado.

—¿Y tú? —pregunté.

Se encogió de hombros.

—Aún no lo sé.

Decidí cambiar de tema.

—¿Irá tu madre a la fiesta?

Torció el gesto.

—No estoy seguro. A lo mejor tiene que trabajar.

La madre de Hoppo se ganaba la vida como encargada de la limpieza. A menudo la veíamos circular por la calle a paso de tortuga en su viejo y herrumbroso Reliant Robin, con el maletero a reventar de cubos y fregonas.

Metal Mickcy la llamaba «gitana» a espaldas de Hoppo. Me parecía un poco cruel, aunque es verdad que tenía un aspecto algo agitanado con su desgreñada cabellera cana y sus vestidos sin forma.

No sé muy bien dónde estaba el padre de Hoppo. Aunque este apenas hablaba de él, tengo la impresión de que el hombre se había marchado cuando su hijo era pequeño. Hoppo tenía también un hermano mayor, pero se había alistado en el ejército o algo por el estilo. En retrospectiva, supongo que una de las razones por las que la panda se mantenía unida era que ninguno de nosotros procedía de una familia lo que se dice «normal».

—¿Irán tus padres? —inquirió Hoppo.

—Creo que sí. Solo espero que la fiesta no sea un rollo.

Volvió a encogerse de hombros.

—Estará bien. Además, habrá un mago y todo.

—Eso sí.

Los dos sonreímos de oreja a oreja.

—Podemos ir de tiendas, si quieres, y buscar algo para Gav el Gordo —propuso entonces Hoppo.

Vacilé por unos instantes. Me gustaba andar con Hoppo.

No tenía que hacerme el ingenioso todo el rato, ni permanecer en guardia. Podía estar más relajado.

Aunque Hoppo no destacaba por su inteligencia, era un chico que sabía estar. No intentaba caerle bien a todo el mundo, como Gav el Gordo, ni ponía buena cara para encajar, como Metal Mickey, y en cierto modo yo lo respetaba por ello.

Por eso me sentí un poco culpable cuando le respondí:

—Lo siento, no puedo. Tengo que volver para ayudar a mi padre con cosas de la casa.

Esa era mi excusa habitual para escaquearme. Nadie dudaba que hubiera un montón de «cosas» que arreglar en nuestra casa.

Hoppo asintió, se terminó su polo y tiró el envoltorio al suelo.

—Vale. Bueno, me voy a pasear a Murphy.

—Vale. Hasta luego.

—Hasta luego.

Se alejó con paso tranquilo, con mechones del flequillo oscilando frente a su cara, y Murphy trotando a su lado. Dejé caer mi envoltorio del polo en una papelera y eché a andar en dirección contraria, hacia casa. Luego, cuando estaba seguro de que él no me vería, giré sobre los talones y me encaminé de vuelta hacia el centro.

No me hacía gracia mentirle a Hoppo, pero hay cosas que más vale no compartir, ni siquiera con tus mejores amigos. Los chicos también tienen secretos. En ocasiones, más que los adultos.

Sabía que me consideraban el empollón de la panda: estudioso, un poco cabeza cuadrada. Era uno de esos chavales a los que les gustaba coleccionar cosas: sellos, monedas, coches a escala. Y no solo eso, también conchas de mar, cráneos de pájaros que encontraba en el bosque, llaves. Era sorprendente la frecuencia con que topaba con llaves perdidas. Me gustaba imaginar que me colaba en casas ajenas, aunque no sabía a quién pertenecían las llaves ni a qué direcciones correspondían.

Era bastante cuidadoso con mis colecciones. Las escondía bien para mantenerlas a buen recaudo. Supongo que, en cierto modo, me gustaba la sensación de control. Los niños controlan muy pocos aspectos de su vida, pero solo yo sabía qué contenían mis cajas, y solo yo podía añadir o sacar cosas.

Desde el suceso de la feria, me había dado por coleccionar cada vez más objetos. Cosas que encontraba, cosas que la gente dejaba por ahí (empecé a tomar conciencia de lo descuidadas que eran algunas personas; como si no se dieran cuenta de la importancia de aferrarse a las cosas a fin de no perderlas para siempre).

Y a veces —cuando veía algo y sentía la necesidad imperiosa de poseerlo—, me llevaba cosas por las que habría debido pagar.

Aunque Anderbury no era una población grande, en verano llegaba una gran cantidad de autocares repletos de turistas, casi todos estadounidenses. Se paseaban por ahí, bamboleándose por las angostas aceras con sus floreados vestidos sin mangas y sus anchos pantalones cortos, estudiando los planos de la ciudad con los ojos entornados y señalando edificios.

Además de la catedral, estaba la plaza del mercado con unos grandes almacenes Debenhams, montones de salones de té y un hotel pijo. En la calle principal había sobre todo comercios anodinos como un supermercado, una farmacia y una librería. Por otro lado, también tenía un Woolworths gigantesco.

Cuando éramos niños, Woolworths —o «Woolies», como la llamaba todo el mundo— era nuestra tienda favorita con diferencia. Allí vendían todo lo que podíamos desear. Pasillos y pasillos abarrotados de juguetes, desde los grandes y caros hasta las baratijas de plástico que podíamos comprar a carretadas y luego gastar el cambio en el autoservicio de chuches.

También tenía un guardia de seguridad sádico llamado Jimbo que nos daba bastante miedo. Era un cabeza rapada y se rumoreaba que debajo del uniforme estaba cubierto de tatuajes, incluida una esvástica enorme en la espalda.

Por fortuna, Jimbo era una nulidad en su trabajo. Se pasaba casi todo el rato holgazaneando fuera de la tienda, fumando y lanzando miradas lascivas a las chicas. Por tanto, si eras lo bastante listo y rápido, podías eludir la atención de Jimbo con gran facilidad esperando a que se distrajera.

Ese día yo estaba de suerte. Había un grupo de chicas adolescentes arracimadas alrededor de la cabina de teléfonos situada cerca de la puerta, en la misma calle. Hacía tanto calor que todas iban en minifalda o pantalón corto. Jimbo, reclinado contra la esquina de la tienda y con un cigarrillo colgando entre los dedos, las contemplaba babeando como un perro, a pesar de que las chicas apenas eran un par de años mayores que yo, y él tenía la friolera de treinta o algo así.

Crucé la calzada a toda prisa y entré tan campante por la puerta. La tienda se extendía ante mí. A mi izquierda, hileras de golosinas y el mostrador del autoservicio de chuches. A mi derecha, cintas y discos. Justo enfrente, los pasillos de juguetes. El corazón se me aceleró de la emoción. Pero no podía saborearla ni entretenerme mucho rato allí, pues algún empleado podría fijarse en mí.

Tras dirigirme con paso decidido hacia los juguetes, escudriñé las estanterías, sopesando las opciones. Demasiado caro. Demasiado grande. Demasiado cutre. Y entonces lo vi. Una bola ocho mágica. Steven Gemmel tenía una. Un día la había llevado al cole y recuerdo que me había parecido bárbara. Además, estaba casi seguro de que Gav el Gordo no tenía ninguna. Eso por sí solo la convertía en algo especial. Pero además era la última que quedaba en el estante.

La cogí y miré alrededor. Con un movimiento rápido, la metí en mi mochila.

Me encaminé de nuevo hacia las golosinas con aire despreocupado. El siguiente paso requeriría agallas. Notaba el peso de mi botín ilícito golpeándome la espalda. Agarré una bolsa del autoservicio de chucherías y, obligándome a tomarme mi tiempo, elegí un surtido de botellitas de cola, ratoncitos de chocolate blanco y platillos volantes. Luego me acerqué a la caja.

Una mujer gorda con una permanente voluminosa y muy rizada pesó los dulces y me sonrió.

—Son cuarenta y tres peniques, cariño.

—Gracias.

Me saqué unas monedas del bolsillo, las conté y se las entregué.

Ella comenzó a distribuirlas en la caja registradora, pero de pronto arrugó el entrecejo.

—Falta un penique, cielo.

—Ah.

Mierda. Me hurgué en el bolsillo de nuevo. No me quedaba nada.

—Eh... Vaya... Será mejor que devuelva algo —dije con las mejillas encendidas, las manos sudorosas y la sensación de que la bolsa que llevaba a la espalda pesaba más que nunca.

Doña Permanente se quedó mirándome un momento antes de inclinarse hacia delante y guiñarme el ojo. Tenía los párpados marchitos, como papeles arrugados.

—No pasa nada, cariño. Fingiremos que me he equivocado al contar.

Cogí la bolsa con las golosinas.

—Gracias.

—Vete. Largo de aquí.

No hizo falta que me lo dijera dos veces. Salí disparado al soleado exterior y pasé junto a Jimbo, que estaba apurando el cigarrillo y apenas se volvió para mirarme. Avancé a paso veloz por la calle, cada vez más deprisa mientras me invadían una emoción, una euforia y una sensación de logro crecientes, hasta que arranqué a correr y espriné casi hasta mi casa, con una sonrisa demencial pintada en la cara.

Lo había conseguido, y no por primera vez. Prefiero pensar que, por lo demás, no era un mal chico. Intentaba ser amable, no chivarme de mis amigos ni ponerlos a parir a sus espaldas. Incluso intentaba escuchar a mis padres. Además, puedo alegar en mi defensa que nunca mangué dinero. Si encontraba una cartera en el suelo, la devolvía con toda la pasta intacta (aunque tal vez faltara alguna foto familiar).

Sabía que obraba mal, pero, como ya he dicho, todo el mundo tiene secretos, cosas que sabe que no debería hacer pero hace de todos modos. En mi caso era llevarme cosas…, coleccionarlas. Por desgracia, la única vez que la cagué de lleno fue cuando intenté devolver algo.

El día de la fiesta hacía calor. Tengo la impresión de que ese verano todos los días fueron calurosos. Estoy seguro de que no fue así. Sin duda un hombre del tiempo —uno competente, no como mi padre— me diría que también hubo días lluviosos, nublados y directamente horribles. Pero la memoria funciona de un modo extraño, y la percepción del tiempo cambia con la edad. Tres días sofocantes seguidos para un crío son como un mes entero de sofoco para un adulto.

El día del cumpleaños de Gav el Gordo hacía calor, de eso no me cabe la menor duda. La ropa se te pegaba al cuerpo, los asientos de los coches te quemaban las piernas, el asfalto de las calles se derretía.

—A este ritmo, no nos hará falta una barbacoa —bromeó mi padre cuando salimos de casa.

—Me sorprende que no nos aconsejaras que cogiéramos

el impermeable —dijo mi madre, cerrando la puerta con llave y dándole unos tirones fuertes para asegurarse.

Ese día estaba guapa. Llevaba un vestido de tirantes azul liso y unas sandalias romanas. El azul la favorecía, y se había sujetado el flequillo negro a un lado con un prendedor reluciente para despejarse el rostro.

En cuanto a mi padre..., bueno, era el mismo de siempre pero con unos vaqueros recortados, una camiseta de los Grateful Dead y sandalias de cuero. Por lo menos mamá le había arreglado un poco la barba.

La casa de Gav el Gordo estaba en una de las urbanizacio nes más nuevas de Anderbury. Se habían mudado allí apenas el año anterior. Antes vivían encima del pub. Aunque la casa era casi nueva, el padre de Gav la había ampliado, de modo que había partes añadidas que no acababan de encajar con la construcción original y unas grandes columnas blancas frente a la puerta principal, como las que aparecen en ilustraciones de la antigua Grecia.

Ese día había atados a ellas numerosos globos con el número doce, y una pancarta grande y centelleante encima de la entrada rezaba «Feliz cumpleaños, Gavin».

Antes de que mi madre pudiera hacer algún comentario, soltar un bufido o incluso tocar el timbre, la puerta se abrió de golpe. Al otro lado se encontraba Gav el Gordo, resplandeciente con su pantalón corto hawaiano, una camiseta verde fosforescente y un sombrero de pirata.

—Hola, señor y señora Adams. Hola, Eddie.

—Feliz cumpleaños, Gavin —le deseamos a coro, aunque tuve que contenerme para no decir «Gav el Gordo».

—La barbacoa está en el patio de atrás —les dijo Gav a mis padres y me cogió del brazo—. Ven a ver al mago. Es una pasada.

Gav el Gordo tenía razón. El mago era una pasada. Y la barbacoa no estaba nada mal. Además, había montones de juegos y dos cubos grandes llenos de agua y pistolas de agua. Una vez que Gav abrió sus regalos (y dijo que la bola ocho mágica era «bárbara»), entablamos una gran batalla de agua con otros chicos del cole. Hacía tanto calor que nos secábamos casi en el mismo instante en que quedábamos empapados.

A media partida, me di cuenta de que tenía que ir al baño. Crucé el jardín descalzo, goteando un poco y serpenteando entre los adultos, que estaban de pie, repartidos en grupos pequeños, sujetando sus platos, botellas de cerveza o vasos de plástico con vino.

Para sorpresa de todos, el padre de Nicky se había presentado. Yo creía que los párrocos no hacían cosas como asistir a fiestas o divertirse. Su alzacuellos blanco relucía tanto bajo el sol que se lo veía venir a un kilómetro. Recuerdo que pensé que debía de estar asándose vivo. A lo mejor por eso bebía tanto vino.

También me sorprendió que se pusiera a hablar con mis padres, que no eran muy de ir a la iglesia. Mi madre reparó en mí y sonrió.

—¿Todo bien, Eddie?

—Sí, mamá. Todo fenomenal.

Ella asintió, pero no parecía muy contenta. Cuando pasé junto a ellos oí a mi padre decir:

—No sé si es un tema adecuado para tratarlo en una fiesta para niños.

—Pero estamos hablando precisamente de la vida de los niños —replicó el reverendo Martin, cuya voz se apagó en mis oídos conforme me alejaba.

No le di mayor importancia; para mí eran cosas de adultos. Además, otra cosa había captado mi atención. Otra figura conocida. Alta y delgada, vestida con ropa oscura, a pesar del calor abrasador, y con un sombrero grande y flexible. El señor Halloran. Se hallaba al fondo del jardín, cerca de la estatua de

48

un chiquillo que orinaba en una pila para pájaros, charlando con algunos padres.

Se me antojó un poco extraño que los padres de Gav el Gordo hubieran invitado a un profesor a su fiesta, sobre todo uno que aún no había dado clases, pero quizá solo pretendían dispensarle una acogida amable. Ellos eran así. Por otro lado, Gav me había dicho una vez: «Mi madre se empeña en conocer a todo el mundo. De ese modo se entera también de todos sus asuntos».

Con esa sensación tan rara que te invade cuando alguien te mira, noté que el señor Halloran se volvía, me veía y alzaba la mano. Yo respondí a su saludo levantando la mano a medias. Me sentí un poco incómodo. Tal vez habíamos salvado juntos a la Chica de la Ola, pero él seguía siendo un profesor, y no estaba bien visto saludar a un profesor en público.

Casi como si me hubiera leído el pensamiento, el señor Halloran asintió levemente con la cabeza y miró en otra dirección. Agradecido —y no solo porque tenía la vejiga a punto de reventar—, atravesé el patio a toda prisa y entré por la puerta cristalera.

El salón estaba fresco y en penumbra. Esperé a que se me acostumbrara la vista. Había regalos desparramados por todas partes. Decenas y decenas de juguetes. Juguetes que yo había incluido en mi lista de deseos para mi cumpleaños, aunque sabía que nunca los recibiría. Paseé la vista alrededor, lleno de envidia..., y entonces la vi. Una caja mediana justo en el centro de la sala, envuelta en papel de regalo de los Transformers. Aún por abrir. Debía de haberla dejado allí alguien que había llegado tarde. Habría sido inconcebible que Gav el Gordo dejara un obsequio sin abrir por algún otro motivo.

Después de hacer lo que tenía que hacer en el baño, contemplé de nuevo el regalo mientras cruzaba el salón para regresar al jardín. Tras vacilar por unos instantes, lo recogí y salí con él entre las manos.

Los niños se habían dispersado en grupos. Gav el Gordo, Nicky, Metal Mickey y Hoppo estaban sentados sobre la hierba formando un semicírculo, bebiendo refrescos, enrojecidos, sudorosos y alegres. Nicky aún tenía el pelo un poco húmedo y enmarañado. Gotas de agua le brillaban en los brazos. Ese día se había puesto un vestido. Le sentaba bien. Era largo, con un estampado de flores. Le tapaba algunos de los moretones de las piernas. Nicky siempre tenía moretones. No recuerdo haberla visto una sola vez sin una marca parduzca o violácea en alguna parte. En cierta ocasión incluso tenía un ojo morado.

—¡Qué pasa, Munster! —dijo Gav el Gordo.

—Oye, ¿sabes una cosa?

—¿Que ya no eres maricón?

—Ja, ja. He encontrado un regalo que no habías abierto todavía.

—De eso, nada. Los he abierto todos.

Le tendí la caja. Gav la agarró con avidez.

—¡Qué guay!

—¿Quién te lo ha regalado? —preguntó Nicky. Gav el Gordo lo agitó y estudió el papel de envolver. No había etiqueta.

—¿Qué más da? —Rasgó el envoltorio y de pronto se le borró la sonrisa—. ¿Qué narices...?

Todos nos quedamos mirando el obsequio. Un gran cubo repleto de tizas de colores.

—¿Tizas? —se mofó Metal Mickey con una risita—. ¿Quién te ha comprado tizas?

—Ni idea. No lleva etiqueta, genio —repuso Gav el Gordo. Destapó el cubo y sacó un par de tizas—. ¿Y ahora qué hago yo con esta mierda?

—No está tan mal —empezó a decir Hoppo.

—Es un zurullo como el estado de Texas, muchacho.

Esto me pareció un poco cruel. Al fin y al cabo, alguien se

había tomado la molestia de comprar el regalo, envolverlo y demás. Pero en aquel momento Gav el Gordo estaba bajo los efectos de un subidón de sol y azúcar. Como todos.

Tiró las tizas al suelo, indignado.

—A la porra. Vayamos a por otras pistolas de agua.

Nos pusimos de pie. Dejé que los otros se adelantaran y cuando se hubieron alejado me agaché rápidamente, recogí un trozo de tiza y me lo guardé en el bolsillo.

Apenas me había enderezado cuando oí un estrépito y un grito. Me volví enseguida. No estoy seguro de qué esperaba ver. Tal vez se le había caído algo a alguien, o alguien había tropezado.

Tardé unos momentos en asimilar lo que vi. El reverendo Martin yacía boca arriba entre un caos de vasos, platos y frascos rotos de salsa y pepinillos. Se sujetaba la nariz mientras emitía un extraño gemido. Una figura alta y despeinada con pantalón corto y una camiseta desgarrada se alzaba ante él, con la mano cerrada en un puño. Mi padre.

La hostia en vinagre. Mi padre había noqueado al reverendo Martin. Me quedé de piedra, paralizado por la impresión.

—Si vuelves a dirigirle la palabra a mi esposa, te juro que te... —dijo con voz áspera y gutural.

Pero no llegué a enterarme de qué iba a jurar, porque el padre de Gav el Gordo lo apartó de allí. Alguien ayudó al reverendo Martin a levantarse. Estaba rojo como un tomate y sangraba por la nariz. Tenía manchas de sangre en el alzacuellos blanco.

—Y Dios te juzgará —dijo, señalando a mis padres.

Papá se abalanzó de nuevo hacia él, pero el padre de Gav lo tenía agarrado con firmeza.

—Déjalo correr, Geoff.

Capté un destello amarillo y me percaté de que Nicky había pasado corriendo junto a mí en dirección al reverendo Martin. Lo cogió del brazo.

—Venga, papá. Vámonos a casa.

Él se soltó con un gesto tan brusco del hombro que ella se tambaleó un poco. Luego sacó un pañuelo de papel y se lo llevó a la nariz.

—Gracias por invitarme —le dijo a la madre de Gav el Gordo y, envarándose, entró en la casa.

Nicky dirigió la mirada hacia el jardín. Me gusta imaginar que sus ojos verdes se posaron en los míos, que una corriente de comprensión fluyó entre nosotros, pero en realidad creo que solo quería comprobar quién había presenciado el incidente —todos, por supuesto— antes de volverse y seguirlo.

Por un momento, fue como si todo se hubiera detenido. El movimiento, la conversación. Entonces el padre de Gav el Gordo dio una palmada.

—Bueno —dijo con un vozarrón campechano—. ¿A quién le apetecen más salchichas gigantes?

Dudo que a nadie le apetecieran de verdad, pero la gente asintió, sonriente, y la madre de Gav subió una pizca el volumen de la música.

Alguien me asestó un manotazo en la espalda. Di un brinco. Era Metal Mickey.

—Caray. No puedo creer que tu padre le haya pegado un puñetazo a un párroco.

Yo tampoco. Noté que la cara se me ponía de un rojo subido. Me volví hacia Gav el Gordo.

—Lo siento mucho.

Desplegó una gran sonrisa.

—No lo dirás en serio. Ha sido bárbaro. ¡Es la mejor fiesta de cumpleaños de mi vida!

—Eddie. —Mi madre se me acercó, sonriendo de un modo extraño y tenso—. Tu padre y yo nos vamos a casa.

—Vale.

—Puedes quedarte, si quieres.

Sí quería, pero no tenía ganas de que los otros chicos me

miraran como a un bicho raro, ni de aguantar las incesantes bromas de Metal Mickey sobre el tema.

—No, no hay problema —respondí, aunque en realidad sí lo había—. Me voy con vosotros.

—De acuerdo. —Movió la cabeza afirmativamente.

Yo nunca había oído a mis padres disculparse. No era lo habitual. De niño, eres tú quien pide perdón a todas horas. Pero esa tarde los dos se deshicieron en disculpas hacia los padres de Gav el Gordo. Estos se mostraron amables y les respondieron que no se preocuparan, pero se notaba que estaban un pelín cabreados. Aun así, la madre de Gav me dio una bolsa con un pedazo de pastel, chicles Hubba Bubba y otras chucherías.

En cuanto la puerta principal se cerró a nuestras espaldas, me volví hacia mi padre.

—¿Qué ha pasado, papá? ¿Por qué le has pegado? ¿Qué le ha dicho a mamá?

Mi padre me rodeó los hombros con el brazo.

—Ya hablaremos de eso, Eddie.

Me entraron ganas de discutir, de gritarle. Al fin y al cabo, había fastidiado la fiesta de mi amigo. Pero me reprimí porque, en el fondo, quería a mis padres y algo en sus expresiones me indicó que no era el mejor momento.

Así que dejé que papá me abrazara, mamá me tomó del otro brazo, y echamos a andar juntos por la calle. Y cuando ella preguntó: «¿Te apetecen unas patatas fritas para cenar?», forcé una sonrisa y dije: «Sí, genial».

Papá nunca me lo contó, pero acabé por averiguarlo. Después de que la policía se presentara para detenerlo por intento de homicidio.

2016

—Desde hace dos semanas —digo—. Me mandó un correo electrónico. Lo siento.

Hoppo me tiende la mano. La acepto y me dejo caer pesadamente sobre el taburete.

—Gracias.

Debería haber avisado a Gav y a Hoppo que Mickey había regresado a Anderbury. Es lo primero que debería haber hecho. No sé muy bien por qué no lo hice. Por curiosidad, tal vez. O porque Mickey me pidió que no se lo dijera. O quizá solo quería averiguar por mí mismo qué se traía entre manos.

Ya conocía parte de los antecedentes de nuestro viejo amigo. Lo había investigado unos años atrás. Fruto de la combinación entre el aburrimiento y un exceso de vino. Su nombre no era el único que había buscado en Google, pero sí el único que había arrojado resultados.

Le ha ido bastante bien por su cuenta. Trabaja para una de aquellas agencias de publicidad que tienen diéresis innecesarias en el nombre y aversión por las mayúsculas. Aparecía en fotos con clientes, en presentaciones de productos, sujetando copas de champán y luciendo una de aquellas sonrisas que garantizan una jubilación dorada a los dentistas.

Nada de esto me sorprendió demasiado. Mickey siempre se las había apañado bien gracias a su ingenio. Además, se le daba bien ser creativo. Sobre todo con la verdad. Una cualidad que sin duda resultaba útil para su profesión.

En su mensaje de correo electrónico mencionaba un proyecto en el que estaba trabajando. Algo que podía «redundar en beneficio mutuo». Estoy bastante seguro de que su intención no era convocar una reunión de exalumnos. El caso es que solo se me ocurre una razón para que Mickey quiera hablar conmigo después de tanto tiempo: está a punto de clavar un cuchillo romo en una herrumbrosa y abollada caja de los truenos.

No les comento esto a Gav y Hoppo. Frotándome la mejilla, en la que siento un dolor palpitante, paseo la vista por el pub. Solo está lleno hasta una cuarta parte. Los pocos clientes se apresuran a desviar la mirada hacia sus cervezas y periódicos. Bueno, ¿a quién podrían dirigir sus quejas? No es probable que Gav se eche a sí mismo de su local por montar un número.

—¿Cómo os habéis enterado? —pregunto.

—Hoppo lo vio —responde Gav—. En la calle principal, en persona y el doble de feo.

—Ah. Ya.

—Incluso tuvo el morro de saludar. Dijo que había venido a visitarte. Le extrañó que no nos lo hubieras mencionado.

Noté que la rabia se acumulaba en mi interior. El bueno de Mickey, liándola como de costumbre.

La camarera me trae la pinta y la deja sobre la mesa sin la menor delicadeza. La bebida se derrama por un lado del vaso.

—Buena chica —le comento a Gav—. Un carácter estupendo.

Él sonríe con desgana.

—Lo siento —le digo de nuevo—. Tendría que haberte avisado.

—Claro que tendrías que haberme avisado, no te jode —farfulla—. Se supone que somos amigos.

—¿Por qué no dijiste nada? —inquiere Hoppo.

—Porque él me pidió que lo guardara en secreto hasta que habláramos.

—¿Y tú accediste?

—Imagino que estaba concediéndole el beneficio de la duda.

—No debería haberte arreado —dice Gav, y toma un sorbo de su Coca-Cola light—. Eso ha estado fuera de lugar. Lo que pasa es que al saber que estaba aquí me han venido todos los recuerdos a la cabeza.

Clavo los ojos en él. Ninguno de nosotros es lo que se dice un admirador de Mickey Cooper. Pero Gav lo odia más que los demás.

Teníamos diecisiete años. Estaban en una fiesta. Yo no asistí, o quizá no me invitaron; no lo recuerdo muy bien. Mickey se largó con una chica con la que Hoppo estaba saliendo. Discutieron. Entonces Gav se pilló un pedo de órdago, y otros convencieron a Mickey de que lo llevara a su casa en coche..., pero nunca llegaron, porque este se salió de la carretera, pese a que era totalmente recta, y se estrelló contra un árbol.

Mickey pasó una semana en coma pero se recuperó de forma milagrosa. En cuanto a Gav el Gordo, bueno, acabó con varias vértebras aplastadas. Un daño irreversible. Desde entonces va en silla de ruedas.

Resultó que Mickey superaba con creces el límite permitido de alcohol en sangre, pese a que aseguraba no haber bebido más que Coca-Cola light en toda la noche. Gav el Gordo y Mickey no volvieron a dirigirse la palabra. Y tanto Hoppo como yo nos guardábamos mucho de tocar el tema.

Hay cosas en la vida que podemos alterar —nuestro peso, nuestro aspecto, incluso nuestro nombre—, pero hay otras que nos resulta imposible modificar, por más que lo deseemos, intentemos o nos empeñemos en ello. Esas son las cosas que nos definen. No las que somos capaces de cambiar, sino las otras.

—En fin —dice Gav—. ¿Para qué ha vuelto?

—No me lo explicó muy bien.

—¿Qué te dijo?

—Comentó algo sobre un proyecto en el que está trabajando.

—¿Y ya está? —pregunta Hoppo.

—Sí.

—Pero esa no es la pregunta, ¿verdad? —dice Gav. Nos mira a ambos echando chispas por los ojos—. La pregunta es qué vamos a hacer al respecto.

Cuando regreso, la casa está vacía. Chloe ha salido con sus amigos, o a lo mejor sigue en el trabajo. Voy un poco perdido. Ella trabaja en una tienda de ropa alternativa en Boscombe, y sus días de descanso varían. Seguramente me lo ha dicho, pero mi memoria ya no es la que era. Esto me preocupa, más de lo que debería.

A mi padre empezó a fallarle la memoria pocos años antes de cumplir los cincuenta. Eran pequeños detalles, cosas a las que todos tendemos a restar importancia. Olvidaba dónde había dejado las llaves, o ponía las cosas en sitios extraños, como el mando a distancia en la nevera o un plátano en el aparador donde guardábamos los mandos. Perdía a media frase el hilo de lo que estaba diciendo o confundía las palabras. A veces yo veía que pugnaba por encontrar el vocablo adecuado, solo para luego sustituirlo por otro similar.

Conforme el Alzheimer avanzaba, empezó a equivocarse con los días de la semana hasta que era incapaz de recordar qué venía después del jueves, el olvido que más lo asustaba. El nombre del último día laborable de la semana se le escapaba por completo. Aún recuerdo la expresión de pánico en sus ojos. Al perder algo tan elemental, algo que todos sabemos desde la infancia, se vio obligado a reconocer por fin que no solo se había vuelto distraído. Su problema era mucho más grave.

Seguramente soy un poco hipocondríaco al respecto. Leo mucho para mantener la mente en forma y resuelvo sudokus, aunque no los disfruto especialmente. Lo cierto es que el Alzheimer suele ser hereditario. He visto lo que me depara el futuro y haría cualquier cosa por evitarlo, aunque eso significara acortar mi vida.

Tiro las llaves sobre la vieja y destartalada mesa del vestíbulo y echo un vistazo al pequeño y polvoriento espejo que cuelga encima de ella. Me está saliendo un moretón tenue en el lado izquierdo de la cara, pero queda casi todo disimulado en el hueco de la mejilla. Menos mal. Prefiero no tener que explicar que un hombre en una silla de ruedas me pegó una paliza.

Entro en la cocina, me planteo la posibilidad de prepararme un café, pero decido que he ingerido demasiado líquido durante la hora del almuerzo. En vez de ello, subo las escaleras.

El dormitorio de mis padres es ahora el de Chloe, yo duermo en mi cuarto de siempre, el del fondo, y utilizo el estudio de mi padre y la otra habitación desocupada para guardar cosas. Un montón de cosas.

No me gusta pensar que padezco el síndrome de Diógenes. Mis «piezas de colección» están guardadas con esmero en cajas cuidadosamente etiquetadas y apiladas en estanterías. Pero es cierto que ocupan casi todo el espacio de la planta superior y que, de no ser por las etiquetas, habría olvidado buena parte de lo que he acumulado.

Deslizo el dedo por algunas de ellas: pendientes, porcelana, juguetes. Hay varias cajas de esto último. Juguetes retro de los ochenta, algunos de cuando yo era niño, otros comprados

—en general a precios exorbitantes— por eBay. En otro estante hay un par de cajas con el rótulo «Fotos». No todas son de mi familia. Otra caja contiene zapatos. Relumbrantes zapatos de mujer con purpurina. Acuarelas y pasteles adquiridos en mercadillos callejeros. Muchas cajas llevan la perezosa etiqueta de «varios». Incluso si me sometieran a interrogatorio, seguramente no sabría decir qué hay dentro. Solo hay una caja cuyo contenido conozco de memoria: hojas de papel mecanografiadas, un par de sandalias viejas, una camiseta sucia y una máquina de afeitar eléctrica sin usar. Esta solo lleva escrita una simple palabra: «Papá».

Me siento ante el escritorio. Aunque estoy casi seguro de que Chloe no está en casa y tardará un buen rato en regresar, he echado el cerrojo. Abro el sobre que he recibido esta mañana y estudio la carta de nuevo. No contiene texto, pero sí un mensaje muy claro: una figura de palo con una soga al cuello.

Está dibujado con un lápiz de cera, lo cual es un error. Tal vez por eso, el remitente ha incluido algo más. Cuando inclino el sobre, cae sobre el escritorio en medio de una nubecilla de polvo. Una tiza blanca.

1986

No había vuelto a ver propiamente al señor Halloran desde aquel día en la feria. Aquel «terrible día en la feria», lo llamaba para mis adentros. Es decir, lo había visto —por el pueblo, paseando junto al río, en la fiesta de Gav el Gordo—, pero en realidad no habíamos hablado.

Cosa que podría parecer un poco extraña, teniendo en cuenta lo ocurrido. Pero el hecho de que nos viéramos envueltos en una situación pavorosa no significa que se hubiera establecido de pronto un vínculo extraordinario entre nosotros. Por lo menos, eso es lo que yo creía en ese entonces.

Empujaba la bici a través del parque para reunirme con los demás en el bosque cuando lo vi. Estaba sentado en un banco, con un bloc de dibujo sobre las rodillas y una pequeña bandeja con lápices o algo así al lado. Llevaba vaqueros negros, botas gruesas y una camisa suelta blanca con una estrecha corbata negra. Como siempre, iba tocado con un sombrero grande para protegerse del sol. Aun así, me sorprendió que no estuviera derritiéndose. Yo tenía calor, y eso que solo llevaba una camiseta, un pantalón corto y mis viejas zapatillas deportivas.

Me detuve un momento, indeciso. No sabía qué decirle, pero tampoco podía pasar por delante fingiendo que no lo conocía. Mientras me debatía por dentro, él alzó la vista y reparó en mí.

—Hola, Eddie.

—Hola, señor Halloran.

—¿Cómo te va?

—Pues... bien, gracias, señor.

—Me alegro.

Se impuso un silencio. Me invadió la sensación de que debía decir algo más.

—¿Qué está dibujando? —pregunté.

—A la gente. —Sonrió. Sus dientes siempre parecían un poco amarillentos en contraste con la blancura de su rostro—. ¿Te apetece echarle un vistazo?

En realidad no me apetecía, pero no quería quedar como un maleducado.

—Vale —contesté.

Tras dejar la bicicleta en el suelo, me acerqué y me encaramé al banco, junto a él. Le dio la vuelta al bloc para mostrarme lo que había estado dibujando. Se me escapó un leve jadeo.

—Vaya. Está muy bien.

No estaba haciéndole la pelota (aunque me habría sentido obligado a asegurarle que estaba bien incluso si no hubiera sido cierto). Tal como me había dicho, eran esbozos de gente del parque. Una pareja mayor en un banco cercano, un hombre con su perro y dos chicas sentadas en el césped. Tal vez así descrito no parezca gran cosa, pero había algo bastante impresionante en ello. Aunque solo era un crío, el enorme talento del señor Halloran me resultó evidente. Las obras de personas que poseen un don desprenden una cualidad especial. Todo el mundo puede copiar un objeto y conseguir que el dibujo se le parezca, pero hace falta algo más para infundir vida a una escena o unas figuras.

—Gracias. ¿Te gustaría ver más?

Asentí. El señor Halloran volvió atrás algunas páginas. Allí había el retrato de un viejo con impermeable y un cigarrillo (casi se podían oler las volutas de humo gris perla); un grupo de mujeres cotilleando en una calle adoquinada cercana a la catedral; un dibujo de la catedral en sí, que no me gustó tanto como los de las personas, y...

—Pero no quiero aburrirte —dijo el señor Halloran, apartando de golpe el bloc antes de que pudiera fijarme bien en el siguiente boceto. Solo alcancé a vislumbrar una cabellera negra larga y un ojo castaño.

—No me aburre —aseguré—. Me gustan mucho. ¿Nos dará clases de dibujo en el colegio?

—No, os daré clases de lengua. El dibujo es..., en fin, solo una afición para mí.

—Ya. —De todos modos, dibujar no era lo mío, en realidad. A veces garabateaba mis personajes favoritos de los dibujos animados, pero no me salían muy bien. En cambio, escribía con bastante soltura. Lengua era la asignatura que mejor se me daba.

—¿Con qué dibuja? —inquirí.

—Con esto. —Levantó un paquete con lo que yo había tomado por tizas—. Son pasteles.

—Parecen tizas.

—Bueno, son materiales del mismo tipo.

—A Gav el Gordo le regalaron unas tizas por su cumpleaños, pero le parecieron un regalo bastante cutre.

Una expresión rara y fugaz le cruzó el rostro.

—¿De veras?

Por algún motivo, me dio la impresión de que había metido la pata.

—Pero Gav el Gordo a veces se comporta un poco como... Ya sabe...

—¿Como un niño mimado?

Aunque me sentí como un traidor, hice un gesto afirmativo.

—Algo así. Supongo.

Meditó por unos instantes.

—Recuerdo que tenía tizas cuando era pequeño. Dibujábamos en la acera, delante de casa.

—¿En serio?

—Claro. ¿Vosotros nunca lo hacéis?

Pensé en ello. No recordaba haberlo hecho jamás. Como ya he comentado, el dibujo no era lo mío.

—¿Sabes qué más hacíamos? Nos inventábamos símbolos secretos y los usábamos para dejarnos por todas partes mensajes que solo nosotros entendíamos. Por ejemplo, yo dibujaba delante de la casa de mi mejor amigo el símbolo para indicar que quería ir al parque, y él sabía qué significaba.

—¿Y no podía llamar a su puerta y ya está?

—Bueno, sí que podía, pero no habría sido tan divertido.

Reflexioné sobre esto. La idea tenía su encanto. Como pistas en una búsqueda del tesoro. Un código secreto.

—Bueno —dijo el señor Halloran cuando (como comprendí más tarde) me había dado el tiempo justo para asimilar la idea pero no tanto como para descartarla. Cerró su bloc y bajó la tapa de su estuche de pasteles—. Debería marcharme. Hay alguien a quien tengo que ir a ver.

—Vale. Yo también tengo que irme. He quedado con mis amigos.

—Me he alegrado de verte de nuevo, Eddie. No dejes de ser valiente.

Era la primera vez que aludía a aquel día en la feria. Fue un detalle que me gustó. La mayoría de los adultos me habría asediado a preguntas sobre el tema antes de nada. «¿Cómo lo llevas? ¿Te encuentras bien?» Y cosas por el estilo.

—Usted también, señor.

Volvió a desplegar su sonrisa amarillenta.

—Yo no soy valiente, Eddie. Solo soy un necio. —Ladeó la cabeza al ver mi expresión de perplejidad—. «El necio es atrevido y el sabio comedido.» ¿No conocías ese refrán?

—No, señor. ¿Qué quiere decir?

—Bueno, en mi opinión, significa que más vale ser un necio que un sabio.

Rumié sobre ello. No estaba seguro de cómo interpretarlo. Se inclinó el sombrero en un gesto de despedida.

—Hasta la próxima, Eddie.

—Adiós, señor.

Bajé del banco de un salto y monté en mi bicicleta. El señor Halloran me caía bien, pero era raro como él solo. «Más vale ser un necio que un sabio.» Raro y un pelín siniestro.

El bosque bordeaba las afueras de Anderbury, donde los barrios residenciales se fundían con las tierras de cultivo y la campiña. Pero no duraría mucho. La ciudad empezaba a extenderse hacia allí. Ya habían talado una superficie considerable de terreno donde no quedaba más que grava y tierra. Ladrillos, cemento y andamios brotaban del suelo.

«Fincas Salmon —rezaba un letrero en letras grandes y alegres—. Treinta años construyendo hogares y ganándonos a la gente.» Una cerca alta rodeaba la obra. Al otro lado se entreveían las imponentes moles de las máquinas de construcción, enormes como dinosaurios mecánicos, aunque inactivas en ese momento. Unos hombres fornidos con chalecos naranja y vaqueros andaban por ahí, fumando y bebiendo de tazas. Una canción de Shakin' Stevens sonaba a todo volumen en una radio. En la cerca había colgadas varias señales: PELIGRO. PROHIBIDO EL PASO.

Rodeé la obra en la bici y enfilé un sendero angosto que discurría a lo largo de otros campos. Al cabo de un rato, llegué ante una pequeña empalizada con unos peldaños para salvarla. Bajé de la bici, la levanté y la pasé por encima, antes de internarme en el fresco del bosque.

No era una floresta enorme, pero sí espesa y oscura. Se asentaba en una hondonada natural que descendía formando pliegues profundos y volvía a elevarse hacia los lados, donde los árboles crecían cada vez más dispersos hasta ceder el paso al matorral bajo y unas rocas calcáreas blancas. Me adentré en la espesura, empujando a ratos la bicicleta, a ratos cargando con ella. Oía el suave murmullo de un arroyuelo. Los rayos del sol se colaban entre la fronda.

Un poco más adelante, me llegó un rumor de voces. Vislumbré algo azul y algo verde. El destello de un radio plateado. Gav el Gordo, Metal Mickey y Hoppo estaban agachados en un pequeño claro, ocultos tras el follaje y los arbustos. Ya habían construido cerca de la mitad de una guarida bastante impresionante entretejiendo ramas atadas en torno a un saliente natural formado por una rama rota.

—¡Eh! —exclamó Gav el Gordo—. Pero si es Eddie Munster, el del padre que da puñetazos.

Esa era la novedad con que Gav nos entretendría esa semana: hacer rimas con todo.

Hoppo alzó la vista y saludó con la mano. Metal Mickey pasó de mí por completo. Me abrí paso con cuidado a través de la maleza y dejé caer mi bici junto a las suyas de carreras, consciente de que era la más vieja y oxidada de todas.

—¿Dónde está Nicky? —pregunté.

Metal Mickey se encogió de hombros.

—¿Qué importa? Estará jugando con sus muñecas. —Celebró su broma con una risilla.

—No sé seguro si vendrá —dijo Hoppo.

—Ah.

No había vuelto a ver a Nicky desde el día de la fiesta, aunque sabía que había ido de tiendas con Hoppo y Metal Mickey. Empezaba a sospechar que me evitaba. Confiaba en verla ese día, con la esperanza de arreglar las cosas con ella.

—Seguramente su padre le habrá encargado alguna tarea —dijo Hoppo, como si me hubiera leído el pensamiento.

—Sí, o sigue muy cabreada contigo porque tu padre tumbó al suyo. ¡Pumba! —Otro comentario de Metal Mickey, que nunca dejaba pasar la oportunidad de meter cizaña.

—Bueno, seguro que se lo merecía —alegué.

—Ya —dijo Hoppo—. Y parecía ir bastante pedo.

—No sabía que los párrocos bebían —dije.

—A lo mejor bebe de extranjis. —Gav el Gordo echó la cabeza hacia atrás, hizo el gesto de empinar el codo y puso los ojos en blanco—. Soy el reverendo Martin —masculló, arrastrando las palabras—. Alabado sea el Señorrrr. Hip.

Antes de que alguien pudiera reaccionar, se oyó un susurro en la hojarasca, y una bandada de pájaros echó a volar desde los árboles. Dimos un respingo, como un puñado de conejos asustados.

Nicky estaba al borde del claro, sujetando el manillar de su bicicleta. Por algún motivo me dio la sensación de que llevaba un rato allí.

Desplazó la vista por cada uno de nosotros.

—Bueno, ¿qué hacéis todos allí sentados? ¿No íbamos a construir una guarida?

Como éramos cinco, no tardamos mucho en terminar la guarida. Quedó bastante chula. Era lo bastante grande para que cupiéramos todos dentro, aunque un poco apretujados. Hasta improvisamos una puerta utilizando ramas con hojas para cubrir la entrada. Lo mejor era que solo resultaba visible desde muy cerca.

Nos sentamos fuera, con las piernas cruzadas. Acalorados, cubiertos de arañazos, pero contentos. Y hambrientos. Comenzamos a desenvolver nuestros sándwiches. Como Nicky no había dicho una palabra sobre la fiesta, yo tampoco lo hice. Simplemente nos comportamos como si nada hubiera pasado. Así son los críos: dejan correr las cosas. Esto se vuelve más difícil con la edad.

—¿No te ha preparado nada tu padre? —le preguntó Gav el Gordo a Nicky.

—No sabe que estoy aquí. He tenido que salir a escondidas.

—Toma —dijo Hoppo. Desprendió el envoltorio de papel transparente de un par de bocadillos de queso y se los tendió.

Hoppo me caía bien, pero en ese momento lo odié a muerte por adelantárseme.

—También puedes comerte mi plátano, si quieres —dijo Gav el Gordo—. No me gustan mucho.

—Y podemos compartir mi zumo —me apresuré a decir para no quedarme al margen.

Metal Mickey engulló un sándwich de mantequilla de cacahuete sin ofrecerle ni un trozo a Nicky.

—Gracias —dijo ella, pero negó con la cabeza—. Debería volver a casa. Si no estoy allí a la hora de comer, mi padre se dará cuenta.

—Pero si acabamos de construir la guarida —protesté.

—Lo siento. No puedo.

Se levantó una manga de la camiseta para frotarse el hombro. Fue entonces cuando reparé en el enorme moratón que tenía allí.

—¿Qué te has hecho en el hombro?

Se bajó la manga enseguida.

—Nada. Me di un golpe con una puerta. —Se levantó con brusquedad—. Tengo que irme.

También me puse de pie.

—¿Es por lo de la fiesta? —pregunté.

Hizo un gesto vago.

—Mi padre aún está bastante enfadado por eso. Pero ya se le pasará.

—Lo siento —dije.

—No tienes por qué. Se lo merecía.

Yo tenía ganas de añadir algo, pero no sabía qué. Abrí la boca.

Algo me golpeó un lado de la cabeza. Con fuerza. El mundo se tambaleó ante mis ojos. Se me doblaron las piernas. Caí de rodillas. Me apreté la cabeza con las manos y, cuando las aparté, vi que tenía los dedos pegajosos de sangre.

Algo pasó zumbando por el aire muy cerca de la cabeza de Nicky, que soltó un chillido y se agachó para esquivarlo. Otra piedra grande impactó en el suelo, delante de Hoppo y Metal Mickey, ocasionando una explosión de pan y mantequilla de cacahuete. Con un graznido, los dos recularon a toda prisa buscando la protección de la espesura.

Llovieron más proyectiles. Piedras y cantos, trozos de ladrillo. Oía gritos y exclamaciones de júbilo procedentes de lo alto de la empinada pendiente que se alzaba por encima de la hondonada boscosa. Cuando levanté la mirada, alcancé a distinguir las figuras de tres chicos mayores. Dos de pelo negro, y uno rubio y más alto. De inmediato supe quiénes eran.

Sean, el hermano de Metal Mickey, y sus colegas Duncan y Keith.

Gav el Gordo me agarró del brazo.

—¿Estás bien?

Aunque me sentía mareado y con un poco de náuseas, asentí. Me dio un empujón en dirección a los árboles.

—Ponte a cubierto.

Metal Mickey se volvió hacia los chicos mayores.

—¡Déjanos en paz, Sean!

—«Déjanos en paz», «déjanos en paz» —lo remedó el rubio (su hermano) con una voz aguda, como de niña—. Y si no, ¿qué? ¿Vas a llorar? ¿A chivarte a mami?

—A lo mejor.

—Ya. ¡Prueba a hacerlo con la nariz rota, pedazo de mierda! —bramó Duncan.

—¡Estáis en nuestro bosque! —gritó Sean.

—¡No es vuestro! —replicó Gav el Gordo a voz en cuello.

—Ya. Luchemos por él, entonces.

—Mierda —murmuró Gav.

—Vamos. ¡A por ellos! —rugió Keith.

Empezaron a descender por la pendiente sin dejar de bombardearnos con proyectiles.

Otra piedra grande voló por el aire y se estrelló contra la bicicleta de Nicky con un crujido.

—¡Esa bici es mía, subnormales! —chilló ella.

—¡Mira, pero si es Pelopanocha!

—¡Eh, Pelopanocha! ¿Ya tienes pelitos color panocha allí abajo?

—A tomar por culo, maricones.

—Zorra.

Un trozo de ladrillo atravesó a toda velocidad el follaje y la golpeó en el hombro. Ella profirió un gemido agudo, tambaleándose.

Noté que se me encendía la rabia en el pecho. A las chicas no se les pegaba. Ni se les tiraban ladrillos. Me obligué a ponerme de pie y salir al descubierto. Tras recoger el proyectil más pesado que encontré en el suelo, lo lancé cuesta arriba con todas mis fuerzas.

Si no hubiera mantenido el impulso a causa de su peso, si Sean no hubiera estado a media pendiente en vez de en lo alto, seguramente habría errado el blanco por mucho.

En vez de ello, oí un alarido. No era un grito de burla, sino un aullido de dolor.

—Joder. Mi ojo. Me ha dado en todo el puto ojo.

Se produjo una pausa. Uno de esos momentos en que el tiempo parece detenerse. Gav el Gordo, Hoppo, Metal Mickey, Nicky y yo nos miramos.

—¡Niñatos cabrones! —exclamó otra voz—. ¡Esta vez os vais a cagar por lo que habéis hecho!

—Larguémonos —propuso Hoppo.

Salimos disparados hacia nuestras bicis. Yo ya oía un correteo y jadeos mientras la pandilla bajaba trabajosamente por la empinada cuesta.

Tardarían un rato en llegar abajo. Pero estábamos en desventaja por tener que empujar nuestras bicicletas hasta la orilla del bosque antes de poder enfilar el camino. Íbamos trotando, guiando los vehículos con torpeza por el matorral. Sonaban palabrotas y un susurro de hojas a nuestras espaldas. No lo bastante lejos. Intenté apretar el paso. Hoppo y Metal Mickey avanzaban delante. Nicky iba rápida también. Gav el Gordo huía a una velocidad sorprendente para alguien tan corpulento, y además me llevaba ventaja desde el principio. Yo tenía las piernas más largas, pero mi falta de coordinación era absoluta y se me daba fatal correr. Me acordé vagamente de un viejo chiste que contaba mi padre sobre lo que ocurría si te perseguía un león. Daba igual que corrieras más que él; lo importante era correr más que la persona más lenta. Por desgracia, la persona más lenta era yo.

Salimos en tromba de la sombra del bosque al sol abrasador y al sendero angosto. Divisé al frente la empalizada con los peldaños. Eché un vistazo hacia atrás. Sean ya había emergido de entre los árboles. Tenía el ojo izquierdo hinchado y enrojecido. Le caía sangre por la mejilla. Pero nada de eso parecía frenarlo en absoluto. En todo caso, la ira y el dolor le daban alas. Crispó la cara con un gruñido.

—Te voy a matar, caraculo.

Volví la vista al frente, con el corazón latiéndome con tal fuerza y velocidad que sentía que iba a reventar. Me palpitaba la cabeza. Las gotas de sudor se deslizaban por mi frente, y la sal me picaba en los ojos. Hoppo y Mickey llegaron a la empalizada, tiraron sus bicicletas por encima y saltaron tras ellas. Nicky los siguió, dejando caer su bici a toda prisa al otro lado y trepando después por la valla como un mono ágil. Gav el Gordo se encaramó a la empalizada, y bajó a pulso su vehículo y luego su cuerpo. Después me tocó el turno a mí. Alcé mi bici, pero era más vieja y aparatosa que las otras. Se atascó con algo. La rueda estaba trabada en un peldaño. Uno de los radios se había enganchado en un trozo de madera.

—Mierda.

Forcejeé con el armatoste, pero solo conseguí atascarlo más. Intenté empujarlo hacia arriba, pero yo era pequeño, la bicicleta pesada, y estaba cansado después de construir la guarida y correr.

—¡Déjala! —gritó Gav el Gordo.

Para él era muy fácil decirlo, con su reluciente bici de carreras. La mía debía de parecerle un montón de chatarra.

—No puedo —jadeé—. Me la regalaron por mi cumpleaños.

Gav el Gordo dio media vuelta; Hoppo y Nicky regresaron corriendo. Tras una fracción de segundo, Metal Mickey los siguió. Tiraron con fuerza desde el otro lado mientras yo empujaba. El radio se dobló hasta soltarse. Gav el Gordo se tambaleó hacia atrás, y la bicicleta cayó al suelo con un golpe sordo. Subí los peldaños, pasé la pierna por encima de la valla y noté que alguien me tironeaba de la camiseta, por detrás.

Estuve a punto de perder el equilibrio, pero conseguí agarrarme de un poste de la empalizada. Cuando volví la mirada, advertí que tenía a Sean muy cerca, aferrándome la camiseta con el puño cerrado. Desplegó una sonrisa entre churretes de sangre y sudor, de modo que el blanco de los dientes contrastaba de forma inquietante con el rojo. Su ojo sano relampagueaba con una furia febril.

—Estás muerto, caraculo.

Presa de un pánico instintivo, lancé una patada hacia atrás con todas mis fuerzas. Lo alcanzó en el músculo magro del abdomen, y él se dobló en dos con un gruñido de dolor. Noté que ya no me agarraba la camiseta con tanta firmeza. Lancé la otra pierna por encima de la empalizada y salté. Oí el sonido de un desgarrón cuando se me rasgó la camiseta. Pero me daba igual.

Me había liberado. Los demás ya habían montado en sus bicis. Arrancaron mientras me ponía de pie con dificultad. Levanté mi bicicleta del suelo y comencé a empujarla, corriendo a un lado, hasta que me arrojé sobre el sillín y me puse a pedalear con todas mis fuerzas. Esta vez no miré atrás.

La zona de juegos estaba desierta. Estábamos sentados en el carrusel, tras haber dejado las bicis tiradas en el suelo. Ahora que empezaban a disiparse los efectos de la adrenalina, sentía que mi cabeza estaba a punto de estallar. Tenía el pelo pringoso de sangre.

—Estás horrible —me dijo Nicky sin rodeos.

—Gracias. —Ella tenía varios raspones en el brazo y la blusa manchada de tierra. Llevaba ramitas y hojas de helecho pegadas a los rizos color caoba—. Tú también —añadí.

Bajó la vista hacia su cuerpo.

—Joder. —Se levantó—. Esta vez mi padre me va a matar de verdad.

—Si quieres, puedes ir a mi casa a lavarte un poco —propuse.

Antes de que pudiera responder, Gav el Gordo intervino:

—Nada, nada. Mi casa está más cerca.

—Supongo —dijo Nicky.

—Pero ¿qué hacemos luego? —gimoteó Metal Mickey—. El día entero a hacer puñetas.

Nos miramos todos, más bien desanimados. Aunque Mickey tenía razón, me entraron ganas de señalar que el día se había ido a hacer puñetas por culpa del imbécil de su hermano. Pero me contuve. En vez de eso, algo se removió en el fondo de mi mente, y de pronto me oí decir:

—Se me ocurre algo muy chulo que podemos hacer.

2016

No soy un buen cocinero. En ese sentido, salí a mi madre. Pero cuando uno vive solo, necesita conocimientos básicos de cocina. Me defiendo con el pollo asado con patatas, el filete, la pasta y algunos pescados. El curri tengo que trabajarlo un poco más.

He llegado a la conclusión de que Mickey debe de estar acostumbrado a comer en restaurantes buenos. De hecho, su primera propuesta fue que nos viéramos en un restaurante del centro. Pero yo quería llevarlo a mi territorio. Y ponerlo a la defensiva. Es difícil rechazar una invitación a cenar sin caer en la descortesía, aunque estoy seguro de que aceptó a regañadientes.

Me decanto por unos espaguetis con salsa boloñesa. Un plato sencillo, casero. A casi todo el mundo le gusta. Tengo una botella de un vino tinto decente para acompañarlo, y una barra de pan de ajo en el congelador. Estoy ocupado con los preparativos para elaborar la carne picada y la salsa cuando Chloe llega a casa, poco antes de las seis. Espero a Mickey a las siete.

—Mmm —dice ella, inspirando profundamente—. Algún día serás una esposa maravillosa.

—No como tú.

Se lleva las manos al pecho, haciéndose la ofendida.

—Y yo que lo único que quería en la vida era convertirme en ama de casa.

Sonrío. Chloe casi siempre consigue arrancarme una sonrisa. Hoy está muy..., bueno, «guapa» no sería la palabra. Está muy Chloe. Se ha recogido el cabello en dos coletas. Lleva una sudadera negra con la imagen de Jack Skellington, una minifalda rosa sobre mallas negras y botas militares con cordones multicolores. Este atuendo quedaría ridículo en otras mujeres, pero Chloe lo luce con dignidad.

Se acerca a la nevera y saca una botella de cerveza.

—¿Vas a salir esta noche? —le pregunto.

—No, pero tú tranquilo, no me verás el pelo mientras tu amigo esté aquí.

—No hace falta...

—No, no pasa nada. Además, sentiré que estoy de más cuando os pongáis a charlar de los viejos tiempos.

—Está bien.

Y me parece bien de verdad. Cuanto más pienso en ello, más me convenzo de que será mejor que Chloe no esté presente. No sé cuánto sabe acerca de Mickey y de nuestro pasado en Anderbury, pero la prensa ha cubierto la historia bastante a fondo a lo largo de los años. Es uno de aquellos crímenes que siempre despiertan el interés de la gente. Tiene todos los elementos necesarios, supongo: el protagonista extraño, los siniestros dibujos con tiza y el asesinato truculento. Hemos dejado nuestra impronta en la historia. Una impronta pequeña, en forma de hombre de tiza, pienso con amargura. Claro, los hechos se han ido adornando con el tiempo, la verdad se ha degradado poco a poco. En general, la historia no es más que un cuento relatado por los supervivientes.

Chloe toma un trago de cerveza.

—Estaré arriba, en mi cuarto, si me necesitas.

—¿Quieres que te guarde un poco de espaguetis?

—Deja, estoy bien. He almorzado tarde.

—Como quieras. —Me quedo esperando.

—Oh, de acuerdo. A lo mejor me entra el gusanillo más tarde.

Chloe come más de lo que yo habría creído humanamente posible para alguien que podría esconderse sin problemas detrás de una farola. Además, come entre horas. A menudo me la encuentro en la cocina, calmando el apetito con pasta, sándwiches o, en una ocasión, un plato entero de fritura, a altas horas de la madrugada. Por otro lado, padezco insomnio y de vez en cuando episodios de sonambulismo, así que ¿quién soy yo para criticar los hábitos nocturnos de nadie?

Chloe se detiene ante la puerta con expresión preocupada.

—Pero, en serio, si necesitas una excusa para escaquearte, puedo llamarte al móvil si quieres. Fingir una emergencia.

Clavo los ojos en ella.

—Es solo un viejo amigo que viene a cenar, no una cita a ciegas.

—Sí, pero la palabra clave es «viejo». Hace décadas que no ves a ese tío.

—Gracias por refregármelo.

—El caso es que no habéis mantenido precisamente el contacto, así que ¿cómo sabes que tendréis algo de que hablar?

—Bueno, después de todo ese tiempo, habrá muchas cosas sobre las que ponernos al día.

—Pero si tuvierais algo interesante que deciros, ya os habríais puesto en contacto antes, ¿no? Si quiere venir a visitarte tantos años después, será por alguna razón, digo yo.

Entiendo por dónde va y empiezo a incomodarme.

—No siempre hay una razón para todo.

Extiendo el brazo para coger la copa de vino que me he servido para saborearla mientras cocinaba y me bebo la mitad de golpe. Noto que ella me observa.

—Sé lo que ocurrió hace treinta años —dice—. Lo del asesinato.

Me concentro en remover la salsa boloñesa.

—Ya. Entiendo.

—Lo de los cuatro chavales que encontraron el cadáver. Tú eras uno de ellos.

Sigo sin alzar la vista.

—Veo que me has investigado.

—Ed, iba a alquilarle una habitación a un desconocido soltero que vivía en una casa grande y tétrica. Era lógico que pidiera informes sobre ti a algunas personas.

Sí, era lógico. Me relajo un poco.

—Pero nunca me habías comentado nada.

—No me pareció necesario. Suponía que no te apetecería hablar del tema.

Me vuelvo hacia ella y consigo sonreír.

—Gracias.

—No hay de qué. —Empina la botella y despacha la cerveza—. En fin —dice, depositando el envase vacío en el cubo de reciclaje, cerca de la puerta trasera—. Pásalo bien. No hagas nada que yo no haría.

—Te repito que no se trata de una cita.

—Ya. Porque si tuvieras una cita, sería lo nunca visto. Creo que a lo mejor contrataría una avioneta para que remolcara una pancarta que dijera: ED TIENE UNA CITA.

—Estoy contento como estoy, gracias.

—Yo solo digo que la vida es corta.

—Si me sales con que disfrute el presente, te requiso toda la cerveza.

—El presente no, solo algún culo. —Tras guiñarme un ojo, sale pavoneándose de la cocina y sube las escaleras.

Aunque sé que no debería, me lleno la copa de nuevo. Estoy nervioso, pero supongo que es ilógico. No sé qué esperar de esta noche. Echo una ojeada al reloj. Las seis y media de la tarde. Creo que más vale que intente ponerme presentable.

Subo con paso lento y pesado a la planta superior, me doy

una ducha rápida, y me enfundo un pantalón de pana gris y una camisa informal que me parece apropiadamente informal. Me paso el peine por la cabeza. El pelo me queda incluso más tieso que antes. De todos los tipos de cabello que hay, el mío ofrece una tenaz resistencia a todos los métodos de estilismo, desde el humilde peine hasta las ceras y los geles. Me lo he rapado casi al cero y ha crecido varios centímetros rebeldes de la noche a la mañana. Por otro lado, al menos tengo pelo. A juzgar por las fotos que he visto de Mickey, él no es tan afortunado.

Me aparto del espejo y vuelvo a bajar. Justo a tiempo. Suena el timbre, seguido de un golpeteo rápido con la aldaba. Se me sube el humo a las narices. Detesto que la gente llame al timbre y además use la aldaba, como dando a entender que estoy sordo o que su necesidad de entrar es tan imperiosa que requiere una ofensiva frontal contra la fachada de mi hogar.

Consigo serenarme y cruzo el vestíbulo. Me detengo unos instantes y entonces abro la puerta...

Esos momentos siempre resultan más dramáticos en los libros. La realidad defrauda por trivial.

Veo a un hombre de mediana edad, menudo, enjuto y fuerte. Su cabello ha desaparecido casi por completo, pues se lo ha cortado todo al uno. Lleva una camisa de aspecto caro, una chaqueta de sport y unos vaqueros azul marino, en combinación con unos mocasines lustrosos, sin calcetines. Siempre me ha parecido que los hombres que se ponen zapatos sin calcetines tienen una pinta ridícula. Como si se hubieran vestido a la carrera, a oscuras y con resaca.

Sé lo que él ve. Un hombre delgado, más alto que la media, con una camisa raída y un pantalón de pana que le hace bolsas, el pelo desgreñado y algunas arrugas más de las que una persona de cuarenta y dos años debería tener. Por otro lado, algunas arrugas hay que ganárselas.

—Ed. Me alegro de verte.

Como no puedo decir lo mismo con sinceridad, me limito a asentir. Antes de que él me ofrezca la mano y me obligue a estrechársela, me aparto a un lado y extiendo el brazo hacia el interior.

—Adelante.

—Gracias.

—Es por aquí.

Cojo su chaqueta, la cuelgo del perchero del vestíbulo y le indico a Mickey el camino hacia la sala de estar, aunque no me cabe duda de que lo recuerda.

Tal vez por contraste con el aspecto vistoso e impecable de mi invitado, la estancia se me antoja destartalada y oscura. Una habitación anticuada y polvorienta, ocupada por un hombre a quien no le interesa mucho la decoración.

—¿Quieres beber algo? Tengo un buen barolo abierto, o, si lo prefieres, hay cerveza o...

—Cerveza está bien.

—Vale. Tengo Heineken...

—Lo que sea. No soy un gran bebedor.

—Entiendo. —Otro rasgo que no tenemos en común—. Voy a buscar una botella de la nevera.

Regreso a la cocina, saco una Heineken y la abro. Luego alargo el brazo hacia mi copa de vino y tomo un buen trago antes de servirme de nuevo de la botella, que ya está medio vacía.

—Has cuidado bien de esta vieja casa.

Pego un brinco. Mickey está en la puerta, paseando la vista alrededor. Me pregunto si me ha visto apurar la copa y llenarla de nuevo. Y me pregunto por qué debería importarme.

—Gracias —digo, aunque ambos sabemos que he hecho muy poco para cuidar de «esta vieja casa».

Le paso la cerveza.

—Pero el mantenimiento de un edificio viejo como este debe de salir bastante caro, ¿no?

—No creas.

—Me sorprende que no lo hayas vendido.

—Por motivos sentimentales, supongo.

Bebo un sorbo de vino. Mickey prueba su cerveza. El momento se prolonga un poco más de la cuenta, traspasando el límite entre una pausa natural y un silencio incómodo.

—Bueno —comenta Mickey—. Tengo entendido que eres profesor, ¿no?

Asiento con la cabeza.

—Sí, esa es mi cruz.

—¿Te gusta?

—Casi siempre.

Casi siempre me apasiona mi asignatura. Quiero transmitir esa pasión a mis alumnos. Que disfruten las clases y se vayan a casa habiendo aprendido algo.

Otros días estoy cansado y resacoso, y le pondría un sobresaliente a cualquiera con tal de que cerrara el pico y me dejara en paz.

—Tiene gracia. —Mickey sacude la cabeza—. Yo creía que acabarías siendo escritor, como tu padre. La asignatura de lengua siempre se te dio bien.

—Y a ti siempre se te dio bien inventarte cosas. Supongo que por eso te dedicas a la publicidad.

Suelta una risita nerviosa. Otra pausa. Finjo que compruebo si ya está cocida la pasta.

—He preparado espaguetis a la boloñesa en un momento, ¿te parece bien?

—Sí, genial. —Oigo el chirrido de la silla cuando se sienta—. Te agradezco que te hayas tomado la molestia. O sea, me habría conformado con comer algo en el pub.

—Pero no en el Bull, ¿verdad?

Tensa el rostro.

—Supongo que les habrás dicho que yo iba a venir.

Me imagino que se refiere a Hoppo y Gav.

—En realidad, no. Pero al parecer Hoppo se topó contigo en el centro el otro día, así que...

Se encoge de hombros.

—Bueno, no me estaba ocultando.

—Entonces ¿por qué me pediste que no se lo dijera?

—Soy un cobarde —afirma—. Después del accidente, de todo lo ocurrido..., dudaba mucho que ninguno de ellos quisiera saber nada de mí.

—Nunca se sabe —digo—. La gente cambia. Eso sucedió hace mucho tiempo.

Esto también es una mentira, pero me parece un comentario más apropiado que «Tienes razón; siguen odiándote a muerte, sobre todo Gav».

—Supongo. —Se lleva la cerveza a los labios y echa varios tragos largos. Para ser alguien que no bebe mucho, hoy está luciéndose.

Voy a buscarle otra botella y me siento a la mesa, enfrente de él.

—Lo que quiero decir es que en esa época todos hicimos cosas de las que seguramente no estamos orgullosos.

—Todos menos tú.

Antes de que pueda replicarle, oigo un chisporroteo detrás de mí. El agua de los espaguetis se está derramando. Me apresuro a bajar la intensidad del fuego.

—¿Te echo una mano? —pregunta Mickey.

—No, está todo controlado.

—Gracias. —Alza su cerveza—. Quería hablar contigo de una propuesta.

Por fin sale el tema.

—¿Ah, sí?

—Te estarás preguntando por qué he vuelto, ¿no?

—¿Por mis legendarias dotes de cocinero?

—Este año hará tres décadas, Ed.

—Lo sé.

—El asunto ya está despertando el interés de los medios.

—No presto mucha atención a los medios.

—Seguramente haces bien. En su mayoría solo se dedican a desinformar y a propagar bulos. Por eso creo que es importante que alguien cuente lo que de verdad sucedió. Alguien que lo vivió en primera persona.

—¿Alguien como tú?

Asiente.

—Y me gustaría que me ayudaras.

—¿Cómo, exactamente?

—Con un libro. Un documental de televisión, quizá. Además, ya he investigado buena parte de los antecedentes del caso.

Me quedo mirándolo. Luego sacudo la cabeza.

—No.

—Solo te pido que me escuches hasta el final.

—No me interesa. No necesito remover todo eso otra vez.

—Pero yo sí. —Empina la botella—. Oye, me he pasado años intentando no pensar en lo que ocurrió. Lo he estado evitando. Bloqueándolo de mi mente. Pues bien, he decidido que es hora de enfrentarme a ese miedo y ese sentimiento de culpa, y lidiar con ellos.

A mí la experiencia me ha enseñado que es mucho mejor coger tus miedos, meterlos en una caja, cerrarla bien, echar el candado y guardarla en el rincón más apartado y oscuro de tu mente. Pero cada maestrillo tiene su librillo.

—¿Y los demás? ¿Te has preguntado si también nos apetece afrontar nuestros temores, revivir otra vez todo lo que pasó?

—Entiendo lo que dices. De verdad. Por eso quiero que te impliques..., y no solo en el tema del libro.

—¿A qué te refieres?

—He estado fuera más de veinte años. Soy un forastero. Pero tú aún vives aquí. Conoces a la gente, ellos confían en ti...

—¿Quieres que te ayude a limar asperezas con Gav y con Hoppo?

—No lo harías gratis. Compartiría contigo el adelanto. Y los derechos de autor.

No sé qué responder. Mickey interpreta mi vacilación como una renuencia persistente.

—Y hay algo más.

—¿El qué?

Esboza una sonrisa de suficiencia, y al instante caigo en la cuenta de que todo lo que ha dicho sobre su retorno para encararse con sus miedos no era más que un gran montón de mierda. Un zurullo como el estado de Texas.

—Sé quién la mató de verdad.

1986

Las vacaciones de verano tocaban a su fin.

—Solo seis días más —había dicho Gav el Gordo, abatido—. Y eso si incluimos el fin de semana, que no cuenta, así que en realidad solo quedan cuatro.

Yo compartía su abatimiento, pero intentaba desterrar el colegio de mi mente. Seis días eran seis días, y me aferraba a eso por más de una razón. Hasta la fecha, Sean Cooper no había cumplido su amenaza.

Lo había visto por la ciudad, pero siempre conseguía ocultarme antes de que me descubriera. Tenía un gran moretón y un corte bastante feo en el ojo. Seguramente le habría dejado una cicatriz que le habría durado hasta la edad adulta..., si él hubiera llegado a la edad adulta.

Metal Mickey suponía que su hermano se había olvidado de mí, pero yo lo dudaba. Rehuirlo durante las vacaciones era una cosa. El pueblo era lo bastante grande para los dos, como dicen los vaqueros. Pero en cuanto volviéramos todos a clase, evitarlo a diario —a la hora del almuerzo, en el patio, en el trayecto entre el cole y mi casa— resultaría mucho más complicado.

También me preocupaban otras cosas. La gente cree que los críos viven libres de preocupaciones. Pero no es así. Las de los niños son más grandes porque ellos son más pequeños.

Me preocupaba mi madre. Había estado mordaz e irritable últimamente, e incluso se enfadaba con más facilidad que de costumbre. Según papá, estaba estresada por la apertura de la nueva clínica.

Ella se desplazaba hasta Southampton para trabajar. Pero iban a inaugurar una clínica en el mismo Anderbury, cerca de la escuela técnica. El edificio se usaba para otra cosa. No recuerdo para qué, pero era un lugar que no llamaba en absoluto la atención. Supongo que de eso se trataba. Ni siquiera tenía un letrero. De hecho, el sitio habría pasado desapercibido del todo de no ser por la gente que estaba fuera.

Yo volvía en bici de hacer la compra cuando los vi. Un grupo de unas cinco personas. Caminaban en círculo, portando pancartas, cantando y coreando consignas. Los carteles decían cosas como SÍ A LA VIDA, NO MATÉIS MÁS BEBÉS o DEJAD QUE LOS NIÑOS VENGAN A MÍ.

Reconocí a un par de manifestantes: una mujer que trabajaba en el supermercado y la amiga rubia de la Chica de la Ola. Sorprendentemente, ella no se había llevado ni un rasguño ese día. Una pequeña parte de mí —una parte no muy agradable— lo consideraba un poco injusto. Ella no era tan bonita como la Chica de la Ola, y saltaba a la vista que tampoco derrochaba simpatía. Marchaba con una pancarta detrás de la otra persona que yo conocía: el reverendo Martin. Era el que gritaba más fuerte mientras andaba con una Biblia abierta entre las manos, recitando pasajes.

Detuve la bicicleta para observarlos. Después de la pelea en la fiesta de Gav el Gordo, mi padre había tenido una pequeña charla conmigo, así que me había enterado un poco más de lo que ocurría en la clínica de mi madre. Aun así, con doce años, uno no es consciente de la enorme importancia de temas como el aborto. Solo sabía que mamá ayudaba a mujeres que no podían hacerse cargo de sus bebés. Creo que no estaba interesado en conocer más detalles.

Sin embargo, mi corta edad no me impedía percibir la rabia —el veneno— que destilaban esos manifestantes. Lo percibía en sus ojos, en los espumarajos que echaban por la boca, en el modo en que blandían las pancartas como si fueran armas. Aunque sus cánticos ensalzaban el amor, ellos parecían estar llenos de odio.

Me marché, pedaleando más deprisa hasta llegar a casa. Reinaba el silencio, salvo por el sonido lejano del serrucho que mi padre estaba usando en algún sitio. Mamá se encontraba arriba, trabajando. Después de sacar la compra de las bolsas y guardarla, dejé el cambio a un lado. Tenía ganas de comentarles lo que había visto, pero los dos estaban ocupados. Me paseé sin rumbo hasta salir por la puerta de atrás. Fue entonces cuando vi el dibujo hecho con tiza en el camino de entrada.

Ya llevábamos un tiempo trazando figuras y otros símbolos con tiza. Entre los niños, las ideas se diseminan un poco como semillas transportadas por el viento. Algunas no llegan a germinar; arrastradas por la brisa, se pierden en el olvido y nadie vuelve a mencionarlas. Otras echan raíces. Las hunden en el suelo, crecen y se propagan.

Los dibujos con tiza eran una de esas ideas extrañas que todo el mundo pillaba casi en el acto. Evidentemente, una de las primeras cosas que hicimos fue dibujar en el patio un montón de muñecos de palo con pollas enormes y escribir por todas partes «a tomar por culo». Pero en cuanto sugerí la idea de usarlos para dejarnos mensajes secretos unos a otros, los hombres de tiza empezaron a cobrar vida, por así decirlo.

Cada uno tenía su propio color de tiza, lo que nos permitía saber quién había dejado el mensaje, y todos los dibujos simbolizaban cosas distintas. Una figura de palo, por ejemplo, significaba «nos vemos en la zona de juegos». Una serie de rayas y triángulos representaba el bosque. Teníamos símbolos para las tiendas y para el campo de deportes. Señales de advertencia sobre Sean Cooper y su panda. Confieso que incluso habíamos ideado signos con los que sustituir las palabrotas, lo que nos permitía escribir «a tomar por culo» y cosas peores delante de las casas de personas que nos caían mal.

¿Nos obsesionamos un poco con todo el asunto? Supongo. Pero así se comportan los críos. Se encaprichan con una idea durante unas semanas o meses, luego la exprimen hasta la saciedad, hasta que pierde todo su encanto y ya no sirve para jugar con ella.

Recuerdo que un día fui a Woolies a comprar más tizas, y Doña Permanente seguía tras la caja registradora. Me lanzó una mirada un poco extraña, y me pregunté si sospechaba que había otro paquete de tizas escondido en mi mochila.

—Sí que os gustan estas tizas, ¿no? —dijo en cambio—. Eres el tercer chaval que viene a comprar unas hoy. Y yo que pensaba que ahora os pasabais el día jugando al Donkey Kong y el Comecocos.

El mensaje en el camino de entrada estaba trazado con tiza azul, lo que significaba que era de Metal Mickey. Un muñeco de palo al lado de un círculo y un signo de exclamación (una incitación a acudir cuanto antes). Se me pasó por la cabeza fugazmente que era poco habitual que Mickey apelara a mí. Por lo general, escogía antes a Gav el Gordo o a Hoppo. Pero ese día no me apetecía quedarme en casa, así que dejé a un lado las dudas, grité a través de la puerta que iba a reunirme con Mickey y monté en mi bici.

La zona de juegos estaba desierta. Otra vez. No era algo insólito. Casi siempre lo estaba. En Anderbury había muchas familias y montones de criaturas que uno imaginaría que estaban deseosas de subir a los columpios para que las empujaran. Pero casi todos los papás y mamás llevaban a sus hijos a una zona de juegos que estaba más lejos.

Según Metal Mickey, nadie iba a la zona de juegos porque estaba encantada. Al parecer, una chica había aparecido asesinada allí tres años atrás:

—La encontraron en el carrusel. Le habían rajado la garganta, de modo que tenía la cabeza colgando, a punto de caerse. También le habían hecho un tajo en la tripa, así que tenía los intestinos desparramados como salchichas.

Metal Mickey sabía contar historias, eso hay que reconocérselo; por lo general, cuanto más truculentas, mejor. Pero no eran más que eso: historias. Se inventaba cosas a todas horas, aunque a veces contenían un atisbo de verdad escondido en alguna parte. Era innegable que algo en la zona de juegos daba mal rollo. Siempre estaba oscura, incluso en los días soleados. Seguramente esto se debía más a las ramas sobresalientes de los árboles que a alguna causa sobrenatural, por supuesto, pero a menudo, cuando me sentaba en el carrusel, sentía un ligero escalofrío o el extraño impulso de echar un vistazo hacia atrás, como si alguien estuviera mirando por encima de mi hombro, por lo que siempre procuraba no ir allí solo.

Ese día abrí la chirriante verja, molesto porque Metal Mickey aún no había llegado, y dejé la bicicleta apoyada contra la valla. Me asaltaron los primeros asomos de intranquilidad. Metal Mickey no solía llegar tarde. Algo no iba bien. Fue entonces cuando oí de nuevo el chirrido de la verja, y una voz detrás de mí:

—Hola, caraculo.

Cuando me di la vuelta, un puño impactó contra un lado de mi cabeza.

Abrí los ojos. Sean Cooper me miraba desde arriba. Tenía el rostro en sombras. Aunque solo entreveía su silueta, estaba bastante seguro de que sonreía, y no de un modo agradable. Nada de eso era buena señal.

—¿Nos has estado evitando?

¿«Nos»? Desde mi posición, tumbado boca arriba en el suelo, traté de volver la cabeza a derecha e izquierda. Solo conseguí distinguir dos pares más de zapatillas Converse. No me hizo falta echar un vistazo a las caras para adivinar que pertenecían a Duncan y Keith.

Sentía un dolor punzante en un lado de la cabeza. El pánico me atenazaba la garganta. La cara de Sean se cernía sobre la mía, muy cerca. Noté que me agarraba la camiseta y me la apretaba en torno al cuello.

—Me diste un ladrillazo en el ojo, caraculo. —Me zarandeó de nuevo, golpeando mi cabeza contra el asfalto—. No te he oído pedir perdón.

—Lo... sien-tooo —balbucí, arrastrando las palabras. Me costaba respirar.

—¿«Sien-tooo»? —me imitó con voz aflautada y lastimera. Miró a Duncan y Keith, a quienes pude ver entonces, recostados contra la torre de escalada—. ¿Lo habéis oído? Caraculo lo sien-teee.

Los dos sonrieron de oreja a oreja.

—No lo ha dicho como si lo sin-tieeeeese de verdad —comentó Keith.

—No. Lo ha dicho como un pequeño caraculo —convino Duncan.

Sean se agachó, acercándose más a mí. Percibí el olor a tabaco en su aliento.

—Creo que tu disculpa no es sincera, caraculo.

—Lo... lo es.

—Qué va. Pero no pasa nada. Porque nos encargaremos de que lo sien-taaaas.

Se me aflojó la vejiga. Por suerte, era un día caluroso y yo había estado sudando, pues si hubiera tenido una gota de líquido de más en el cuerpo, se me habría derramado en los pantalones.

Sean me levantó, tirándome de la camiseta. Pugné por apoyar las deportivas en el suelo para no asfixiarme. Acto seguido, me propinó un empujón en el pecho hacia la torre de escalada. Todo me daba vueltas. Estuve a punto de perder el equilibrio, pero como él seguía sujetándome con fuerza, me mantenía en pie.

Desesperado, desplacé la vista por la zona de juegos, pero estaba vacía salvo por Sean, sus compinches y sus relucientes bicicletas de BMX, tiradas de cualquier manera junto a los columpios. La de Sean era fácil de reconocer: de color rojo chillón, con una calavera negra pintada en el costado. Al otro lado de la calle, había un solitario coche azul en el pequeño aparcamiento del Spar. El conductor brillaba por su ausencia.

De pronto vi algo: una figura en el parque. Aunque no llegaba a distinguirla bien, parecía...

—¿Me estás escuchando, caraculo?

Sean me estampó contra las barras de la torre de escalada. Mi cabeza chocó con algo metálico y se me nubló la vista. La figura desapareció; todo desapareció por unos instantes. Un grueso velo gris se corrió frente a mis ojos. Me temblaron las piernas. Un enorme abismo de tinieblas amenazaba con engullirme. Sentí una fuerte bofetada en la mejilla. Y luego otra. Mi cabeza se torcía con violencia de un lado a otro. Me escocía la piel. El velo se descorrió de repente.

Tenía delante la cara sonriente de Sean. Ahora lo veía con claridad. El cabello espeso y rubio. La pequeña cicatriz por encima del párpado. Los ojos de un azul brillante, como los de su hermano. Pero despedían un tipo de luz distinto. «Una luz muerta», pensé. Fría, dura, demencial.

—Bien. Por fin he captado toda tu atención.

Me asestó un puñetazo en el estómago. Expulsé todo el aire de golpe. Me doblé en dos. Ni siquiera podía gritar. Nunca me habían pegado tan fuerte, y el dolor era inmenso, insoportable. Como si me ardieran las entrañas. Sean me asió del pelo y tiró de mi cabeza hacia atrás. Me manaban agua y mocos de la nariz.

—Ooooh, ¿te he hecho daño, caraculo? Te propongo un trato: no volveré a pegarte si me demuestras cuánto lo sienteeeees, ¿vale?

Intenté asentir, pero me resultó casi imposible, porque Sean me tenía cogido el pelo con tanta fuerza que sentía que estaba a punto de arrancármelo de raíz.

—¿Crees que podrás?

Otro doloroso gesto de asentimiento.

—Muy bien. Ponte de rodillas.

No me quedó más remedio, pues me obligó, bajándome la cabeza. Duncan y Keith se aproximaron para sujetarme los brazos.

Me raspé las rodillas con el áspero asfalto de la zona de juegos. Aunque me escoció, no me atreví a quejarme. Fijé la mirada en las zapatillas Nike blancas de Sean. Oí el sonido de una hebilla, luego el de una cremallera, y, al comprender de pronto lo que pretendía hacer, el pánico y la repulsión se apoderaron de mí a la vez.

—No. —Forcejeé, pero Duncan y Keith me tenían bien inmovilizado.

—Demuestra cuánto lo sien-teeees, caraculo. Chúpame la polla.

Me echó la cabeza atrás de un tirón. Me encontré con su verga delante de los ojos. Me pareció gigantesca. Rosácea y toda hinchada. Y también desprendía olor. A sudor y a alguna sustancia extraña y agria. Tenía el rizado y rubio vello púbico enmarañado y apelmazado en torno a la base.

Apretando los dientes, intenté sacudir la cabeza de nuevo.

Sean me presionó los labios con la punta del miembro. El hedor rancio me penetró en las fosas nasales. Apreté las mandíbulas con más fuerza.

—Chupa.

Duncan me aferró el brazo y lo torció hacia arriba detrás de mi espalda. Solté un alarido. Sean me metió la polla en la boca.

—Que chupes, niñato hijo de puta.

No podía respirar; me atraganté. Las lágrimas y los mocos me resbalaban por la barbilla, mezclándose. Creí que iba a vomitar. Y entonces, a lo lejos, oí la voz de un hombre gritar:

—¡Eh! ¿Qué estáis haciendo?

Noté que Sean dejaba de tirarme del pelo. Retrocedió hasta sacar la verga de mi boca y se apresuró a guardársela en los calzoncillos. Me soltaron los brazos.

—¡Os he preguntado qué narices estáis haciendo!

Parpadeé con rapidez. A través de las lágrimas, vi la figura borrosa de un hombre alto y pálido, de pie fuera de la zona de juegos. El señor Halloran.

Dio un saltito para pasar por encima de la valla y se nos acercó con grandes zancadas. Llevaba su uniforme habitual: camisa grande y holgada, vaqueros ajustados y botas. Ese día se había puesto un sombrero gris, y el cabello blanco le ondeaba por detrás. Debajo, su rostro pétreo, como de mármol. Esos ojillos apenas visibles llameaban con un fuego interior. Tenía un aspecto airado y temible, como un ángel vengador salido de un cómic.

—Nada. Nada especial —oí que respondía Sean, dejando a un lado su actitud de gallito—. Solo hacíamos el tonto.

—¿Solo hacíais el tonto?

—Sí, señor.

El señor Halloran posó la vista en mí. Su expresión se suavizó.

—¿Estás bien?

Me puse en pie con dificultad y asentí.

—Sí.

—¿Es cierto que solo estabais haciendo el tonto?

Me volví hacia Sean. Me lanzó una mirada que comprendí de inmediato. Significaba que, si yo me iba de la lengua, él me arruinaría la vida. No podría volver a poner un pie fuera de casa. Si mantenía la boca cerrada tal vez, solo tal vez, la cosa quedaría como estaba. Mi sufrimiento y mi castigo habrían terminado.

Asentí de nuevo.

—Sí, señor. Solo hacíamos el tonto.

No despegó la vista de mí. Bajé la vista hacia mis zapatillas, sintiéndome como un miedica estúpido e insignificante.

Por fin apartó la mirada.

—De acuerdo —les dijo a los otros—. No estoy muy seguro de qué es lo que he visto que estaba pasando aquí, y esa es la única razón por la que no os voy a llevar derecho a comisaría. Y ahora, largaos, antes de que cambie de idea.

—Sí, señor —murmuraron al unísono, de repente tan dóciles y sumisos como niños pequeños.

Los observé mientras montaban en sus bicicletas y se alejaban a toda velocidad. El señor Halloran los siguió con la vista. Por un momento, pensé que se había olvidado de que yo estaba allí. Entonces se volvió hacia mí.

—En fin. ¿De verdad estás bien?

Algo en su rostro, sus ojos, incluso su voz, hizo que me resultara imposible mentirle otra vez. Sacudí la cabeza, al borde de las lágrimas.

—Ya me parecía que no. —Apretó los labios—. No hay nada que odie más que los abusones. Pero ¿sabes qué pasa con los abusones?

Negué con la cabeza. En realidad no sabía nada de nada por aquel entonces. Me sentía débil y asustado. Me dolían el estómago y la cabeza, y me abrumaba la vergüenza. Tenía ganas de enjuagarme la boca con detergente y restregarme la piel hasta que quedara en carne viva.

—Son unos cobardes —afirmó el señor Halloran—. Y los cobardes siempre reciben su merecido. El karma. ¿Sabes lo que es?

Sacudí la cabeza de nuevo, deseando en parte que el señor Halloran se marchara.

—Quiere decir que recoges lo que siembras. Si cometes una mala acción, esta acabará por volverse contra ti y morderte el trasero. Ese chico recibirá su merecido algún día. Que no te quepa la menor duda.

Me posó la mano sobre el hombro y me dio un apretón. Conseguí esbozar una sonrisa.

—¿Esa es tu bici?

—Sí, señor.

—¿Te ves capaz de llegar a casa en ella?

Aunque quería responderle que sí, el mero hecho de tenerme en pie me parecía agotador. El señor Halloran me sonrió con un gesto comprensivo.

—Tengo el coche aquí mismo. Coge tu bici, te llevaré a tu casa.

Cruzamos la calle en dirección a su vehículo, un Princess azul. No había ni una zona de sombra en el aparcamiento del Spar; cuando él abrió la puerta, un calor abrasador salió del interior. Por fortuna, la tapicería de los asientos era de tela y no de plástico, como en el coche de mi padre, así que no me quemé las piernas cuando me senté. Aun así, notaba que la camiseta se me pegaba a la piel como film adherente.

El señor Halloran subió al asiento del conductor.

—Uf. Es un poco sofocante, ¿no?

Giró la manivela para bajar la ventanilla. Yo hice lo mismo con la de mi lado. Una brisa muy suave empezó a correr cuando arrancamos.

Aun así, en aquel espacio cerrado y caluroso, cobré para mi horror plena conciencia del penetrante olor a sudor, las manchas de tierra, sangre y todo lo demás.

Mi madre me mataría, pensé. Ya me imaginaba su expresión.

«¿Qué diantres ha pasado, Eddie? ¿Te has metido en una pelea? Estás hecho un asco... Y mira cómo tienes la cara. ¿Quién te ha hecho esto?»

Querría averiguar quién era el responsable, iría a indagar por ahí, y se armaría un lío tremendo. El alma se me cayó lentamente a los pies.

El señor Halloran me echó una mirada breve.

—¿Te encuentras bien?

—Mi madre —dije entre dientes—. Se pondrá hecha una furia.

—Pero lo que ha pasado no ha sido culpa tuya.

—Da igual.

—Si le dices...

—No, no puedo.

—Entiendo.

—Ahora mismo está muy estresada por cosas...

—Ah —dijo como si supiera a qué cosas me refería—. Se me ocurre una cosa: ¿por qué no vamos a mi casa para que te adecentes un poco?

Redujo la velocidad antes de llegar al cruce y puso el intermitente, pero en vez de girar a la izquierda, hacia mi calle, torció a la derecha. Tras doblar unas esquinas más, detuvo el coche frente a una pequeña casa encalada.

—Vamos, Eddie —me dijo con una sonrisa.

Pasamos al fresco y oscuro interior de la vivienda. Todas las cortinas estaban cerradas. La puerta principal daba directamente a un pequeño salón. No había muchos muebles, solo un par de sillones, una mesita de centro y un pequeño televisor sobre un taburete. También percibí un olor extraño, como a hierbas. Sobre la mesita descansaba un cenicero con un par de colillas blancas. El señor Halloran lo agarró rápidamente.

—Voy a tirar esto. El baño está justo subiendo las escaleras.

—Vale.

Ascendí por los angostos peldaños. En el descansillo había un cuarto de baño minúsculo con muebles y baldosas verdes. Unas alfombras de color naranja pálido estaban cuidadosamente colocadas junto a la bañera y en torno a la base del retrete. Un pequeño armario con espejo colgaba de la pared, por encima del lavabo.

Cerré la puerta del baño y me contemplé en el espejo. Tenía una costra de mocos en la nariz y rastros de mugre en las mejillas. Me alegré de que mi madre no pudiera verme en ese estado. Habría aceptado de buen grado pasarme el resto de las vacaciones sin salir de mi cuarto o del patio trasero. Empecé a frotarme suavemente el rostro con la toalla de mano que estaba junto al lavabo y que remojaba en un agua tibia que se enturbiaba cada vez más conforme me lavaba.

Me eché otro vistazo. Estaba mejor. Casi normal. Tras secarme con una toalla grande y áspera, salí del baño.

Debería haber bajado directamente. Si lo hubiera hecho, todo habría ido bien. Habría podido irme a casa y olvidarme de aquella visita. En vez de eso, me quedé mirando las otras dos puertas que había en la planta de arriba. Las dos estaban cerradas. No pude evitar preguntarme qué habría al otro lado. Bastaría con echar una pequeña ojeada. Hice girar el pomo de la más cercana y la abrí.

No era un dormitorio. No contenía un solo mueble. En el centro de la habitación se encontraba un caballete que sostenía un lienzo tapado con una sábana sucia. Alrededor, apoyados en las paredes, había un montón de cuadros. Algunos estaban hechos con tiza (o como fuera que el señor Halloran lo llamara), y otros con pintura de verdad, densa y empastada.

Casi todos parecían ser retratos de dos niñas. Una de ellas, rubia y pálida, me recordaba mucho al señor Halloran. Aunque era bonita, tenía una expresión un poco triste, como si alguien le hubiera dicho algo que no le había gustado mucho pero ella se esforzara por poner buena cara.

A la otra niña la reconocí de inmediato. Era la Chica de la Ola. En la primera pintura, aparecía sentada de lado frente a una ventana con un vestido blanco. Aunque se encontraba de perfil, no me cabía la menor duda de que era ella, y estaba igual de preciosa. La siguiente era un poco distinta. La mostraba sentada en un jardín con un bonito vestido veraniego, con el rostro orientado un poco más hacia el pintor. La sedosa cabellera castaña le caía en ondas sobre los hombros. Podían apreciarse el suave contorno de la mandíbula y un ojo grande y almendrado.

El tercer cuadro revelaba aún más su rostro, o mejor dicho la parte de él que el trozo de metal que había salido despedido le había arrancado. Sin embargo, no presentaba un aspecto tan terrible, porque el señor Halloran había difuminado las cicatrices de modo que semejaran más bien las costuras de una bonita y colorida colcha de retales, y el pelo le cubría a medias el ojo dañado. Casi volvía a estar bella, aunque con una belleza distinta.

Dirigí la vista hacia el lienzo colocado en el caballete. Casi sin darme cuenta, eché a andar hacia él. Levanté una esquina de la sábana. Fue entonces cuando oí el crujido de una tabla del suelo.

—Eddie, ¿qué haces?

Giré sobre los talones y, por segunda vez ese día, me quedé paralizado por la vergüenza.

—Perdón. Solo... solo quería echar un vistazo.

Por unos instantes, creí que el señor Halloran iba a pegarme la bronca, pero entonces sonrió.

—No pasa nada, Eddie. Debería haber cerrado la puerta.

Estuve a punto de replicarle que me la había encontrado cerrada, pero entonces lo comprendí: estaba facilitándome una salida.

—Son muy buenos —comenté.

—Gracias.

—¿Quién es? —pregunté, señalando el retrato de la chica rubia.

—Mi hermana Jenny.

Eso explicaba el parecido.

—Es muy bonita.

—Sí, lo era. Falleció. Hace unos años. De leucemia.

—Lo siento.

No sabía por qué me disculpaba, pero era lo que decía la gente cuando se moría alguien.

—Tranquilo. En cierto modo, las pinturas me ayudan a mantenerla con vida... A Elisa supongo que la has reconocido, ¿no?

La Chica de la Ola. Asentí.

—La visito a menudo en el hospital.

—¿Cómo sigue?

—No muy bien, Eddie. Pero se recuperará. Es fuerte. Más de lo que ella se imagina.

Guardé silencio. Tenía la sensación de que el señor Halloran quería añadir algo.

—Espero que los cuadros la ayuden en su convalecencia. Las chicas como Elisa están acostumbradas a que les digan lo hermosas que son. Y cuando les arrebatas eso, pueden pensar que no les queda nada. Pero le queda mucho en el interior. Quiero mostrarle su belleza. Enseñarle que aún tiene algo a lo que vale la pena aferrarse.

Volví la mirada hacia el cuadro de Elisa. En cierto modo, capté lo que quería decir. Su aspecto no era el mismo de antes. Pero él había conseguido que aflorara un tipo de belleza diferente, especial. También entendía lo de querer aferrarse a las cosas, asegurarse de que no se perdieran para siempre. Estuve a punto de comentárselo. Pero cuando miré al frente, advertí que el señor Halloran estaba contemplando la pintura como si se hubiera olvidado de mi presencia.

Fue entonces cuando comprendí algo más. El hombre estaba enamorado de ella.

El señor Halloran me caía bien, pero, incluso entonces, me producía cierta inquietud, la sensación de que algo no estaba bien. Él era un adulto. No un adulto viejo (más tarde nos enteraríamos de que tenía treinta y un años), pero un adulto al fin y al cabo, y en cambio la Chica de la Ola, aunque no era una colegiala ni nada parecido, era mucho más joven que él. El señor Halloran no podía quererla. No sin que surgieran problemas. Problemas gordos. De pronto, pareció volver en sí y percatarse de que yo seguía en la habitación.

—Pero aquí estoy, como siempre, yéndome por las ramas. Por eso no doy clases de artes plásticas. Nadie terminaría nada. —Desplegó su sonrisa amarillenta—. ¿Listo para volver a casa?

—Sí, señor.

No había nada que deseara más.

El señor Halloran detuvo el coche al final de mi calle.

—He pensado que no querrías que tu madre te hiciera preguntas.

—Gracias.

—¿Quieres que te ayude a sacar la bici del maletero?

—No, ya me apaño solo. Gracias, señor.

—De nada, Eddie. Una cosa más...

—¿Sí, señor?

—Te propongo un trato. No le contaré a nadie lo que ha pasado hoy si tú tampoco dices nada, sobre todo acerca de los cuadros. Se trata de un asunto más bien privado.

No tuve que pensarlo dos veces. No quería que nadie supiera lo que había sucedido ese día.

—Sí, señor. Es decir, trato hecho.

—Adiós, Eddie.

—Adiós, señor.

Cogí la bicicleta y la empujé por la calle y luego por el camino de acceso. La dejé apoyada contra la puerta principal. Había un paquete en el escalón de la entrada. Tenía una etiqueta que decía «Señora M. Adams». Me pregunté por qué el cartero no había llamado al timbre. Tal vez mis padres no lo habían oído.

Recogí la caja y entré en casa.

—Hola, Eddie —dijo mi padre desde la cocina.

Me eché una ojeada rápida en el espejo del vestíbulo. Aún tenía un pequeño moretón en la frente y la camiseta un poco sucia, pero no podía hacer gran cosa al respecto. Respiré hondo y entré en la cocina.

Papá estaba sentado a la mesa, tomando un vaso grande de refresco. Cuando me miró, frunció el ceño.

—¿Qué te ha pasado en la cabeza?

—Pues... eh... me he caído de la torre de escalada.

—¿Te encuentras bien? No tendrás náuseas, ¿verdad? ¿Estás mareado?

—No, estoy bien.

Deposité el paquete sobre la mesa.

—Estaba frente a la puerta.

—Ah, vaya. No he oído el timbre. —Se puso de pie y gritó hacia arriba—. ¡Marianne! ¡Te ha llegado un paquete!

—Vale —respondió mi madre—. Ya voy.

—¿Quieres un refresco, Eddie? —preguntó mi padre.

Asentí.

—Gracias.

Se acercó a la nevera y cogió una botella que estaba en la puerta. Olisqueé el aire. Flotaba un olor extraño en la cocina.

Mamá apareció. Llevaba las gafas apoyadas en el pelo y parecía cansada.

—Hola, Eddie. —Se fijó en el paquete—. ¿Qué es esto?

—Ni idea —dijo papá.

Ella aspiró por la nariz.

—¿No oléis algo?

Papá negó con la cabeza, pero cambió de parecer.

—Bueno, a lo mejor un poco.

Mamá miró de nuevo el paquete.

—Geoff —dijo en un tono ligeramente más tenso—, ¿me pasas unas tijeras?

Mi padre sacó unas del cajón y se las alargó. Ella cortó la cinta marrón que mantenía cerrada la caja y tiró de las solapas hacia arriba.

Aunque mamá no se inmutaba con facilidad, la vi retroceder.

—¡Dios mío!

Mi padre se inclinó sobre su hombro.

—¡Cielo santo!

Antes de que él le arrebatara la caja a mi madre, pude echar un vistazo al interior. En el fondo estaba acomodado algo pequeño y rosado cubierto de una sustancia pringosa y sangre (más tarde me enteré de que era un feto de cerdo). Un cuchillo delgado sobresalía por arriba, con un papel ensartado en el que había solo tres palabras escritas con letra de imprenta: ASESINA DE BEBÉS.

2016

Los principios están muy bien, para quien puede permitírselos. Me gusta considerarme un hombre de principios, como a casi todo el mundo, por otra parte. Lo cierto es que todos tenemos un precio, botones que pueden pulsarse para impulsarnos a hacer cosas no del todo honorables. Los principios no pagan la hipoteca ni saldan nuestras deudas. De hecho, los principios son una moneda de muy poco valor en la dura rutina diaria. Un hombre de principios por lo general es un hombre que posee todo lo que quiere, o bien que no tiene nada que perder.

Permanecí mucho rato despierto en la cama, no solo por la indigestión ocasionada por el exceso de vino y espaguetis.

«Sé quién la mató de verdad.»

Una frase estupenda para crear suspense. Mickey sabía que lo era. Y, por supuesto, se negó a dar más detalles.

«No puedo decírtelo todavía. Antes tengo que poner en orden algunas cosas.»

Y una mierda, pensé. Pero había asentido, paralizado por la impresión.

—Dejaré que lo consultes con la almohada —había dicho Mickey antes de marcharse. No había ido a mi casa en coche, y no había querido que le pidiera un taxi. Se hospedaba en un Travelodge a las afueras de la ciudad—. Me hará bien andar.

Yo no estaba muy convencido, dado lo inseguros que parecían sus pasos, pero le di la razón. Después de todo, no era tan tarde y él ya era mayorcito.

Cuando se fue, coloqué los platos en el lavavajillas y me retiré al salón con un vaso largo de bourbon para meditar sobre su propuesta. Quizá se me cerraron los ojos durante unos segundos. O unos minutos. La siesta de después de la cena: la maldición de la mediana edad.

Empecé a despertarme al oír el crujido de las tablas del suelo por encima de mi cabeza y luego pasos en la vieja escalera.

Chloe asomó la cabeza por la puerta.

—Hola.

Se había puesto ropa de dormir: una camiseta ancha encima de un pantalón de pijama de hombre y unos calcetines caídos. Llevaba suelta la negra cabellera. Ofrecía un aspecto atractivo, vulnerable y desaliñado a la vez. Metí la nariz en mi vaso.

—¿Qué tal el reencuentro? —inquirió.

Reflexioné unos instantes.

—Interesante.

Se acercó y se sentó en el brazo del sofá.

—Cuenta, cuenta.

Tomé un trago de whisky.

—Mickey quiere escribir un libro, tal vez un guion de televisión, sobre lo que pasó. Y quiere que yo colabore con él.

—La cosa se pone interesante.

—Ya te digo.

—¿Y bien?

—¿Y bien qué?

—Bueno, le habrás dicho que sí, supongo.

—No le he dicho nada todavía. No estoy seguro de querer hacerlo.

—¿Por qué no?

—Porque hay que tener en cuenta muchos factores. Cómo le sentaría a la gente de Anderbury que desenterráramos el pasado, por ejemplo. Gav y Hoppo. Nuestras familias.

Y Nicky, pensé. ¿Había hablado Mickey con ella?

Chloe arrugó el entrecejo.

—Vale, ya lo pillo. Pero ¿y tú?

—¿Yo?

Suspiró, mirándome como a un niño pequeño especialmente corto de entendederas.

—Podría ser una magnífica oportunidad para ti. Y seguro que el dinero tampoco te vendría mal.

—Eso es lo de menos. Además, solo estamos hablando de una posibilidad. Los proyectos de ese tipo suelen quedarse por el camino.

—Sí, pero a veces tienes que correr riesgos.

—¿Los corres tú?

—Claro. Si no lo haces, no llegas a nada en la vida. Acabas sentado rascándote la barriga, fosilizado, en vez de vivir de verdad.

Alcé mi vaso.

—Vaya, pues muchas gracias. Un sabio consejo de alguien que apenas llega a fin de mes y trabaja a tiempo parcial en una tienda de ropa cutre. Tú sí que vives al límite.

Se levantó con un resoplido y se dirigió hacia la puerta.

—Estás borracho. Me vuelvo a la cama.

Me asaltaron los remordimientos. Me había portado como un idiota. Un idiota de sobresaliente, graduado con honores y diploma.

—Perdóname.

—Olvídalo. —Esbozó una sonrisa amarga—. De todas formas, es probable que ya no te acuerdes de nada por la mañana.

—Chloe...

—Vete a dormir la mona, Ed.

«A dormir la mona.» Me tiendo de costado y luego boca arriba. Sería un buen consejo, si fuera capaz de conciliar el sueño.

Intento acomodarme sobre las almohadas, pero es inútil. Siento un dolor opresivo y persistente en el estómago. Creo que tengo antiácidos en algún sitio. A lo mejor en la cocina.

De mala gana, descuelgo las piernas de la cama y bajo las escaleras descalzo. Enciendo la dura luz de la cocina, que me lastima los irritados ojos. Entornando los párpados, rebusco en uno de los cajones donde guardo toda clase de trastos. Cinta de celulosa, masilla adhesiva, bolis, tijeras. Llaves misteriosas, tornillos y una baraja prehistórica. Por fin encuentro los antiácidos, al fondo de todo, junto a una lima de uñas y un viejo abridor.

Cuando saco la caja, descubro que solo queda una tableta. Con eso bastará. Me la llevo a la boca y mastico. Se supone que tiene gusto de fresa, pero a mí me sabe a tiza. Regreso al pasillo, y entonces me percato de una cosa. En realidad, de dos: hay una luz encendida en el salón, y flota en el aire un olor raro que no sé de dónde procede. Un olor dulzón, y a la vez nauseabundo, rancio. Inmundo. Y me resulta familiar.

Doy un paso hacia delante y piso algo granuloso. Bajo la vista. Un rastro de tierra negra cruza el suelo del corredor. Pisadas. Como si algo hubiera recorrido el pasillo arrastrando los pies, dejando tras de sí un reguero de polvo. Algo que hubiera salido reptando de un sitio frío, oscuro y lleno de escarabajos y gusanos.

Trago saliva. No. No, no es posible. Es solo mi mente, que me está jugando una mala pasada, reviviendo una vieja pesadilla de un chico de doce años con una imaginación hiperactiva.

«Sueños lúcidos.» Así los llaman. Sueños que parecen increíblemente reales. Uno incluso puede realizar en el sueño actividades que aumentan esa ilusión de realidad, como entablar conversaciones, cocinar, prepararse un baño..., entre otras cosas.

Esto no es real (pese a las sensaciones muy reales de la tierra entre los dedos de los pies y la tableta con sabor a tiza en la boca). Lo único que tengo que hacer es despertar. «Despierta. ¡Despierta!» Por desgracia la vigilia parece tan difícil de alcanzar como el olvido que buscaba antes.

Avanzo un poco y poso la mano en la puerta del salón. Como no podía ser de otra manera. Estoy en un sueño, y los sueños como este (los malos) siguen un recorrido casi inevitable: un camino retorcido y angosto a través del bosque denso y tenebroso, hasta la casita de caramelo que se encuentra en lo más profundo de nuestra psique.

Empujo la puerta para abrirla. También hace frío aquí dentro. No un frío normal. No el fresco que se siente en una casa por la noche. Este frío cala hasta los huesos y se instala como un trozo de hielo en los intestinos. Un frío teñido de miedo. Y el olor se ha vuelto más intenso. Agobiante. Apenas puedo respirar. Me entran ganas de salir de la habitación. De echar a correr. De gritar. En vez de ello, enciendo la luz.

Está sentado en mi sillón. Los pegajosos mechones de pelo rubio platino se le pegan al cuero cabelludo como telarañas, que dejan entrever partes del cráneo y del cerebro. Su rostro es una calavera de la que cuelgan jirones de piel putrefacta.

Lleva, como siempre, una camisa negra holgada, vaqueros ajustados y unas pesadas botas negras. Las prendas están desgarradas y hechas harapos. Las botas, raspadas y recubiertas de tierra. Su maltratado sombrero descansa sobre el brazo del sillón.

«Tendría que haberme dado cuenta antes. El hombre del saco de mi infancia es cosa del pasado. Ahora soy un adulto. Es hora de que me enfrente al Hombre de Tiza.»

El señor Halloran se vuelve hacia mí. Aunque no tiene

ojos, percibo algo en esas cuencas vacías, un atisbo de comprensión o reconocimiento... y algo más que me disuade de asomarme a su interior, por miedo a que mi mente se abisme en ellas y ya no pueda recuperarla del todo.

—*Hola, Ed. Dichosos los ojos.*

Chloe ya está levantada, bebiendo café y mordisqueando una tostada en la cocina cuando bajo las escaleras, sintiendo que no he descansado en absoluto, a las ocho pasadas.

Ha resintonizado la radio, que, en vez de Radio 4, emite a todo volumen algo que suena como los alaridos de dolor de un hombre que intenta suicidarse aporreándose la cabeza con una guitarra.

Huelga decir que eso no ayuda en absoluto a aliviar el martilleo en mi cabeza.

Chloe se vuelve y me estudia por unos instantes.

—Pareces estar hecho una mierda.

—Lo estoy.

—Me alegro. Te está bien empleado.

—Gracias por la compasión.

—El dolor autoinfligido no merece compasión.

—Gracias de nuevo... ¿Hay alguna posibilidad de que atenúes la voz del hombre blanco rabioso con conflictos paterno-filiales?

—Se llama música rock, abuelete.

—Es lo que acabo de decir.

Sacude la cabeza pero baja un poco el volumen.

Me acerco a la cafetera y me sirvo un café solo.

—¿Cuánto rato te quedaste levantado después de que me fuera a dormir? —pregunta Chloe.

Me siento a la mesa.

—No mucho. Estaba bastante borracho.

—No me digas.

—Lo siento.

Agita la pálida mano.

—Tranquilo. No debería haberme metido contigo. De verdad, no es asunto mío.

—No, bueno, a ver, tenías razón. En lo que dijiste. Pero a veces las cosas no son tan sencillas.

—Vale. —Toma un sorbo de café y añade—: ¿Estás seguro de que no desvelaste demasiado?

—Sí.

—¿Y de que no te levantaste luego en plena noche?

—Bueno, bajé a por un antiácido.

—¿Y ya está?

Un fragmento de un sueño me viene fugazmente a la memoria. «*Hola, Ed. Dichosos los ojos.*»

Lo aparto de mi mente.

—Sí, ¿por qué?

Me lanza una mirada extraña.

—Deja que te enseñe una cosa.

Se pone de pie y sale de la cocina. De mala gana, me levanto de mi asiento y la sigo.

Se detiene frente a la puerta del salón.

—Me preguntaba si te habías quedado un poco rayado después de charlar con tu amigo.

—Tú enséñame lo que tengas que enseñarme, Chloe.

—Vale.

Abre la puerta.

Una de las pocas reformas que realicé en la casa fue sustituir la chimenea antigua por una estufa de leña y un hogar con revestimiento de pizarra.

Me quedo mirándolo. El hogar está cubierto de dibujos. Trazos de un blanco pálido que resaltan sobre la pizarra gris. Decenas de ellos, dibujados unos encima de otros, como en un frenesí. Muñecos de tiza blanca.

1986

Un policía acudió a nuestra casa. Nunca habíamos recibido a un agente de la ley. Creo que, hasta ese verano, ni siquiera había visto a uno de cerca.

Era alto y delgado. Tenía abundante cabello negro y un rostro más bien cuadrado. Parecía un poco una pieza gigante de Lego, aunque no era amarillo. Se presentó como el agente Thomas.

Echó un vistazo al interior de la caja, la metió en una bolsa de basura y se la llevó a su coche patrulla. Luego regresó y se sentó en una posición incómoda en la cocina para hacerles preguntas a mis padres y tomar notas en una pequeña libreta de espiral.

—¿De modo que su hijo encontró el paquete fuera?

—Así es —respondió mamá, y se volvió hacia mí—. ¿Verdad, Eddie?

Asentí.

—Sí, señor.

—¿A qué hora?

—A las cuatro y cuatro minutos de la tarde —dijo mi madre—. Consulté mi reloj antes de bajar las escaleras.

El policía garabateó algo más en su libreta.

—¿Y no viste a nadie salir de la casa ni rondando por la calle?

Sacudí la cabeza.

—No, señor.

—Entiendo.

Más garabateos. Mi padre se revolvió en su silla.

—Oiga, estamos perdiendo el tiempo —aseguró—. Todos sabemos quién dejó el paquete.

El agente Thomas lo miró con una expresión rara. No me pareció muy amistosa.

—¿Ah, sí?

—Sí. Alguno de los acólitos del reverendo Martin. Intentan intimidar a mi esposa y mi familia, y ya va siendo hora de que alguien le pare los pies.

—¿Tiene alguna prueba?

—No, pero es obvio, ¿no cree?

—Tal vez deberíamos dejar a un lado las acusaciones infundadas por el momento.

—¿Infundadas? —Se notaba que mi padre empezaba a perder la paciencia. No se enfadaba a menudo, pero cuando alguien lo sacaba de quicio, como en la fiesta, explotaba.

—No existe ninguna ley que prohíba las protestas pacíficas, señor.

Y entonces lo comprendí. El policía no estaba del lado de mis padres, sino de los manifestantes.

—Tiene razón —dijo mamá con serenidad—. Las protestas pacíficas no son ilegales. Pero la intimidación, el acoso y las amenazas desde luego que sí. Confío en que se tomará este asunto en serio.

El agente Thomas cerró su libreta con brusquedad.

—Por supuesto. Si localizamos a los culpables, no le quepa la menor duda de que recibirán el castigo que merecen. —Se levantó, echando hacia atrás la silla, que chirrió sobre el suelo de baldosas—. Y ahora, si me disculpan...

Salió de la cocina. Dio un portazo al abandonar la casa. Me volví hacia mi madre.

—¿No quiere ayudarnos?

—Sí —suspiró ella—. Claro que quiere.

Papá soltó un resoplido.

—A lo mejor estaría más dispuesto a ayudar si su hija no hubiera participado en las protestas.

—Geoff —lo reconvino mi madre—. Déjalo ya.

—Muy bien. —Se puso de pie y, por unos instantes, no parecía mi padre. Tenía el semblante rígido y furioso—. Pero si la policía no se encarga de esto, lo haré yo.

Antes de que empezaran las clases, nos juntamos todos por última vez en condiciones. Quedamos en casa de Gav el Gordo, como solíamos. Era el que tenía la habitación más grande y el mejor jardín, con un columpio de cuerdas y una casa en el árbol, y su madre siempre nos mantenía bien provistos de refrescos y patatas fritas.

Nos tumbamos en el césped para decir chorradas y cachondearnos unos de otros. A pesar del trato que había cerrado con el señor Halloran, les hablé un poco de mi encuentro con el hermano de Mickey. No me quedó otro remedio, pues si él había descubierto lo de los muñecos de tiza, nuestro juego secreto se había ido al garete. Por supuesto, en mi versión, luchaba heroicamente y conseguía escapar. Me preocupaba un poco que Sean se lo hubiera contado a Mickey, que se regodearía contradiciéndome, pero al parecer el señor Halloran había asustado lo suficiente a Sean para que mantuviera la boca cerrada.

—¿O sea que tu hermano sabe lo de los muñecos de tiza? —preguntó Gav el Gordo, mirando a Metal Mickey con cara de pocos amigos—. Serás bocazas...

—Yo no se lo he dicho —gimoteó Metal Mickey—. Debe de haberlo averiguado por su cuenta. A ver, hemos dibujado un montón. Seguramente nos pilló alguna de esas veces.

Mentía, pero en realidad me daba igual cómo se hubiera

enterado Sean. Lo importante era que lo sabía, y eso lo cambiaba todo.

—Supongo que podríamos idear mensajes nuevos —propuso Hoppo, aunque no en un tono muy entusiasta.

Yo entendía cómo se sentía. Ahora que alguien más estaba al corriente de nuestro secreto —Sean, para más inri—, todo se había echado a perder.

—Era un juego bastante estúpido, de todos modos —dijo Nicky, echándose el pelo hacia atrás.

Clavé la vista en ella, dolido y un poco molesto. Estaba comportándose de un modo extraño ese día. A veces se ponía así, temperamental y respondona.

—De estúpido, nada —repuso Gav el Gordo—. Pero supongo que ya no tiene sentido seguir con eso si Sean lo sabe. Además, mañana empiezan las clases.

—Ya.

Un suspiro colectivo recorrió al grupo. Todos estábamos un poco apagados esa tarde. Ni siquiera Gav el Gordo nos salió con sus malas imitaciones de acentos. El día reflejaba nuestro estado de ánimo. El azul del cielo había cedido el paso a un gris opaco. Las nubes se movían sin parar, como si estuvieran impacientes por desatar un buen aguacero.

—Debería ir tirando para casa —dijo Hoppo—. Mi madre quiere que parta unos troncos para el fuego.

Como nosotros, Hoppo y su madre tenían una mierdosa chimenea de verdad en su vieja casa adosada.

—Yo también —dijo Metal Mickey—. Esta noche cenamos en casa de mi abuela.

—Me estáis hundiendo la moral, peña —gruñó Gav el Gordo, aunque no en un tono muy convincente.

—Creo que yo también tendría que volver a casa —reconocí. Mi madre me había comprado ropa para el colegio y quería que me la probara antes de la cena, por si necesitaba hacerle algún arreglo.

Nos pusimos de pie y, al cabo de un momento, Nicky se levantó también.

Gav el Gordo se dejó caer sobre la hierba con ademán melodramático.

—Muy bien, pues, marchaos. De verdad, acabaréis conmigo.

En retrospectiva, creo que fue la última vez que estuvimos todos juntos así: relajados, en amigable compañía, como una auténtica panda, antes de que todo empezara a resquebrajarse y a venirse abajo.

Hoppo y Metal Mickey echaron a andar en una dirección, y Nicky y yo en la contraria. La vicaría no estaba muy lejos de mi casa, así que a veces recorríamos juntos el camino de regreso. No muy a menudo. Por lo general, ella era la primera en marcharse. Por su padre, supongo. Era bastante estricto respecto a los horarios. Tengo la impresión de que no veía con muy buenos ojos que Nicky se juntara con nosotros. Por otro lado, creo que no le dábamos mayor importancia. Él era párroco y, desde nuestro punto de vista, no hacía falta más explicación. Es decir, los párrocos no veían nada con buenos ojos, ¿no?

—En fin, esto... ¿Lista para volver al cole? —pregunté mientras cruzábamos por el semáforo y pasábamos por delante del parque.

Me dirigió una de sus miradas de persona adulta.

—Lo sé.

—¿Qué sabes?

—Lo del paquete.

—Ah.

No les había hablado del asunto a los demás. Era demasiado complicado y lioso, y además me habría dado la sensación de estar cometiendo una deslealtad hacia mis padres.

De todos modos, la cosa tampoco había tenido grandes repercusiones, al parecer. El policía no había vuelto, y, que yo supiera, nadie había sido detenido. La clínica de mi madre había abierto sus puertas y los manifestantes continuaban paseándose alrededor como buitres.

—La policía fue a hablar con mi padre.

—Ah.

—Sí.

—Lo siento —comencé a decir.

—¿Por qué lo sientes? El que se está portando como un capullo es mi padre.

—¿Ah, sí?

—Nadie se atreve a decir nada porque es el puñetero párroco..., ni siquiera el policía. Fue tan penoso... —Se interrumpió y bajó la vista hacia sus dedos, cuatro de los cuales estaban escayolados.

—¿Qué te ha pasado en la mano?

Se quedó callada un rato largo. Por un momento, creí que no me respondería. Pero entonces dijo:

—¿Tú quieres a tus padres?

Fruncí el ceño. No era la respuesta que esperaba.

—Claro. Supongo.

—Pues yo odio a mi padre. Lo odio con todas mis fuerzas.

—No lo dices en serio.

—Ya lo creo que sí. Me alegré cuando tu padre le arreó un puñetazo. Ojalá le hubiera dado más fuerte. —Fijó los ojos en mí, y algo en su mirada me produjo una ligera sensación de frío por dentro—. Ojalá lo hubiera matado.

Luego se echó el pelo por encima del hombro y se alejó con un paso rápido y decidido que me dejó muy claro que no quería que la siguiera.

Aguardé a que su rojiza cabellera desapareciera tras la esquina antes de reanudar la marcha con andar cansino. Sentía el peso del día como una carga sobre los hombros. Lo único que quería era llegar a casa.

Cuando entré, mi padre estaba preparando la cena: mi favorita, pescado frito con patatas.

—¿Puedo ir a ver un rato la tele? —pregunté.

—No. —Me agarró del brazo—. Tu madre está ahí dentro con alguien. Ve a lavarte y luego ven a cenar.

—¿Con quién está?

—Tú ve a lavarte.

Salí al pasillo. La puerta del salón estaba entreabierta. Vi a mamá sentada en el sofá con una chica rubia. Esta lloraba, y mi madre la abrazaba. La chica me sonaba de algo, pero no conseguía recordar de dónde.

Solo cuando estaba en el baño, lavándome las manos, caí en la cuenta. Era la amiga rubia de la Chica de la Ola, la que había visto protestar frente a la clínica. Me pregunté qué hacía allí y por qué lloraba. A lo mejor había acudido a pedirle disculpas a mamá. O se había metido en algún lío.

La opción correcta resultó ser la segunda. Pero no se trataba del tipo de lío que me imaginaba.

Encontraron el cadáver un domingo por la mañana, tres semanas antes de que empezaran las clases.

En cierto modo, aunque ninguno de nosotros lo habría reconocido, volver al colegio después de las vacaciones de verano no era tan terrible como pretendíamos. Tener seis semanas libres estaba muy bien, pero el esfuerzo de divertirse, de buscar cosas que hacer, podía resultar un poco agotador.

Por otro lado, esas vacaciones habían sido de lo más extrañas. A decir verdad, me alegraba de que se acabaran y de regresar a cierta normalidad. La misma rutina, las mismas clases, las mismas caras. Bueno, aparte del señor Halloran.

No era mi profesor, lo que supuso una decepción, pero también un alivio. Sabía más sobre él de lo que hubiera querido. Los maestros tienen que ser amables y cordiales, pero deben guardar las distancias. El señor Halloran y yo compartíamos un secreto y, aunque en cierto sentido eso molaba, también me hacía sentir incómodo en su presencia, como si nos hubiéramos visto desnudos o algo así.

Nos topábamos con él en el colegio, obviamente. Comía allí, a veces se encargaba de la vigilancia del patio y un día nos dio clase cuando la señora Wilkinson, nuestra profesora habitual de lengua, estaba de baja por enfermedad. Resultó ser un buen profesor: gracioso, interesante y con mucha mano para evitar que la lección fuera aburrida. Tanto era así que uno se olvidaba enseguida de su aspecto, lo que no impidió que los chicos le pusieran un apodo desde el primer día: el señor Tiza, o el Hombre de Tiza.

Ese domingo no hacíamos nada especial y a mí me parecía bien. Era agradable pasar un día aburrido, con normalidad. Mis padres también parecían un poco más relajados. Yo estaba arriba, en mi habitación, leyendo, cuando sonó el timbre. Con esa intuición que uno tiene a veces, supe de inmediato que algo había sucedido. Algo malo.

—¿Eddie? —me llamó mi madre desde abajo—. Mickey y David han venido a verte.

—Voy.

Un poco de mala gana, bajé las escaleras en calcetines hasta la puerta principal. Mi madre se metió en la cocina.

Metal Mickey y Hoppo me esperaban de pie en el umbral, con sus bicicletas. Mickey estaba rojo como un tomate y pletórico de entusiasmo.

—Un chaval se ha caído al río.

—Sí —dijo Hoppo—. Hay una ambulancia y policías con precinto y toda clase de cosas. ¿Te vienes a echar un vistazo?

Me gustaría poder decir que en aquel momento su ansia por ver a un pobre crío muerto me pareció morbosa y reprobable. Pero tenía doce años. Por supuesto que quería ir a echar un vistazo.

—Vale.

—Pues entonces, vamos —dijo Mickey con impaciencia.

—Voy a por mi bici.

—Date prisa —me apremió Hoppo—. O no quedará nada que ver.

—¿Ver qué? —Mi madre asomó la cabeza por la puerta de la cocina.

—Nada, mamá —respondí.

—Pues para no ser nada, os veo con mucha prisa.

—Es solo una cosa nueva muy chula que han puesto en la zona de juegos —mintió Mickey. Se le daba bien mentir.

—Bueno, no te entretengas mucho. Te quiero aquí a la hora de comer.

—De acuerdo.

Agarré mi bicicleta y los tres nos alejamos por la calle pedaleando a toda velocidad.

—¿Dónde está Gav el Gordo? —le pregunté a Mickey, que solía ir a buscarlo primero.

—Su madre dice que lo ha enviado a hacer un recado —dijo—. Él se lo pierde.

Pero más tarde resultó que quien había perdido algo era Mickey.

Un cordón policial rodeaba una parte de la ribera, y un policía no dejaba que la gente se acercara demasiado. Alrededor había grupos pequeños de adultos con aspecto preocupado. Nos detuvimos cerca de una reducida multitud de curiosos.

En realidad, fue un poco decepcionante. La policía no solo había acordonado la zona, sino que había montado un armatoste verde parecido a una tienda de campaña. No se alcanzaba a ver casi nada.

—¿Creéis que el cadáver estará detrás de eso? —preguntó Mickey.

Hoppo se encogió de hombros.

—Seguramente.

—Apuesto a que está todo hinchado y verdoso, y los peces se le han comido los ojos.

—Qué asco. —Hoppo simuló una arcada.

Intenté ahuyentar de mi mente la imagen que acababa de sugerir Mickey, pero se negaba a abandonarme.

—Vaya mierda —suspiró—. Hemos llegado demasiado tarde.

Percibí algo de movimiento. Los policías estaban trasladando algo con cuidado desde detrás de la mampara verde. No era un cuerpo, sino una bicicleta. O más bien lo que quedaba de ella. Estaba torcida y doblada, cubierta de algas viscosas. Pero en cuanto la vimos, lo supimos. Todos lo supimos.

Era una bicicleta de BMX, de color rojo chillón, con una calavera negra pintada.

Todos los sábados y domingos por la mañana, los más madrugadores podían ver a Sean recorrer como un bólido la ciudad en su BMX de carreras, repartiendo periódicos. Sin embargo, esa mañana de domingo, cuando Sean había salido para montar en su bici, había descubierto que no estaba allí. Alguien se la había robado. El año anterior, se había producido una serie de robos de bicicletas. A unos chicos mayores universitarios les había dado por mangarlas y tirarlas al río solo por diversión, por gastar una broma.

Tal vez por eso fue el primer lugar al que Sean se le ocurrió ir a buscarla. Adoraba esa bici más que nada en el mundo. Así que, al ver el manillar que sobresalía del río, enredado con las ramas rotas de un árbol, decidió adentrarse caminando en el agua para intentar sacarla, aunque todo el mundo sabía que la corriente era muy fuerte, y que Sean Cooper no nadaba muy bien.

Casi lo consiguió. Justo cuando logró desenganchar la bici de las ramas, el peso ocasionó que se tambaleara y cayera de espaldas. De pronto, se encontró con el agua al pecho. La chaqueta y los vaqueros tiraban de él hacia abajo, como decenas de manos que intentaran arrastrarlo hacia el fondo. Además, el agua estaba fría. Condenadamente fría.

Trató de agarrarse de las ramas. Pidió ayuda a gritos, pero era aún muy temprano, y ni siquiera un dueño solitario con su perro pasaba por ahí. Quizá fue entonces cuando Sean Cooper fue presa del pánico. La corriente se arremolinó en torno a sus extremidades y empezó a arrastrarlo río abajo.

Él pataleó con fuerza para regresar a la orilla, pero la orilla estaba cada vez más lejos, y su cabeza no dejaba de zambullirse, hasta que, en vez de aspirar aire, estaba inhalando una pestilente agua marrón...

En realidad, yo no sabía nada de esto. Me enteré de algunos detalles más tarde. Otros me los imaginé. Mamá siempre me decía que tenía una imaginación muy despierta. Gracias a ella sacaba buenas notas en lengua, pero también me provocaba pesadillas bastante intensas.

Creo que no pegué ojo esa noche, a pesar de la leche caliente que me preparó mi madre antes de que me fuera a la cama. No dejaba de imaginar a Sean Cooper todo verde, abotagado y recubierto de algas pegajosas, como su bicicleta. Había otra cosa que no conseguía quitarme de la cabeza, algo que había mencionado el señor Halloran: el karma. Se recoge lo que se siembra.

«Si cometes una mala acción, esta acabará por volverse contra ti y morderte el trasero. Ese chico recibirá su merecido algún día. Que no te quepa la menor duda.»

Pero yo no estaba tan seguro. Tal vez Sean Cooper había hecho cosas malas. Pero ¿tan malas eran en realidad? ¿Y Mickey? ¿Él qué había hecho? El señor Halloran no había visto la cara de Mickey cuando se percató de que la bicicleta era de su hermano ni oído el grito desgarrador y lastimero que se le escapó. Yo no quería volver a oír ese sonido en la vida.

Tuvimos que sujetarlo entre Hoppo y yo para impedir que corriera hasta la tienda de campaña. Al final, estaba montando tal espectáculo que se nos acercó un policía. Cuando le explicamos quién era Mickey, le pasó un brazo por los hombros y, medio acompañándolo, medio cargando con él, lo llevó hasta su coche. Al cabo de unos minutos, el vehículo arrancó. Me sentí aliviado. Ver la bicicleta de Sean había sido bastante duro, pero peor había sido ver a Mickey enloquecer y gritar de ese modo.

—¿Estás bien, Eddie?

Papá me arropó en la cama y se sentó en el borde. Notar cómo se hundía el colchón por su peso me resultaba reconfortante.

—¿Qué pasa cuando nos morimos, papá?

—Vaya. Esa pregunta se las trae, Eddie. Supongo que nadie lo sabe a ciencia cierta.

—¿O sea que no vamos al cielo o al infierno?

—Hay quien piensa que sí. Pero muchas otras personas no creen que existan ni el cielo ni el infierno.

—Entonces ¿da igual que hayamos sido malos?

—No, Eddie. Dudo que tus acciones en vida influyan en algo cuando ya estás muerto. Ni las buenas ni las malas. Pero sí significan mucho mientras estás vivo. Para otras personas. Por eso siempre debes intentar tratar bien a la gente.

Reflexioné sobre ello por unos instantes y asentí. Supongo que en cierto modo era una putada portarte bien durante toda la vida y luego no ir al cielo, pero me alegraba de lo otro. Por más que odiara a Sean Cooper, no me gustaba imaginarlo ardiendo en el infierno por toda la eternidad.

—Eddie —dijo mi padre—. Lo que le ha ocurrido a Sean

Cooper es muy triste. Un accidente trágico. Pero no es más que eso. Un accidente. A veces pasan cosas sin motivo. La vida funciona así. La muerte también.

—Supongo.

—Entonces ¿crees que podrás dormir ahora?

—Sí.

En realidad no lo creía, pero no quería que mi padre me tomara por un crío.

—Muy bien, Eddie. Entonces fuera luces.

Se inclinó y me dio un beso en la frente. Últimamente lo hacía muy de tarde en tarde. Esa noche me alegré de notar el cosquilleo y el olor a moho de su barba. Entonces pulsó el interruptor general, y mi habitación se sumió en sombras. Aunque había decidido prescindir de la luz de noche años atrás, en esa ocasión habría deseado tenerla todavía.

Recosté la cabeza en la almohada e intenté ponerme cómodo. A lo lejos, oí ulular un búho. Un perro aulló. Traté de pensar en cosas alegres en vez de en muchachos ahogados. Cosas como montar en bici, comer helado o jugar al Comecocos. Mi cabeza se hundió aún más en la almohada. Los pensamientos se perdieron entre sus suaves pliegues. Al poco rato, ya no pensaba en nada. El sueño se apoderó de mí y me arrastró hacia la oscuridad.

Un ruido fuerte me despertó con brusquedad. Una especie de golpeteo, como el de un aguacero o una granizada. Fruncí el ceño y me di la vuelta. Lo oí de nuevo. Piedras pequeñas contra mi ventana. Me levanté de un salto, caminé sobre las tablas desnudas del suelo y descorrí las cortinas.

Debía de llevar un buen rato dormido, pues fuera era noche cerrada. La luna semejaba una raja plateada, un corte en un papel ennegrecido con carboncillo. Bajo el tenue brillo que despedía alcancé a vislumbrar a Sean Cooper.

Estaba de pie sobre el césped, cerca del borde del patio. Iba vestido con vaqueros y su chaqueta azul de béisbol, rasgada y sucia. No se había puesto verde ni abotagado, y los peces no le habían comido los ojos, pero estaba muy pálido y claramente muerto.

Un sueño. Tenía que serlo. «Despierta —pensé—. Despierta, despierta, ¡DESPIERTA!»

—*¿Qué pasa, caraculo?*

Sonrió. El estómago me dio un vuelco. Comprendí con una certeza terrible y nauseabunda que aquello no era un sueño. Era una pesadilla.

—Vete —siseé entre dientes, apretando los puños y clavándome las uñas en las palmas.

—*Tengo un mensaje para ti.*

—Me da igual —grité—. Vete.

Intenté adoptar un tono desafiante, pero el miedo me atenazaba la garganta, de modo que fue más bien un chillido agudo y débil lo que salió de mi boca.

—*Escúchame, caraculo. Si no bajas, tendré que subir a por ti.*

Si tener a Sean Cooper muerto en el jardín era malo, tenerlo en mi habitación sería incluso peor. Además, aún estaba soñando, ¿no? Solo tenía que dejarme llevar hasta que despertara.

—De acuerdo. Dame... dame solo un minuto.

Saqué mis deportivas de debajo de la cama y me las calcé con manos temblorosas. Me dirigí a la puerta con sigilo, agarré el pomo y tiré de él. No me atreví a encender la luz, así que avancé a tientas a lo largo de la pared hasta las escaleras y bajé muy despacio, de lado, como un cangrejo.

Cuando por fin llegué abajo, crucé el vestíbulo hasta la cocina. La puerta trasera estaba abierta. Salí. El aire nocturno me helaba la piel a través del pijama de algodón fino; una brisa suave me alborotaba el cabello. Percibí un olor acre a humedad, a podrido.

—*Deja de olisquear el aire como un puto perro, caraculo.*

Di un respingo y me volví. Sean Cooper estaba parado frente a mí. De cerca su aspecto resultaba aún más aterrador que visto desde mi habitación. Su piel presentaba un extraño matiz azuloso. Se le traslucían las venitas de debajo. Tenía los ojos amarillentos y me pareció que un tanto deshinchados.

Me pregunté si era posible alcanzar un punto en el que estar más asustado fuera imposible. En caso afirmativo, no me cabía duda de que ya lo había alcanzado.

—¿Qué haces aquí?

—*Ya te lo he dicho. Te traigo un mensaje.*

—¿Qué mensaje?

—*Cuidado con los hombres de tiza.*

—No lo entiendo.

—*¿Y crees que yo sí?* —Dio un paso hacia mí—. *¿Crees que me gusta estar aquí? ¿Crees que me gusta estar muerto? ¿Crees que me gusta apestar así?*

Me apuntó con un brazo que le colgaba de la articulación en un ángulo raro. De hecho, advertí que no estaba encajado en la articulación, sino arrancado por su parte superior. El blanco del hueso relucía bajo la brumosa luz de la luna.

—*Solo estoy aquí por ti.*

—¿Por mí?

—*Esto es culpa tuya, caraculo. Tú lo empezaste todo.*

Retrocedí un paso hacia la puerta.

—Lo siento... Lo siento mucho.

—*No me digas.* —Torció los labios en una mueca de desprecio—. *Bueno, ¿por qué no me demuestras cuánto los sienteees?* —Me agarró del brazo. Noté que la orina tibia me bajaba por la pierna—. *Chúpame la polla.*

—¡NOOO!

Me liberé el brazo de un tirón, justo en el momento en que un intenso resplandor blanco procedente de la ventana del descansillo inundaba el camino de acceso.

—EDDIE, ¿ESTÁS LEVANTADO? ¿QUÉ HACES?

Sean Cooper permaneció allí de pie un momento, iluminado como un macabro adorno navideño, traspasado por la luz. Entonces, como todo buen monstruo surgido de las tinieblas, se desintegró y flotó hasta el suelo en una nubecilla de polvo blanco.

Bajé la mirada. Donde antes estaban sus pies había otra cosa. Un dibujo. De un blanco brillante que resaltaba sobre el asfalto negro. Una figura de palo, medio sumergida en unas olas toscamente trazadas, con el brazo alzado, como saludando. «No —pensé—. No saluda; se está ahogando. Y no es una figura de palo..., sino un hombre de tiza.»

Un escalofrío me recorrió.

—¿Eddie?

Entré corriendo en casa y cerré la puerta con la mayor delicadeza posible.

—No pasa nada, mamá. Solo quería beber un poco de agua.

—¿Eso que he oído era la puerta de atrás?

—No, mamá.

—Bueno. Bebe y vuelve a la cama. Mañana tienes cole.

—Sí, mamá.

—Buen chico.

Giré la llave en la cerradura de la puerta, pero me temblaban tanto los dedos que me hicieron falta varios intentos. Luego subí las escaleras en silencio, me quité el pantalón del pijama mojado y lo metí en el cesto de la ropa sucia. Me puse un pantalón limpio y me metí en la cama. Pero tardé largo rato en conciliar el sueño. Permanecí allí tumbado, temeroso de oír más piedrecitas chocar contra la ventana, o quizá unas pisadas lentas ascender por las escaleras.

En algún momento, cuando los pájaros empezaban a gorjear y trinar en los árboles cercanos a mi ventana, debí de quedarme dormido. No durante mucho rato. Me desperté temprano. Antes que mis padres. Me lancé escaleras abajo de inmediato y abrí de un empujón la puerta de atrás, deseando con todas mis fuerzas que todo hubiera sido un sueño. No había ningún Sean Cooper muerto. No había ningún...

El Hombre de Tiza seguía allí.

—*Eh, caraculo. ¿Te apetece darte un chapuzón? Ven, anímate. El agua está de muerte.*

Podría haberlo dejado. Tal vez habría sido lo mejor. En vez de ello, cogí el barreño para lavar que mi madre guardaba debajo del fregadero y lo llené de agua. Luego lo vacié fuera, ahogando de nuevo al hombre de tiza en agua fría y restos de espuma de jabón.

Intenté convencerme de que lo había dibujado algún miembro de la panda. Gav el Gordo, tal vez, o Hoppo. Tenía que tratarse de una especie de broma pesada. No caí en la cuenta hasta que me encontraba a medio camino del colegio. Cada uno de nosotros tenía su propio color de tiza. El de Gav el Gordo era el rojo, el de Metal Mickey, azul, el de Hoppo, verde, el de Nicky, amarillo, y el mío, naranja. Nadie de la panda utilizaba el blanco.

2016

Mi madre me llama justo antes de la hora del almuerzo. Por lo general se las arregla para telefonear en el momento más inoportuno, y hoy no es una excepción. Podría dejar que le saltara el buzón de voz, pero ella lo detesta, y si lo hago solo conseguiré que esté irritada la próxima vez que hablemos, así que, de mala gana, pulso «aceptar».

—Hola.

—Hola, Ed.

Con cierta torpeza, salgo del aula al pasillo.

—¿Va todo bien? —pregunto.

—Claro. ¿Qué te hace pensar lo contrario?

El hecho de que mamá nunca haya sido aficionada a llamar solo para saludar. Si me ha telefoneado, algún motivo tendrá.

—No lo sé. ¿Te encuentras bien? ¿Y Gerry?

—Perfectamente. Acabamos de hacer una dieta depurativa a base de zumos crudos, así que por el momento estamos llenos de vitalidad.

Estoy seguro de que mi madre nunca empleaba palabras como «vitalidad» y de que no se habría planteado siquiera seguir una dieta de zumos crudos hace años. No cuando mi padre vivía. Creo que la culpa es de Gerry.

—Estupendo. Oye, mamá, de verdad que me pillas en mal momento, así que...

—No estarás trabajando, ¿verdad, Ed?

—Pues...

—Se supone que estáis en período de vacaciones escolares.

—Lo sé, pero últimamente eso es más bien un oxímoron...

—No dejes que te exploten, Ed. —Suspira—. Hay otras cosas en la vida aparte del trabajo.

Mi madre de hace años jamás habría dicho eso tampoco. El trabajo era su vida. Pero entonces papá se puso enfermo, y su vida pasó a centrarse en cuidar de él.

Entiendo que todo lo que hace ahora —incluida su relación con Gerry— es su forma de recuperar esos años perdidos. No se lo reprocho. Me lo reprocho a mí mismo.

Si me hubiera casado y hubiera formado una familia, a lo mejor ella tendría otras cosas con las que ocupar su tiempo además de esas putas dietas depurativas de zumos crudos. Y a lo mejor yo tendría otras cosas con las que ocupar mi tiempo además del trabajo.

Pero no es eso lo que mamá quiere oír.

—Lo sé —le digo—. Tienes razón.

—Bien. ¿Sabes qué? Deberías probar el Pilates, Ed. Es bueno para los músculos del torso.

—Me lo pensaré.

Para nada.

—En fin, si estás ocupado, no te entretengo más. Solo quería preguntarte si podrías hacerme un pequeño favor.

—Vaale...

—Gerry y yo estamos pensando en irnos en la autocaravana durante una semana.

—Qué bonito.

—Pero la chica que suele cuidarnos la gata nos ha dicho que no puede.

—Oh, no.

—¡Ed! Se supone que te encantan los animales.

—Y me encantan. Pero resulta que Mittens me odia.

—Qué bobada. Es una gata. No odia a nadie.

—No es una gata, es una sociópata peluda.

—¿Puedes cuidarla unos días o no?

Suspiro.

—Sí. Claro que puedo.

—Bien. Te la llevaré mañana en algún momento de la mañana.

Vaya. Genial.

Finalizo la llamada y regreso al aula. Un adolescente flaco con un flequillo negro y lacio colgándole sobre la cara está reclinado en una silla, con las Doctor Martens apoyadas sobre el pupitre, tecleando en su teléfono inteligente y mascando chicle.

Danny Myers es uno de mis alumnos de lengua. Es un chico inteligente, o al menos eso me aseguran el director y los padres de Danny que, curiosamente, son amigos del director y de varios miembros del consejo escolar. No dudo que tengan razón, pero aún no he visto nada en el trabajo del chaval que lo corrobore.

Esto no es lo que sus padres o el director quieren oír, por supuesto. Creen que Danny requiere atención especial. Que es una víctima de la tendencia uniformizadora del sistema educativo. Es demasiado listo, demasiado sensible y se distrae con demasiada facilidad. Blablablá.

Así que estamos sometiendo a Danny a lo que llamamos una «intervención». Eso significa que me lo traen para que le imparta tutorías extra durante las vacaciones escolares, y se supone que debo estimularlo, intimidarlo y engatusarlo a fin de que obtenga las notas que sus padres creen que debería estar sacando.

En algunos casos, las intervenciones dan resultado con los chicos que poseen aptitudes pero no muestran un buen desempeño en el aula. En otros, constituyen una pérdida de tiempo, tanto para mí como para el alumno. No me gusta considerarme un derrotista, pero tengo los pies en la tierra. No soy precisamente un Mr. Chips. En esencia, mi objetivo es enseñar a los alumnos a aprender. A los alumnos que demuestran un interés, un compromiso. O por lo menos que están dispuestos a intentarlo. Prefiero un cinco fruto del esfuerzo que un siete conseguido por alguien a quien se la suda todo.

—No quiero ver ni el móvil ni los pies —digo mientras me siento frente a mi mesa.

Baja las piernas del pupitre, pero no deja de pulsar la pantalla de su teléfono. Me pongo otra vez las gafas y localizo el punto del texto que estábamos comentando.

—Cuando termines, ¿tendrías la bondad de devolver tu atención a *El señor de las moscas*?

Sigue tecleando.

—Danny, no quisiera verme obligado a insinuar a tus padres que prohibirte el uso de todas las redes sociales sería la mejor manera de mejorar tus notas...

Danny se queda mirándome un momento. Le dedico una sonrisa cortés. Tiene ganas de discutir, de buscarme las cosquillas. Pero en esta ocasión apaga el teléfono y se lo guarda en el bolsillo. No lo interpreto como una victoria por mi parte, sino más bien como que me ha dejado anotarme este tanto.

No me importa. Cualquier cosa que me haga más llevaderas estas dos horas me parece bien. A veces estos juegos psicológicos con Danny me divierten. Y de hecho experimento cierta satisfacción cuando consigo que entregue un trabajo escolar mínimamente decente. Pero hoy no es un buen día para eso. Estoy cansado por haber dormido mal y tengo los nervios a flor de piel. Es como si aguardara a que suceda algo. Algo malo. Algo irreversible.

Intento concentrarme en el texto.

—Bien. Estábamos hablando de lo que representan los personajes principales: Ralph, Jack, Simon...

Se encoge de hombros.

—Simon es un desperdicio de espacio desde el principio.

—¿Por qué crees eso?

—Un peso muerto. Un pringado. Merecía morir.

—¡Lo merecía? ¿Por qué?

—Vale. Su muerte no fue una gran pérdida, ¿me sigues? Jack tenía razón. Si querían sobrevivir en la isla, tenían que dejarse de todas esas gilipolleces sobre la civilización.

—Pero el mensaje de la novela es que si caemos en el salvajismo, la sociedad se desmorona.

—Tal vez sería lo mejor. De todos modos, no es más que una farsa. Eso es lo que el libro dice en realidad. Solo fingimos ser civilizados, cuando en el fondo no lo somos.

Sonrío, aunque noto una sensación de incomodidad en mi interior. Supongo que no será más que otra secuela de la indigestión.

—Bueno, es un punto de vista interesante.

Mi reloj empieza a pitar. Siempre programo la alarma para que señale el final de la sesión.

—Muy bien. Es todo por hoy. —Recojo mis libros de texto—. Espero leer más sobre esta teoría en tu próxima redacción, Danny.

Se levanta y coge su bolsa de lona.

—Nos vemos, señor.

—A la misma hora la semana que viene. —Mientras se encamina hacia la puerta con aire despreocupado, no resisto el impulso de añadir—: Supongo que en tu nueva versión de la sociedad, tú estarías entre los supervivientes, ¿no, Danny?

—Claro. —Me dirige una mirada enigmática—. Pero no se preocupe, señor, usted también.

El camino que pasa por el parque es el más largo de vuelta desde el colegio; ni siquiera hace un día especialmente caluroso, pero decido dar un rodeo de todos modos. Un pequeño paseo por el pasado.

El sendero que discurre por la orilla del río es bonito, con campos ondulados a un lado y, más allá, la catedral, aunque lleva varios años medio envuelta en andamios. Tardaron cuatro siglos en construir la famosa torre desde cero, con herramientas y maquinaria rudimentarias. No puedo evitar sospechar que, pese a las maravillas de la tecnología moderna, tardarán aún más en restaurarla.

Incluso en medio de aquel marco tan pintoresco, cada vez que paseo junto al río los ojos se me van hacia el agua marrón que fluye con rapidez. Pienso en lo fría que debe de estar. En lo implacables que son las corrientes. En general, aún pienso en Sean Cooper, arrastrado bajo la superficie cuando intentaba alcanzar su bicicleta. La bicicleta cuyo robo nunca reivindicó nadie.

A mi izquierda se extiende la nueva zona recreativa. Un par de chicos se deslizan de un lado a otro sobre sus ruidosas tablas en la pista de monopatín; una madre empuja a un bebé risueño en un carrusel; una adolescente solitaria está sentada en un columpio. Tiene la cabeza gacha, de modo que el cabello le cae sobre la cara como una cortina brillante. Es castaño, no rojizo. Pero al verla allí, parapetada tras una fachada de serenidad, me recuerda a Nicky por unos instantes.

Me viene a la memoria otro día de ese verano. Un momento irrelevante, casi perdido entre la vorágine brumosa de otros recuerdos. Mi madre me había enviado al centro a comprar algunas cosas. Regresaba por el parque cuando divisé a Nicky en la zona de juegos. Estaba sentada en los columpios, sola, con la vista fija en el regazo. Estuve a punto de gritarle: «¡Eh, Nicky!».

Pero algo me frenó. Tal vez su suave balanceo hacia delante y hacia atrás. Me acerqué con sigilo. Tenía algo en la mano. El sol le arrancaba destellos plateados. Entonces reconocí el pequeño crucifijo que solía llevar al cuello. Contemplé como lo alzaba... y se lo clavaba en la tierna carne del muslo. Una y otra y otra vez.

Retrocedí y me fui a casa a toda prisa. Nunca le hablé a Nicky ni a nadie de lo que había visto ese día. Pero se me quedó grabado. El modo en que se hincaba el crucifijo en la pierna. De forma repetida. Seguramente haciéndose sangre. Sin emitir sonido alguno, ni siquiera un gemido.

La chica del parque alza la vista y se coloca el pelo detrás de la oreja. Varios aros plateados relucen en el lóbulo, y un gran anillo metálico le pende de la nariz. Es mayor de lo que me ha parecido en un principio. Seguramente va a la universidad. Aun así, cobro plena conciencia de que soy un hombre de mediana edad y aspecto un tanto excéntrico mirando con fijeza a una adolescente en una zona de juegos infantil.

Inclino la cabeza hacia abajo y sigo caminando, a un paso más veloz. El teléfono se pone a zumbar en mi bolsillo. Lo saco, suponiendo que será mi madre. No lo es. Es Chloe.

—¿Sí?

—¿Esa es forma de saludar? Tienes que pulir tus modales telefónicos.

—Disculpa. Es que estoy un poco... Perdona, ¿qué querías?

—Tu colega se ha dejado la cartera aquí.

—¿Mickey?

—Sí, la he encontrado debajo de la mesa del salón cuando te has ido. Se le debe de haber caído de la chaqueta.

Arrugo el entrecejo. Es la hora del almuerzo. Seguro que Mickey ya se ha dado cuenta de que no lleva la cartera. Por otro lado, anoche bebió bastante. A lo mejor sigue durmiendo la mona en el hotel.

—Ya. Bueno, ya lo llamaré para decírselo. Gracias.

—Vale.

De pronto, se me ocurre algo.

—¿Puedes coger la cartera de Mickey y ver qué hay dentro?

—Espera un momento. —La oigo ir y venir, y vuelve a ponerse al teléfono—. Vale. Lleva pasta..., unas veinte libras..., tarjetas de crédito, tarjetas del banco, tíquets, carnet de conducir.

—¿Y la tarjeta-llave del hotel?

—Ah, sí. Eso también.

La llave. La tarjeta que necesitaba para entrar en su habitación. Por otro lado, seguro que algún empleado le habrá facilitado otra sin problemas, siempre que él llevara encima alguna identificación...

—¿Significa eso que no regresó a su hotel anoche? —pregunta Chloe, como si hubiera seguido el hilo de mis pensamientos.

—No lo sé —respondo—. Supongo que a lo mejor ha dormido en su coche.

Pero ¿por qué no me telefoneó? Si lo que pasa es que no quería molestarme anoche, ¿por qué no me ha llamado esta mañana?

—Espero que no esté tirado por ahí en alguna cuneta —dice Chloe.

—¿A qué narices viene eso?

Me arrepiento enseguida de haberle contestado mal. Casi puedo oír cómo se encrespa.

—Pero ¿qué pasa contigo esta mañana? ¿Te has levantado de la cama con el pie de «Hoy voy a portarme como un capullo»?

—Lo siento —digo—. Es que estoy cansado.

—Está bien —dice en un tono que pone de manifiesto que no le parece nada bien—. ¿Qué piensas hacer con tu amigo?

—Le daré un toque. Si no lo localizo, entregaré la cartera

en la recepción del hotel. Comprobaré que no le haya pasado nada.

—La dejaré en la mesa del recibidor.

—¿Vas a salir?

—Premio para Sherlock. ¿Te has olvidado de la fascinante vida social que llevo?

—Bueno, vale, luego nos vemos.

—La verdad, espero que no.

Cuelga y me quedo pensando si esta última frase era una broma respecto a lo tarde que quiere volver, o una expresión sincera de su deseo de no volver a ver ni en pintura a un pirado cascarrabias como yo.

Suspirando, marco el número de Mickey. Me salta directamente el buzón de voz:

—Hola, soy Mickey. Ahora mismo no puedo atenderte, así que haz lo que tengas que hacer al oír la señal.

No me molesto en dejarle un mensaje. Vuelvo sobre mis pasos y sigo la ruta más corta hacia mi casa, intentando ignorar la vaga inquietud que me rebulle en la boca del estómago. Seguramente no sea nada. Mickey seguramente volvió tambaleándose al hotel, convenció al personal de que le diera una nueva tarjeta y ahora mismo está dormido, intentando librarse de la resaca. Cuando yo llegue allí, estará preparándose para almorzar. Perfectamente sano y puñeteramente a salvo.

Repito esto como un mantra, cada vez con mayor convicción.

Y cada vez me lo creo menos.

El Travelodge es un edificio feo y achaparrado que se encuentra junto a un restaurante Little Chef venido a menos. Había imaginado que Mickey podría permitirse un alojamiento mejor, pero supongo que al menos está bien situado.

Marco su número dos veces más durante el trayecto. En

ambas ocasiones, me responde el buzón de voz. El mal presentimiento se intensifica poco a poco.

Después de aparcar, entro en el hotel. Un joven con el pelo rojo recogido en una erizada cola de caballo y con agujeros enormes en las orejas atiende la recepción, visiblemente incómodo con su camisa demasiado ceñida y su corbata mal anudada. Un distintivo que lleva en la solapa indica que se llama «Duds», lo que, más que un nombre, dado que significa «calamidad», parece la confesión de un defecto crónico.

—Hola. ¿Quiere una habitación?

—En realidad, no. Vengo a ver a un amigo.

—Ya.

—Mickey Cooper. Tengo entendido que se registró ayer.

—Vale.

Continúa mirándome con una expresión vaga.

—Bueno —insisto—, ¿podría usted comprobar si está aquí?

—¿Por qué no lo llama?

—No me responde, y resulta... —me saco su cartera del bolsillo—... que anoche se dejó esto en mi casa. Contiene la llave de su habitación y todas sus tarjetas de crédito.

Espero a que asimile la importancia de todo esto. Me crecen telarañas en los pies. Se forman y se derriten glaciares.

—Lo siento —dice al fin—. No entiendo.

—Le estoy pidiendo que compruebe que mi amigo llegó bien anoche. Estoy preocupado por él.

—Ah, pues anoche yo no estaba de turno. Le tocaba a Georgia.

—Ya. Bueno, ¿es posible que conste algo en el ordenador? —Señalo con la cabeza un PC de aspecto prehistórico que descansa sobre una mesa desordenada en un rincón—. Si hubiera pedido una llave nueva para su habitación eso habría quedado registrado, ¿no?

—Bueno, supongo que podría echar un vistazo.

—Supongo que sí.

Está claro que no pilla el sarcasmo. Se deja caer en la silla frente a la mesa y pulsa una serie de teclas. Luego se vuelve hacia mí.

—No. Nada.

—Bueno, y ¿podría usted llamar a Georgia?

Se debate en la duda. Intuyo que conseguir que Duds haga algo que vaya un poco más allá de sus obligaciones laborales constituiría un esfuerzo titánico. Para ser sincero, da la impresión de que el mero acto de respirar constituye un esfuerzo titánico para Duds.

—¿Por favor? —lo exhorto.

Exhala un suspiro profundo.

—Vale. —Descuelga el auricular—. Hola. ¿George? —Aguardo—. ¿Llegó anoche un tipo llamado Mickey Cooper sin su tarjeta-llave? ¿Es posible que tuvieras que darle otra? Sí. Entiendo. Gracias.

Cuelga el teléfono y regresa al mostrador.

—¿Y bien? —lo incito.

—No. Su amigo no regresó aquí anoche.

1986

Siempre había imaginado que los entierros se celebraban en días grises y lluviosos, con gente vestida de negro y apiñada bajo sus paraguas.

El sol brillaba la mañana del entierro de Sean Cooper; al menos al principio. Nadie iba de negro. Su familia había pedido a los asistentes que vistieran de azul o de rojo, los colores favoritos de Sean. Los del equipo de fútbol del colegio. Varios chicos acudieron con el uniforme.

Mi madre eligió para mí una camisa azul celeste, una corbata roja y un pantalón oscuro.

—Tienes que ir elegante de todos modos, Eddie. Para presentar tus respetos.

No tenía muchas ganas de presentarle mis respetos a Sean Cooper. Ni siquiera quería ir a su entierro. Nunca había asistido a uno. Al menos, a uno que yo recordara. Por lo visto, mis padres me habían llevado al de mi abuelo, pero yo no era más que un bebé en ese entonces y, además, el abuelo era viejo. A nadie le extrañaba que los viejos se murieran. Incluso olían un poco como si ya estuvieran medio muertos. Despedían un hedor a humedad, como a rancio.

La muerte era algo que sobrevenía a los demás, no a chicos como nosotros ni a nuestros conocidos. La muerte era algo abstracto y lejano. El entierro de Sean Cooper fue seguramente donde comprendí por primera vez que la muerte está a solo un gélido y acre suspiro de distancia. Su mejor truco consiste en hacernos creer que no está allí. Y guarda muchos trucos en su fría y oscura manga.

La iglesia se encontraba a un paseo de solo diez minutos de casa. Yo habría deseado que estuviera más lejos. Caminaba arrastrando los pies y tironeándome del cuello de la camisa. Mamá llevaba el mismo vestido azul que se había puesto para la fiesta de Gav el Gordo, pero con una americana roja encima. Papá iba en pantalón largo por una vez, cosa por la que yo le estaba agradecido, y una camisa con flores rojas, cosa por la que no.

Llegamos a las puertas del cementerio al mismo tiempo que Hoppo y su madre. No la veíamos a menudo. Solo cuando salía en su coche a limpiar. Ese día se había recogido el desgreñado pelo en un moño. Llevaba un vestido azul sin forma y unas sandalias muy viejas y raídas. Tal vez esto suene fatal, pero me alegré de que no fuera mi madre, con esas pintas.

Hoppo iba con una camiseta roja, pantalón escolar azul y zapatos negros. Se había alisado a un lado el pelo negro y grueso. No parecía el Hoppo de siempre, y no solo por el peinado o la ropa elegante. Se le veía tenso, preocupado. Llevaba a Murphy sujeto con una correa.

—Hola, David. Hola, Gwen —dijo mi madre.

Hasta ese momento yo no tenía idea de que la madre de Hoppo se llamara Gwen. Mamá tenía buena memoria para los nombres. Mi padre no tanto. Antes de que su Alzheimer se encontrara en fase avanzada, solía bromear diciendo que ya era propenso a olvidar los nombres de la gente antes de que se le empezara a ir la olla.

—Hola, señor y señora Adams —saludó Hoppo.

—Hola —dijo su madre con una vocecilla débil. Siempre hablaba como si estuviera disculpándose por algo.

—¿Cómo va todo? —preguntó mi madre en el tono cortés que empleaba cuando la respuesta no le interesaba en realidad.

La madre de Hoppo no captó la indirecta.

—Pues no muy bien —dijo—. O sea, todo esto es terrible, y además Murphy nos ha dado la noche porque se ha puesto malo.

—Vaya por Dios —dijo mi padre con consternación sincera.

Me agaché para acariciar a Murphy. Agitó el rabo con un movimiento cansino y se tumbó en el suelo. Parecía tan poco ilusionado por estar allí como todos los demás.

—¿Por eso lo habéis traído? —preguntó mi padre.

Hoppo asintió.

—No queríamos dejarlo solo en casa, porque lo pondría todo patas arriba. Y si lo encerramos en el jardín, salta la valla y se escapa. Así que hemos pensado dejarlo atado aquí fuera.

—Bueno, parece una buena idea —dijo mi padre con un gesto afirmativo. Le dio unas palmaditas en la cabeza a Murphy—. Pobre animalito. Nos hacemos mayores, ¿a que sí?

—Bueno —dijo mi madre—. Supongo que deberíamos entrar ya.

Hoppo se agachó y abrazó a Murphy. El viejo perro le deslizó la lengua grande y húmeda por la cara.

—Buen chico —susurró él—. Adiós.

Atravesamos en fila la verja de la iglesia en dirección a la entrada. Varias personas daban vueltas por ahí fuera, algunas de ellas fumando furtivamente. Avisté a Gav el Gordo y sus padres. Nicky se hallaba frente a la puerta del templo, junto al reverendo Martin. Sujetaba un fajo de papeles. Partituras de himnos, supuse.

Noté que me ponía tenso. Era la primera vez que mis padres se encontraban cara a cara con el reverendo Martin desde el día de la fiesta y desde que nos habían dejado el paquete. El párroco sonrió al vernos.

—Señor y señora Adams, Eddie. Gracias por venir en esta ocasión tan triste.

Tendió la mano. Mi padre no se la estrechó. Aunque la sonrisa no se borró del rostro del reverendo, percibí un destello de algo menos agradable en sus ojos.

—Por favor, cojan una partitura y tomen asiento dentro.

Cogimos una hoja cada uno. Nicky me saludó con una leve y muda inclinación de cabeza mientras entrábamos en la iglesia con paso lento.

Hacía frío en el interior, lo bastante para provocarme un ligero escalofrío. También estaba oscuro. Mis ojos tardaron un poco en adaptarse. Ya había unas cuantas personas sentadas. Reconocí a algunos chicos del colegio. También a algunos profesores, entre ellos el señor Halloran. Era imposible pasarlo por alto con su mata de pelo blanco. Ese día llevaba una camisa roja, para variar. Tenía el sombrero sobre el regazo. En cuanto me vio entrar con mis padres, me dedicó un esbozo de sonrisa. Ese día todos sonreían de forma contenida y extraña, como si nadie supiera qué cara poner.

Nos sentamos y esperamos hasta que aparecieron el reverendo y Nicky, y una música comenzó a sonar. Era una melodía que ya había oído, pero no acertaba a recordar dónde. No era un himno ni nada por el estilo, sino una canción moderna, una balada. A pesar de que se trataba de música actual, no se me antojó lo más adecuado para rendir homenaje a Sean, a quien le gustaba Iron Maiden.

Todos agachamos la cabeza cuando los portadores entraron con el féretro. Metal Mickey y sus padres caminaban detrás. No habíamos visto a Mickey desde el accidente. Sus padres no le habían dejado asistir a clase, y luego la familia se había ido a pasar unos días con sus abuelos. Metal Mickey no miraba el ataúd. Mantenía la vista fija al frente, con todo el cuerpo rígido. El esfuerzo que le suponía andar, respirar y no llorar parecía requerir toda su concentración. Cuando iba por la mitad de la nave, se paró en seco. El hombre que avanzaba detrás estuvo a punto de chocar con su espalda. Tras unos momentos de confusión, Mickey dio media vuelta y salió corriendo de la iglesia.

Todos se miraron entre sí, excepto sus padres, que apenas parecieron darse cuenta de que se había ido. Prosiguieron su camino, arrastrando los pies como zombis, encerrados en su coraza de aflicción. Nadie fue en pos de Mickey. Me volví hacia mi madre, pero ella se limitó a sacudir la cabeza con suavidad y darme un apretón en la mano.

Creo que eso fue lo que me tocó la fibra: ver a Mickey tan afectado otra vez, por un chico al que la mayoría de nosotros odiaba, pero que al fin y al cabo era su hermano. A lo mejor Sean no se portaba siempre como un abusón cruel. A lo mejor cuando era pequeño jugaba con Mickey. A lo mejor iban juntos al parque, compartían piezas de Lego y se bañaban a la vez.

Y ahora yacía en un ataúd frío y oscuro cubierto de flores que despedían un olor demasiado fuerte mientras alguien tocaba una canción que a él le habría parecido horrorosa, pero no podía decírselo, porque jamás volvería a decirle nada a nadie.

Tragué saliva para deshacer el nudo que se me había formado en la garganta y parpadeé varias veces seguidas. Mi madre me dio un toquecito en el brazo, y todos nos sentamos. La música cesó, y el reverendo Martin, tras ponerse de pie, comenzó a hablar sobre Sean Cooper y Dios. Casi nada de lo que decía tenía mucho sentido. Cosas como que ahora había un nuevo ángel en el cielo y que Dios anhelaba la compañía de Sean Cooper más que la gente en la Tierra. Al ver a sus padres apoyados el uno en el otro, llorando de forma tan desconsolada que parecían a punto de venirse abajo, me dio la impresión de que se equivocaba.

El reverendo Martin casi había terminado cuando se oyó un estampido y una ráfaga de viento ocasionó que varias partituras cayeran revoloteando al suelo. Casi todos los presentes se volvieron, entre ellos yo.

Las puertas de la iglesia se abrieron con brusquedad. Al principio, creí que Mickey había regresado. Pero entonces advertí que había dos figuras recortadas contra la luz. Cuando se adentraron en la iglesia, las reconocí: la amiga rubia de la Chica de la Ola y el policía que había acudido a nuestra casa, el agente Thomas (más tarde descubrí que ella se llamaba Hannah y que el agente Thomas era su padre).

Por un momento me pregunté si la chica rubia se había metido en un lío. El agente Thomas, aferrándola del brazo con fuerza, avanzaba por el pasillo, medio acompañándola y medio arrastrándola. Un murmullo recorrió la iglesia.

La madre de Mickey le susurró algo a su marido. Este se puso de pie, con expresión severa y enfadada.

—Si habéis venido a presentar vuestros respetos al fallecido —dijo el reverendo Martin desde el púlpito—, estamos a punto de iniciar el cortejo hasta la sepultura.

El agente Thomas y la chica rubia se detuvieron. Él desplazó la mirada por todos los asistentes. Permanecíamos sentados en silencio, llenos de curiosidad pero intentando disimularlo. La chica no despegaba los ojos del suelo, deseando quizá que se la tragara la tierra como iba a tragarse a Sean Cooper.

—¿Mis respetos? —dijo lentamente el agente Thomas—. No, no creo que vaya a presentarle mis respetos. —Escupió en el suelo, justo delante del féretro—. No al violador de mi hija.

Un grito ahogado se elevó desde los bancos hasta las vigas

de la iglesia. Creo que incluso a mí se me escapó un jadeo. ¿«Violador»? No tenía muy claro qué significaba «violar» (supongo que en muchos aspectos era demasiado ingenuo para un adolescente de doce años), pero sabía que consistía en obligar a una chica a hacer algo que no quería, y sabía que era algo malo.

—¡Eso es mentira, maldito bastardo! —bramó el padre de Mickey.

—¿Bastardo? —gruñó el agente Thomas—. Te diré quién es un bastardo. —Señaló a su hija—. El niño que lleva en su vientre.

Otro grito ahogado. El rostro del reverendo Martin parecía a punto de desprenderse de su cráneo. Abrió la boca, pero antes de que pudiera decir algo, se oyó un rugido estentóreo y el padre de Mickey arremetió contra el agente Thomas.

El padre de Mickey no era corpulento, pero sí fornido y rápido, de modo que pilló al agente Thomas con la guardia baja. Este se tambaleó pero consiguió recuperar el equilibrio. Los dos se bambolearon adelante y atrás, trabados en un abrazo como si ejecutaran una danza pavorosa y extraña. De pronto, el agente Thomas se soltó. Lanzó un puñetazo dirigido a la cabeza del padre de Mickey, que consiguió esquivarlo de alguna manera y proyectó el puño a su vez. Este alcanzó su objetivo, y el agente Thomas retrocedió dando traspiés.

Vi venir lo que ocurriría a continuación. Creo que la mayoría de los presentes lo vio. Se oyeron varios gritos, y alguien exclamó: «¡Noooo!» justo cuando el agente Thomas se estrelló contra el ataúd de Sean Cooper, desplazándolo de su sitio frente al púlpito y ocasionando que cayera al suelo de piedra con gran estrépito.

No estoy seguro de si lo siguiente lo imaginé o sucedió de verdad, porque lo lógico habría sido que la tapa del ataúd estuviera bien asegurada. Es decir, dudo que quisieran arriesgarse a que se abriera cuando lo bajaran a la fosa. Pero en cuanto la caja golpeó el suelo, astillándose con un crujido escalofriante que me recordó que los huesos de Sean Cooper estaban chacoloteando dentro, la tapa se deslizó ligeramente y alcancé a entrever una mano blanca.

O tal vez no. Tal vez no fue más que otro producto de mi ridícula y desbocada imaginación. Todo ocurrió muy deprisa. Casi en el momento en que el féretro impactaba en el suelo en medio de los gritos que resonaban por toda la iglesia, varios hombres corrieron a recogerlo y colocarlo de nuevo sobre el catafalco.

El agente Thomas se levantó con paso vacilante. El padre de Mickey parecía igual de tocado. Alzó el brazo como para pegar de nuevo al agente Thomas, pero en vez de ello se dio la vuelta, se arrojó sobre el ataúd y prorrumpió en llanto. En sollozos fuertes, jadeantes, desconsolados.

El agente Thomas paseó la vista alrededor. Parecía un poco aturdido, como si acabara de despertar de una pesadilla atroz. Abrió y cerró los puños. Se pasó los dedos por el negro cabello, bañado en sudor y despeinado. Se le estaba amoratando el ojo derecho.

—Papá, por favor —musitó con suavidad la chica rubia.

El agente Thomas la miró, la tomó otra vez de la mano y comenzó a desandar el camino por el pasillo de la iglesia. Al llegar al final, se volvió.

—Esto no se acaba aquí —aseveró con voz ronca. Acto seguido, se marcharon.

Aunque el incidente había empezado solo unos tres o cuatro minutos antes, yo tenía la sensación de que había durado mucho más. El reverendo Martin carraspeó con fuerza, pero apenas consiguió hacerse oír por encima de los gemidos del padre de Mickey.

—Lamento muchísimo esta interrupción. Ahora procederemos a salir para continuar con la ceremonia. Pido a los dolientes que se pongan en pie, por favor.

Comenzó a sonar otra pieza de música. Un familiar de Mickey apartó a su padre del ataúd y todos nos encaminamos al exterior, hacia el camposanto.

Apenas había cruzado la puerta de la iglesia cuando noté que una gota de agua me caía en la cabeza. Alcé la vista. El azul del cielo se había visto arrasado por nubes grises como estropajo de aluminio, que comenzaban a chispear sobre el ataúd y los deudos.

La gente no llevaba paraguas, así que nos apiñamos, con nuestra ropa de colores rojo y azul subidos, encorvados bajo la llovizna que arreciaba por momentos. Me estremecí ligeramente mientras introducían despacio el féretro en la sepultura. Habían retirado las flores, como dando a entender que nada vivo ni colorido debía descender a ese hoyo profundo y oscuro.

Yo creía que la pelea en la iglesia había sido lo peor del funeral, pero me equivocaba. Lo peor fue ese momento. El repiqueteo y el roce del polvo sobre la tapa de madera del féretro. El olor a tierra húmeda bajo el calor menguante del sol de septiembre. Contemplar aquella enorme sima abierta en el suelo, sabiendo que de allí no salía nadie. No había excusas que valieran, ni cláusulas de rescisión, ni notas enviadas por tu madre al profesor. La muerte era algo definitivo y absoluto, y nadie podía hacer nada para remediarlo.

Por fin concluyó el entierro, y todos empezamos a alejarnos de la tumba en fila. Habían reservado el salón parroquial para que la gente tomara un refrigerio de sándwiches y bebidas tras la ceremonia. Según mi madre, a eso se le llamaba «velatorio».

Casi habíamos llegado a la verja cuando unos conocidos de mis padres se pararon a hablar con ellos. Gav el Gordo y sus familiares estaban justo detrás, conversando con la madre de Hoppo. Yo alcanzaba a ver a los parientes de Mickey, pero no a él. Supuse que debía de andar por allí.

Me encontré solo y un poco perdido en el límite del cementerio.

—Hola, Eddie.

Me volví. El señor Halloran se me acercó. Se había calado el sombrero para protegerse de la lluvia y sujetaba un paquete de cigarrillos en la mano. Aunque nunca lo había visto fumar, me acordé del cenicero que tenía en su casa.

—Hola, señor.

—¿Cómo lo llevas?

Me encogí de hombros.

—La verdad es que no lo sé.

A diferencia de la mayoría de los adultos, tenía el don de suscitar respuestas sinceras.

—No te preocupes. No tienes por qué estar triste.

Vacilé por un momento. No sabía muy bien qué contestarle.

—No puedes ponerte triste cada vez que se muere alguien. —Bajó la voz—. Sean Cooper era un abusón. Eso no lo cambia el hecho de que esté muerto. Tampoco significa que lo que le pasó no fuera trágico.

—¿Porque solo era un chaval?

—No. Porque ya nunca tendrá la oportunidad de ser mejor persona.

Asentí con la cabeza.

—¿Es verdad lo que ha dicho el policía? —pregunté.

—¿Sobre Sean Cooper y su hija?

Hice un leve gesto afirmativo.

El señor Halloran bajó la mirada hacia sus cigarrillos. Creo que tenía muchas ganas de encenderse uno, pero seguramente no le parecía muy apropiado en el cementerio.

—Sean Cooper no era un joven amable. Lo que te hizo a ti... Algunos lo describirían con la misma palabra.

Noté que se me encendían las mejillas. No quería pensar en eso. Él pareció darse cuenta.

—Pero ¿hizo realmente aquello de lo que lo acusa el policía? No, no creo que sea cierto.

—¿Por qué?

—Dudo que esa jovencita fuera el tipo de Sean Cooper.

—Ah. —No estaba muy seguro de entender lo que me estaba diciendo.

Sacudió la cabeza.

—Olvídalo. Pero no te preocupes más por Sean Cooper. Ya no puede hacerte daño.

Pensé en las piedrecitas lanzadas contra mi ventana, en la piel gris azulosa bajo la luz de la luna.

«Eh, caraculo.»

Yo no estaba tan seguro.

—No, señor —respondí no obstante—. Es decir, sí, señor.

Aún intentaba digerir todo esto cuando alguien me agarró del brazo. Giré en redondo. Hoppo se hallaba frente a mí. El pelo que antes llevaba peinado hacia atrás se le había alborotado, y tenía media camisa fuera del pantalón. Sujetaba la correa y el collar de Murphy. Pero Murphy no estaba.

—¿Qué ha pasado?

Clavó en mí los ojos desorbitados.

—Murphy. Ha desaparecido.

—¿Se le ha salido el collar?

—No lo sé. Nunca le había pasado. No es que se le haya aflojado ni nada...

—¿Crees que se irá corriendo a casa? —pregunté.

Hoppo negó con la cabeza.

—Ni idea. Es viejo, y le fallan un poco la vista y el olfato. —Advertí que intentaba no dejarse llevar por el pánico.

—Pero es lento —observé—, así que no puede haber ido muy lejos.

Eché una ojeada alrededor. Los adultos seguían hablando, y Gav el Gordo estaba a demasiada distancia para captar su mirada. Seguía sin ver a Mickey por ninguna parte..., pero vi otra cosa.

Un dibujo en una lápida plana cerca de las puertas de la iglesia. Ya empezaba a desteñirse y desdibujarse a causa de la lluvia, pero me llamó la atención porque estaba mal. Fuera de lugar, aunque me resultaba familiar. Me acerqué. Se me erizó el vello de las extremidades y tuve la sensación de que el cuero cabelludo me apretaba el cráneo.

Un hombre de tiza blanca. Con los brazos en alto y una pequeña «o» por boca, como si gritara. Y no estaba solo. A su lado, alguien había trazado con tosquedad un perro de tiza blanca. Me asaltó un mal presentimiento. Un muy mal presentimiento.

«Cuidado con los hombres de tiza.»

—¿Qué pasa? —preguntó Hoppo.

—Nada. —Me apresuré a levantarme—. Deberíamos ir en busca de Murphy. Ahora mismo.

—David, Eddie, ¿ocurre algo? —Mis padres se aproximaron junto a la madre de Hoppo.

—Es Murphy —dije—. Se ha... escapado.

—¡Oh, no! —La madre de Hoppo se llevó la mano a la cara.

Él se limitó a sujetar la correa con más fuerza.

—Mamá, tenemos que ir a buscarlo —dije.

—Eddie... —empezó a protestar mi madre.

—Por favor —le rogué.

Vi que se lo pensaba. No parecía muy contenta. Se la notaba pálida y tensa. Por otro lado, acabábamos de asistir a un entierro, después de todo. Papá le posó la mano en el brazo e inclinó levemente la cabeza.

—De acuerdo —dijo mi madre—. Ve a buscar a Murphy. Cuando lo hayas encontrado, nos vemos en el salón parroquial.

—Gracias.

—Anda, vete. Corre.

Echamos a trotar por la calzada gritando el nombre de Murphy, lo que seguramente era una tontería, pues Murphy estaba casi sordo.

—¿No crees que deberíamos acercarnos a tu casa primero, por si acaso? —propuse.

Hoppo asintió.

—Supongo.

Vivía en la otra punta del pueblo, en una calle estrecha flanqueada por casas adosadas. El tipo de calle en que había hombres sentados en el umbral bebiendo cerveza de lata, niños pequeños en pañales jugando en el bordillo y un perro ladrando en todo momento. Aunque en esa época no pensaba mucho sobre ello, creo que tal vez por eso no solíamos juntarnos en casa de Hoppo. Los demás vivíamos en lugares más o menos aceptables. Puede que mi casa estuviera un poco destartalada y anticuada, pero se hallaba en una calle agradable con zonas de césped, árboles y demás.

Me gustaría decir que la casa de Hoppo era una de las mejores de su calle, pero sería mentira. Tenía visillos amarillentos colgados en las ventanas, la pintura de la puerta principal se había descascarillado casi por completo y una colección de macetas rotas, gnomos de jardín y una vieja tumbona abarrotaban el diminuto patio delantero.

El interior era igual de caótico. Recuerdo que pensaba que, para ser una persona que se dedicaba a la limpieza, la madre de Hoppo no tenía muy limpia la casa. Había trastos amontonados por todas partes, siempre en sitios extraños: cajas de cereales de oferta colocadas una encima de otra sobre el televisor del salón, un montículo formado por rollos de papel de baño en el pasillo, bidones industriales de lejía y cajas de veneno para babosas sobre la mesa de la cocina. Además, olía muy fuerte a perro. Yo adoraba a Murphy, pero el olor no era su mejor cualidad.

Hoppo corrió por un lado de la casa hasta el jardín de atrás y regresó sacudiendo la cabeza.

—Vale —dije—. Bueno, echemos un vistazo en el parque. A lo mejor ha ido allí en vez de volver a casa.

Asintió, pero me percaté de que pugnaba por contener las lágrimas.

—Nunca se había escapado.

—Seguro que estará bien —afirmé, aunque era una estupidez, porque sabía que no estaría bien. Estaría todo lo contrario de bien.

Lo encontramos hecho un ovillo bajo un arbusto, no muy lejos de la zona de juegos. Supongo que había intentado resguardarse de la lluvia, que caía con más fuerza. A Hoppo el cabello le colgaba en gruesos rizos mojados que parecían algas, y yo llevaba la camisa pegada al cuerpo. También se me habían calado los zapatos, que chorreaban agua con cada paso que daba mientras corríamos hacia Murphy.

De lejos, parecía dormido. Pero al acercarnos nos percatamos del trabajoso subir y bajar de su ancho pecho y oímos el sonido ronco de su respiración. Más cerca aún, a su lado, descubrimos que había vomitado. Por todas partes. No se trataba de un vómito normal. Era espeso, pegajoso y negruzco a causa de toda la sangre que contenía. Y el veneno.

Aún recuerdo el olor y la expresión que asomó a sus grandes ojos marrones cuando nos arrodillamos junto a él. Destilaban confusión. Y a la vez, una enorme gratitud. Como si creyera que nosotros lo curaríamos. Pero no podíamos. Por segunda vez ese día, comprendí que hay cosas imposibles de arreglar.

Intentamos levantarlo para cargar con él entre los dos. Hoppo sabía dónde había una consulta veterinaria en el centro. Pero Murphy pesaba demasiado, y su masa de pelo mojado y caliente lo hacía aún más pesado. Ni siquiera habíamos salido aún del parque cuando comenzó a toser y gimotear de nuevo. Lo depositamos otra vez sobre la hierba húmeda.

—A lo mejor podría ir corriendo hasta donde el veterinario y traer a alguien —me ofrecí.

Hoppo simplemente sacudió la cabeza.

—No —dijo con voz áspera y entrecortada—. Es inútil.

Hundió el rostro en el pelaje grueso y empapado de Murphy, aferrándose a él como si quisiera impedir que se marchara, que cayera de este mundo al otro.

Pero, por supuesto, nadie, ni siquiera la persona que más te quiere en el mundo, puede impedir eso. Solo nos quedaba intentar consolarlo, susurrarle palabras suaves a las largas y flexibles orejas y desear que se le pasara todo el dolor. Al final, debió de bastar con eso, porque, tras una última inspiración rasposa, Murphy dejó de respirar para siempre.

Hoppo soltó un sollozo contra su cuerpo inerte. Intenté reprimir las lágrimas, pero no pude evitar que me resbalaran por la cara. Más tarde, caí en la cuenta de que lloramos más ese día por un perro muerto que en toda la vida por el hermano de Mickey. Y eso también acabaría por volver para mordernos el trasero.

Finalmente, conseguimos reunir las fuerzas suficientes para intentar llevarlo a casa de Hoppo. Fue la primera vez que toqué algo muerto. Incluso me pareció más pesado que antes. «Un peso muerto.» Tardamos casi media hora en llegar. La gente se paraba a mirar pero nadie nos ofrecía su ayuda.

Lo depositamos en su cama, en la cocina.

—¿Qué vas a hacer con él? —pregunté.

—Enterrarlo —respondió Hoppo, como si fuera una obviedad.

—¿Tú solo?

—Es mi perro.

No sabía qué decir, así que permanecí callado.

—Deberías regresar a la iglesia —dijo Hoppo—. Al velatorio ese.

Una parte de mí consideraba que debía quedarme para echarle una mano, pero la parte dominante solo quería marcharse de allí.

—Vale.

Me di la vuelta.

—Eddie.

—¿Sí?

—Cuando averigüe quién ha hecho esto, lo mataré.

Nunca olvidaré su mirada cuando pronunció estas palabras. Quizá por eso no le conté lo del hombre y el perro de tiza. Ni le dije que no había visto a Mickey volver después de que saliera corriendo de la iglesia.

2016

No me considero un alcohólico, del mismo modo que no creo padecer el síndrome de Diógenes. Solo soy un hombre al que le gusta echar un trago de vez en cuando y coleccionar cosas.

No bebo a diario, ni suelo presentarme en el instituto con el aliento oliendo a alcohol. Aunque en alguna ocasión ha ocurrido. Por fortuna, el incidente no llegó a oídos del director, pero me valió un consejo amistoso por parte de un colega profesor:

—Ed, vete a casa, date una ducha y cómprate un enjuague bucal. Y, en adelante, procura limitarte a las juergas de fin de semana.

La verdad es que bebo más de lo que debería, y con mayor frecuencia. Hoy siento una fuerte necesidad. Una opresión en la garganta. Una sequedad en los labios que no consigo erradicar por más que me los lamo. No es que necesite beber algo. Necesito *beber*. Un sutil matiz gramatical, una diferencia enorme en lo que a la intención se refiere.

Me acerco al supermercado y elijo un par de tintos robustos en la sección de vinos. Luego cojo una botella de buen bourbon y empujo el carro hasta la caja de autopago. Entablo una charla trivial con la encargada de las cajas y deposito las botellas en el carro. Llego a casa poco después de las seis, selecciono unos vinilos que hace tiempo que no escucho y me sirvo la primera copa de vino.

Es entonces cuando suena un portazo, lo bastante fuerte para que los candeleros que están sobre la repisa de la chimenea vibren y mi copa llena se bambolee de forma precaria sobre la mesa.

—¿Chloe?

Supongo que se trata de ella. Las puertas estaban bien cerradas, y nadie más tiene llave. Pero Chloe no es muy aficionada a dar portazos. Es más propio de ella escabullirse como un gato o una especie de bruma sobrenatural.

Contemplo mi bebida con ansia y luego, exhalando un suspiro de resentimiento, me levanto y me dirijo a la cocina, donde la oigo armar alboroto abriendo y cerrando la nevera y trasteando con los vasos. Percibo otro sonido que me resulta menos familiar.

Tardo un momento en darme cuenta de qué ocurre. Chloe está llorando.

El llanto no es lo mío. No lo practico a menudo. Ni siquiera en el entierro de mi padre. No me gusta la suciedad, los mocos, el ruido. Nadie está atractivo cuando llora. Peor aún, cuando una mujer llora, lo más probable es que necesite consuelo. Consolar a los demás tampoco es lo mío.

Me detengo frente a la puerta de la cocina, indeciso.

—Joder, Ed —oigo decir a Chloe—. Sí, estoy llorando. Así que entra y lidia con ello, o lárgate.

Abro la puerta. Chloe está sentada a la mesa de la cocina. Tiene delante una botella de ginebra y un vaso grande. No hay agua tónica. Va más despeinada que de costumbre, y el rímel se le ha corrido por las mejillas.

—No voy a preguntarte si estás bien...

—Menos mal. Seguramente te metería la botella de ginebra por el culo.

—¿Te apetece hablar de ello?

—No mucho.

—De acuerdo. —Me quedo parado cerca de la mesa—. ¿Hay algo que pueda hacer?

—Siéntate y tómate una copa.

Aunque esa ha sido mi intención durante toda la tarde, la ginebra no es precisamente mi bebida preferida, pero algo me dice que la oferta no es negociable. Saco un vaso del armario y dejo que Chloe me ponga una cantidad generosa.

Empuja el vaso hacia mí desde el otro lado de la mesa con mano temblorosa. Intuyo que esta copa no es la primera que se toma, ni la segunda ni la tercera. A Chloe le gusta salir. A Chloe le gusta echar un trago. Pero creo que nunca la he visto borracha perdida.

—En fin —dice, arrastrando un poco las palabras—. ¿Qué tal te ha ido el día?

—Bueno, he intentado denunciar a la policía la desaparición de mi amigo.

—¿Y?

—A pesar de que no regresó a su hotel anoche, no ha ido a buscar su cartera ni sus tarjetas bancarias y no responde a las llamadas, por lo visto no pueden declararlo oficialmente desaparecido hasta que hayan pasado veinticuatro horas desde la última vez que alguien lo vio.

—No jodas.

—Sí jodo.

—¿Crees que le ha ocurrido algo? —Su preocupación parece sincera.

Bebo un trago de ginebra.

—No lo sé...

—A lo mejor se fue a su casa.

—A lo mejor.

—Bueno, ¿y qué piensas hacer?

—Pues supongo que debería volver a la comisaría mañana.

Ella no aparta la vista de su vaso.

—Bah, los amigos. Causan más problemas que otra cosa. Aunque no tantos como la familia.

—Supongo —digo con cautela.

—Oh, créeme: los vínculos con los amigos se pueden cortar. Los de la familia no. Están siempre allí, acechando en segundo plano, jodiéndote la mente. —Se echa la ginebra entre pecho y espalda y se sirve más.

Chloe nunca me había hablado de su vida personal, y yo nunca le había preguntado al respecto. En ese sentido, es como los niños: si quieren decirte algo, te lo dicen. Si tienes que interrogarlos, corren a refugiarse en su caparazón.

Siempre me ha picado la curiosidad, por supuesto. Durante una época, sospeché que su presencia en mi hogar se debía a una ruptura traumática con un novio. Al fin y al cabo, hay montones de pisos de estudiantes más cerca de su trabajo, en los que vive gente con una edad y una visión del mundo más afines a los suyos. Nadie optaría por mudarse a un caserón tétrico con un soltero estrafalario a menos que tuviera motivos para buscar el aislamiento y la privacidad.

Pero Chloe nunca me lo ha explicado, y yo nunca se lo he pedido, quizá por temor a ahuyentarla. Encontrar a una persona que alquile la habitación que me sobra es una cosa, pero dar con alguien que me haga compañía y mitigue mi soledad es otra muy distinta.

Tomo otro sorbo de ginebra, pero mis ansias de beber se desvanecen a ojos vistas. No hay nada mejor que tratar con una persona borracha para quitarte las ganas de pillar una cogorza también.

—Bueno —digo—, las relaciones tanto con la familia como con las amistades pueden ser complicadas...

—¿Soy tu amiga, Ed?

La pregunta me descoloca. Chloe fija en mí una mirada seria, desenfocada, con los músculos faciales algo laxos, los labios entreabiertos.

Trago saliva.

—Eso espero.

Ella sonríe.

—Me alegro. Porque por nada del mundo te haría daño. Quiero que lo sepas.

—Lo sé —digo, aunque en el fondo no estoy tan seguro. La gente puede hacerte daño incluso sin darse cuenta. Chloe me hace un poco de daño todos los días solo por existir. Y no pasa nada.

—Bien. —Me da un apretón en la mano y me inquieta comprobar que los ojos se le arrasan de nuevo en lágrimas. Se seca la cara con las manos—. Joder, menuda idiota estoy hecha. —Tras tomar otro lingotazo de ginebra, añade—: Hay algo que debería decirte...

No me gustan esas palabras. Nunca sale nada bueno de una frase que empieza así. Es como el «deberíamos hablar».

—Chloe —digo.

Pero me salva la campana, casi literalmente. Alguien llama al timbre. No recibo muchas visitas, y menos aún sin previo aviso.

—¿Quién coño será? —farfulla Chloe con su simpatía y su buen humor habituales.

—No lo sé.

Arrastro los pies con paso cansino hasta la puerta y la abro. Al otro lado hay dos hombres con traje gris. Incluso antes de que abran la boca, sé que son policías. Hay algo inconfundible en su aspecto. Las caras de cansancio. El pelo mal cortado. Los zapatos baratos.

—¿Señor Adams? —pregunta el más alto, de cabello negro.

—¿Sí?

—Soy el inspector de policía Furniss. Este es el sargento Danks. Esta tarde acudió usted a comisaría para denunciar la desaparición de un amigo suyo, Mick Cooper, ¿verdad?

—Lo intenté, pero me dijeron que no estaba oficialmente desaparecido.

—En efecto. Le pedimos disculpas por ello —dice el otro, más bajo y calvo—. ¿Podemos pasar?

Aunque me vienen ganas de preguntarle por qué, decido que no vale la pena porque acabarán pasando de todos modos. Me hago a un lado.

—Claro.

Pasan por mi lado y, una vez que están en el vestíbulo, cierro la puerta.

—Por aquí, por favor.

Dejándome llevar por la fuerza de la costumbre, los guío a la cocina. En cuanto veo a Chloe, me percato de que quizá haya sido un error. Aún lleva su ropa «de salir». Consiste en una camiseta negra muy ceñida adornada con calaveras, una diminuta minifalda de licra, medias de red y botas Doc Martens.

Alza la vista hacia los policías.

—Ooooh, tenemos compañía, qué bien.

—Ella es Chloe, mi inquilina. Y amiga.

La pareja es tan profesional que ni siquiera arquea una ceja, pero estoy seguro de que sé lo que están pensando. Un hombre mayor viviendo en esa casa con una joven bonita. O me acuesto con ella, o soy un triste viejo salido. Lamentablemente, la segunda opción se acerca mucho a la realidad.

—¿Les apetece beber algo? —pregunto—. ¿Un té, un café?

—¿Ginebra? —Chloe sostiene la botella en alto.

—Estamos de servicio, señorita —contesta Furniss.

—De acuerdo —digo—. Esto..., tomen asiento, por favor.

Se miran entre ellos.

—En realidad, quizá sería conveniente que habláramos con usted a solas, señor Adams.

Me vuelvo hacia Chloe.

—¿No te importa?

—Vale, ustedes perdonen. —Coge la botella y el vaso—. Estaré aquí al lado, si me necesitáis.

Lanzándoles una mirada torva a los dos agentes, sale de la cocina con disimulo.

Estos arrastran hacia atrás un par de sillas para sentarse, y yo me apoyo con torpeza en la cabecera de la mesa.

—Bien, ¿puedo preguntarles exactamente cuál es el motivo de su visita? Hace un rato le he contado todo lo que sé a la sargento que estaba de guardia.

—Sé que tendrá la sensación de estar repitiéndose, pero ¿podría referirnos todo de nuevo, con lujo de detalles?

Danks saca su pluma.

—Bueno, Mickey se marchó de aquí ayer por la noche.

—Perdón, ¿podría retroceder un poco más? ¿Para qué había venido? Tengo entendido que vive en Oxford.

—Bueno, era un viejo amigo que había vuelto por unos días a Anderbury y quería que nos viéramos.

—¿Cómo de viejo?

—Somos amigos de la infancia.

—¿Y han mantenido el contacto?

—No mucho. Pero a veces resulta agradable reencontrarse con viejas amistades.

Ambos asienten con la cabeza.

—El caso es que vino a cenar.

—¿A qué hora?

—Llegó hacia las siete y media.

—¿Llevaba coche?

—No, vino a pie. El hotel donde se aloja no está lejos, y supongo que tenía previsto tomar alguna copa.

—¿Cuánto diría usted que bebió él?

—Pues... —Me vienen a la memoria las botellas de cerveza vacías en el cubo de reciclaje—. Ya sabe cómo va eso. Estábamos comiendo, charlando... Unas seis o siete cervezas.

—Una cantidad considerable.

—Supongo.

—¿En qué estado diría que se encontraba cuando se marchó?

—Bueno, no se caía al suelo ni se le trababa la lengua, pero iba bastante bebido.

—¿Y dejó usted que regresara andando al hotel?

—Me ofrecí a pedirle un taxi por teléfono, pero me dijo que caminar le vendría bien para despejarse.

—Entiendo. ¿Y qué hora calcula que era?

—Las diez, diez y media. No era muy tarde.

—¿Fue la última vez que lo vio?

—Sí.

—¿Le entregó su cartera a la sargento de guardia?

Y no me puso muchas facilidades precisamente. Quería que me la quedara, pero le insistí mucho.

—Sí.

—¿Y no intentó devolvérsela a él más tarde?

—No me di cuenta de que se la había dejado hasta hoy. Chloe la encontró y me llamó.

—¿A qué hora?

—Hacia la hora de comer. Intenté telefonear a Mickey para avisarle que se había olvidado la cartera, pero no me contestó.

El hombre continuó garabateando.

—¿Así que fue entonces cuando se dirigió usted al hotel para comprobar que su amigo estuviera bien?

—Sí. Y allí me dijeron que anoche no regresó. Y entonces decidí acudir a la policía.

Más movimientos afirmativos con la cabeza.

—¿Cómo vio usted a su amigo anoche? —inquiere Furniss.

—Bien... esto... bastante bien.

—¿Estaba animado?

—Pues... supongo que sí.

—¿Cuál era el propósito de su visita?

—¿Puedo preguntarle si eso es relevante?

—Bueno, después de perder el contacto durante tantos años, que él lo visitara sin venir a cuento resulta un poco raro.

—La gente es rara, como diría Jim Morrison.

Se quedan mirándome con cara inexpresiva. No son aficionados al rock clásico.

—Oigan —prosigo—, fue una visita social. Hablamos de muchas cosas..., de cómo nos van las cosas. Del trabajo. Nada muy importante. Y ahora, ¿puedo preguntarles a qué vienen todas estas preguntas? ¿Le ha ocurrido algo a Mickey?

Parecen meditar mi pregunta. Danks cierra su libreta.

—Ha aparecido un cadáver cuya descripción coincide con la de su amigo Mickey Cooper.

Un cadáver. Mickey. Hago un esfuerzo por digerir esta información. Se me atasca en la garganta. Me quedo sin habla. Me cuesta respirar.

—¿Se encuentra bien, señor?

—No... no lo sé. Me han dejado ustedes de piedra. ¿Qué ha pasado?

—Hemos recuperado el cuerpo en el río.

«Apuesto a que está todo hinchado y verdoso, y los peces se le han comido los ojos.»

—¿Mickey se ahogó?

—Aún estamos intentando determinar las circunstancias exactas de la muerte de su amigo.

—Si se cayó al río, ¿qué más hay que determinar?

Intercambian una mirada significativa.

—¿El parque Old Meadows está en dirección opuesta al hotel de su amigo?

—Pues... sí.

—Entonces ¿qué hacía él allí?

—A lo mejor decidió caminar un poco más para que se le pasara la borrachera. O tal vez se desorientó, ¿no?

—Tal vez.

Percibo el escepticismo en su voz.

—¿No cree que la muerte de Mickey haya sido un accidente?

—Al contrario, estoy seguro de que es la explicación más probable. Sin embargo, tenemos que contemplar otras posibilidades.

—¿Como cuáles?

—¿Sabe de alguien que quisiera hacerle daño a Mickey?

Noto que empieza a palpitarme la sien. ¿Que si sé de alguien que querría hacerle daño a Mickey? Pues sí, me viene a la mente al menos una persona, pero esa persona no está precisamente en condiciones de corretear por el parque de noche ni de tirar a Mickey al río.

—No, no se me ocurre nadie. —En un tono algo más firme, añado—: Anderbury es un pueblo tranquilo. Me cuesta imaginar que alguien de aquí atacara a Mickey.

Ambos asienten.

—Sin duda tiene razón. Lo más probable es que se trate de un desafortunado y trágico accidente.

Igual que el que sufrió su hermano, pienso. No solo es desafortunado y trágico; es demasiada casualidad...

—Sentimos haber tenido que comunicarle esta noticia, señor Adams.

—No pasa nada. Es su trabajo.

Echan sus sillas hacia atrás. Me levanto para acompañarlos a la puerta.

—Por cierto, hay algo más.

Por supuesto. Siempre lo hay.

—¿Sí?

—Su amigo llevaba encima un objeto que nos ha desconcertado un poco. Nos preguntábamos si podría usted arrojar algo de luz al respecto.

—Haré lo posible.

Furniss se saca una bolsa de plástico transparente del bolsillo. La deposita sobre la mesa.

Dentro hay un papel con un ahorcado de palo dibujado y una solitaria tiza blanca.

1986

«Oh, mujer de poca fe.»

Papá solía decirle eso a mi madre cuando ella no lo creía capaz de hacer algo. Era una broma privada, supongo, porque ella siempre le devolvía la mirada y replicaba: «No, mujer sin ninguna fe». Y ambos rompían a reír.

Me imagino que con ello ponían de manifiesto que no eran religiosos y que no lo ocultaban en absoluto. Supongo que por eso algunos vecinos del pueblo los miraban con cierta suspicacia, y muchos de ellos se pusieron de parte del reverendo Martin en el asunto de la clínica. Los que apoyaban a mi madre ni siquiera se atrevían a declararlo en público; era como si temieran dar la impresión de que contradecían a Dios o algo así.

Ese otoño mi madre adelgazó y envejeció visiblemente. Hasta ese momento, yo apenas me había fijado en que mis padres eran mayores que los de otros chicos (tal vez porque, cuando tienes diez años, cualquiera de más de veinte te parece un anciano). Mi madre me había tenido con treinta y seis años, así que frisaba los cincuenta.

Su aspecto demacrado se debía en parte a que trabajaba mucho. Parecía que llegaba a casa cada vez más tarde, de modo que a mi padre no le quedaba más remedio que preparar la cena, lo que resultaba interesante, aunque no siempre comestible. Pero yo suponía que todo aquello era en gran parte culpa de los manifestantes que seguían rondando la entrada de la clínica todos los días. Su número había crecido hasta unos veinte. Además, yo había visto carteles en los escaparates de algunas tiendas de la ciudad que rezaban:

SÍ A LA VIDA. NO AL ASESINATO.
PONGAMOS FIN AL CRIMEN LEGALIZADO.
ÚNETE A LOS ÁNGELES DE ANDERBURY.

Así se llamaban a sí mismos los manifestantes, los Ángeles de Anderbury. Supongo que el nombre fue idea del reverendo Martin. No tenían mucha pinta de ángeles. Siempre me había imaginado a los ángeles como seres tranquilos y serenos. Los manifestantes, congestionados y furiosos, chillaban y escupían. En retrospectiva, supongo que, al igual que mucha gente radicalizada, creían que hacían lo correcto, que perseguían un objetivo más elevado. Tanto, que con ello justificaban todas las cosas malas que hacían por el bien de la causa.

Había llegado octubre. El verano había recogido sus toallas, cubos y palas de playa, y los había guardado para el año siguiente. Las melodías de las furgonetas de los helados ya habían cedido el paso al chisporroteo y el estampido de los cohetes pirotécnicos comprados de tapadillo; y el aroma de las flores y las barbacoas había sido sustituido por el olor más acre de las hogueras.

Mickey se juntaba menos con nosotros. Ya no era el mismo desde la muerte de su hermano. O tal vez nosotros ya no sabíamos cómo tratarlo. Se había vuelto más frío, más duro. Siempre había sido sarcástico y mordaz, pero ahora hacía comentarios aún más cáusticos. Su aspecto también había cambiado. Había crecido (aunque nunca llegaría a ser alto), se le habían afilado las facciones y se había quitado los correctores dentales. En cierto modo, había dejado de ser Metal Mickey, nuestro amigo. Se había convertido de pronto en Mickey Cooper, hermano de Sean.

Aunque todos nos sentíamos un poco incómodos en su presencia, Hoppo era quien peor se llevaba con él. El antagonismo cada vez mayor que había entre ellos se mantenía latente, pero estaba destinado a estallar algún día en un conflicto abierto. Y así ocurrió, el día en que nos reunimos para esparcir las cenizas de Murphy.

Hoppo no lo había enterrado, después de todo. Su madre había llevado el cuerpo del perro al veterinario para que lo incineraran. Hoppo había conservado las cenizas durante un tiempo y luego había decidido que debían reposar en el sitio donde Murphy solía tumbarse y donde había exhalado su último suspiro: en el parque.

Quedamos en vernos un sábado a las once en la zona de juegos. Nos sentamos en el carrusel, Hoppo sujetando la cajita que contenía a Murphy, y todos enfundados en trencas y bufandas. Esa mañana hacía un frío que penetraba en los guantes y cortaba la cara. Eso, sumado a lo lúgubre de nuestra tarea, nos tenía bastante decaídos. Cuando Mickey se presentó quince minutos tarde, Hoppo se levantó de un salto.

—¿Dónde te habías metido?

Mickey se encogió de hombros.

—Tenía cosas que hacer. Ahora que estoy yo solo en casa, mi madre me obliga a hacer más faenas —contestó con su agresividad habitual.

Quizá parezca cruel, pero todo lo que decía aludía al hecho de que su hermano había muerto. Sí, sabíamos que había sido algo muy triste, una tragedia y todo eso, pero supongo que estábamos un poco hartos de que nos lo recordara cada minuto de cada día.

Vi que Hoppo se ablandaba un poco y cedía.

—Bueno, ya estás aquí —dijo Hoppo en un tono que habría debido templar los ánimos. Era lo que hacía siempre. Pero esa mañana Mickey no estaba para fiestas.

—No entiendo a qué viene todo este numerito. No era más que un condenado perro.

Casi noté cómo crepitaba el aire.

—Murphy no era solo un perro.

—¿Ah, no? ¿Qué sabía hacer? ¿Hablar? ¿Trucos de cartas?

Estaba pinchando a Hoppo. Todos lo sabíamos, incluido Hoppo, pero ser consciente de que alguien intenta hacerte enfadar no basta para evitar caer en la provocación, aunque Hoppo estaba conteniéndose bastante.

—Era mi perro y significaba mucho para mí.

—Sí, y mi hermano para mí.

Gav el Gordo bajó del carrusel.

—Vale, ya lo sabemos. Esto es distinto.

—Ya, todos estáis muy afectados porque la ha palmado un puto perro, pero a nadie le importa una mierda lo de mi hermano.

Nos quedamos mirándolo sin saber qué decir, pues en el fondo no le faltaba razón.

—¿Lo veis? Ninguno de vosotros es capaz de decir una sola palabra sobre él, y sin embargo estamos todos aquí por un puto chucho tonto comido por las pulgas.

—Retira eso —le exigió Hoppo.

—¿Y si no, qué? —Con una mueca, Mickey dio un paso hacia Hoppo. Este era mucho más alto que él; también más fuerte. Pero Mickey tenía un brillo de locura en los ojos. Como su hermano. Y contra la locura no se puede luchar. La locura gana siempre.

—Era un puto chucho tonto comido por las pulgas que se cagaba encima todo el rato y apestaba. Tampoco habría vivido mucho más, de todos modos. Alguien le hizo el favor de acabar con su sufrimiento.

Advertí que Hoppo cerraba los puños, pero creo que no le habría pegado a Mickey si este no se hubiera acercado para tirarle la caja de las manos con un golpe. Se estampó contra el suelo de cemento de la zona de juegos, y las cenizas derramadas formaron una pequeña nube.

Mickey las removió con los zapatos.

—Puto perro muerto y apestoso.

Fue entonces cuando Hoppo arremetió contra él con un extraño grito ahogado. Ambos cayeron al suelo y, durante unos segundos, no hicieron más que blandir los puños sin ton ni son, forcejeando sobre el polvo gris que antes era Murphy.

Gav el Gordo intervino para parar la pelea. Nicky y yo seguimos su ejemplo. De algún modo conseguimos separarlos. Gav sujetó a Mickey. Yo intenté agarrar a Hoppo, pero se soltó con un movimiento de los hombros.

—Pero ¿qué narices pasa contigo? —le gritó a Mickey.

—Mi hermano ha muerto, ¿es que lo has olvidado? —Desplazó la vista por todos nosotros—. ¿Lo habéis olvidado todos? —Se pasó el dorso de la mano por la nariz, que goteaba sangre.

—No —respondí—. No lo hemos olvidado. Solo queremos volver a ser amigos.

—Amigos. Sí, ya. —Miró a Hoppo con desprecio—. ¿Quieres saber quién le hizo daño a tu estúpido perro? Fui yo. Para que supieras qué se siente al perder a alguien a quien quieres. A lo mejor todos deberíais saber qué se siente.

Hoppo profirió un alarido. Se liberó de mí con brusquedad y le lanzó un violento puñetazo a Mickey.

No estoy muy seguro de qué sucedió a continuación. O bien Mickey se apartó, o Nicky intentó interponerse. El caso es que recuerdo que, al volverme, la vi en el suelo, llevándose las manos a la cara. Por alguna razón, en medio de la confusión, el puño de Hoppo la había alcanzado en todo el ojo.

—¡Hijo de puta! —gritó—. ¡Imbécil hijo de puta!

No sé si se refería a Hoppo o a Mickey, aunque creo que a esas alturas daba igual.

La expresión de Hoppo pasó de la rabia al espanto.

—Lo siento. Lo siento.

Gav y yo corrimos a socorrerla, pero ella rechazó nuestra ayuda.

—Estoy bien —aseguró con voz algo temblorosa.

Sin embargo, no lo estaba. Se le empezaba a hinchar el ojo, tumefacto y amoratado. Incluso entonces supe que eso no era bueno. También estaba enfadado. Más de lo que lo había estado jamás. Todo era culpa de Mickey. En esos momentos —aunque no era precisamente un púgil—, tenía tantas ganas de romperle la cara como Hoppo. Pero nunca se me presentó la ocasión.

Cuando conseguimos que Nicky se levantara, mientras Gav el Gordo parloteaba sobre la necesidad de acompañarla a casa de su madre y ponerle una bolsa de guisantes congelados en el ojo, Mickey se había marchado.

Más tarde descubrimos que mentía. El veterinario nos dijo que, con toda seguridad, a Murphy lo habían envenenado por lo menos veinticuatro horas antes del entierro. Mickey no lo había matado. Pero eso tenía poca importancia. La presencia de Mickey se había convertido en un veneno que nos emponzoñaba a todos los que lo rodeábamos.

Aunque la bolsa de guisantes ayudó a desinflamarle un poco el ojo a Nicky, todavía lo tenía bastante amoratado cuando se fue a casa. Yo esperaba que eso no le ocasionara problemas. Me dije que seguramente le contaría a su padre alguna historia inventada y todo saldría bien. Me equivocaba.

Esa tarde, mientras papá me preparaba la cena, se oyeron unos fuertes golpes en la puerta principal. Como mamá aún estaba en el trabajo, mi padre, con cara de exasperación, se secó las manos frotándolas contra sus vaqueros. Se dirigió hacia la puerta y la abrió. Al otro lado se encontraba el reverendo Martin. Llevaba su ropa de párroco y un pequeño sombrero negro. Parecía salido de un cuadro antiguo. Y también parecía muy enfadado. Me quedé en el vestíbulo, expectante.

—¿Le puedo ayudar en algo? —preguntó mi padre en un tono que daba a entender que ayudarlo era lo que menos le apetecía en ese momento.

—Sí. Puede mantener a su chico alejado de mi hija.

—Perdón, ¿cómo dice?

—Mi hija tiene un ojo morado por culpa de su hijo y su pandilla.

Estuve a punto de replicarle que en realidad no era *mi* pandilla. Por otro lado, me sentí bastante orgulloso al oír que se refería a ella así.

Papá se volvió hacia mí.

—¿Ed?

Arrastré los pies adelante y atrás, inquieto. Me ardían las mejillas.

—Ha sido un accidente.

Miró de nuevo al reverendo.

—Si mi hijo dice que ha sido un accidente, yo le creo.

Se sostuvieron la mirada hasta que el reverendo Martin sonrió.

—Era de esperar. De tal palo, tal astilla: «Vosotros sois de vuestro padre el diablo, y los deseos de vuestro padre queréis hacer. Cuando habla mentira, de suyo habla; porque es mentiroso, y padre de mentira».

—Puede sermonearnos cuanto quiera —dijo papá—, pero todos sabemos que no predica con el ejemplo.

—¿Y eso qué significa?

—No es la primera vez que se le pone el ojo morado a su hija, ¿verdad?

—Eso es una calumnia, señor Adams.

—¿De veras? —Mi padre dio un paso al frente. Me gustó ver que el reverendo Martin reculaba ligeramente—. «No hay nada oculto que no se descubra algún día, ni nada secreto que no deba ser conocido y divulgado.» —Esbozó a su vez una sonrisa maliciosa—. Su iglesia no lo protegerá eternamente, reverendo. Y ahora, lárguese de mi casa antes de que llame a la policía.

Lo último que vi fue la boca abierta del reverendo Martin antes de que mi padre le cerrara la puerta en las narices.

Noté que el pecho se me henchía de orgullo. Mi padre había vencido. Lo había derrotado.

—Gracias, papá. Has estado genial. No sabía que te supieras frases de la Biblia.

—Es por la catequesis. Algo se te queda grabado.

—De verdad que ha sido un accidente.

—Te creo, Eddie, pero...

No, pensé. Nada de peros. Los peros nunca eran buenos, y tenía la corazonada de que este sería especialmente malo. En palabras de Gav el Gordo, los peros eran «una patada en los cojones a un buen día».

Mi padre suspiró.

—Mira, Eddie. Creo que sería conveniente que no vieras a Nicky, al menos por una temporada.

—Es mi amiga.

—Tienes otros amigos. Gavin, David, Mickey.

—Mickey no.

—Ah. ¿Habéis reñido?

No contesté.

Se encorvó y se llevó las manos a los bolsillos. Era una postura que solo adoptaba cuando se ponía muy serio.

—No te estoy diciendo que no puedas volver a ser amigo de Nicky nunca, pero ahora mismo la situación es complicada, y el reverendo Martin..., bueno, no es un hombre muy agradable.

—¿Y qué?

—Tal vez lo mejor sería que guardaras las distancias, ¿no?

—¡No! —Me aparté con brusquedad.

—Eddie...

—No sería lo mejor. No lo sabes. No sabes nada.

Y, aunque sabía que era un gesto infantil y ridículo, giré en redondo y subí corriendo las escaleras.

—La cena está lista...

—No tengo hambre.

Era mentira. Me rugían las tripas, pero no podía probar bocado. Todo iba mal. Mi mundo entero —cuando eres un niño tus amigos son tu mundo— se caía a pedazos.

Empujé mi cómoda a un lado y levanté las tablas que había debajo haciendo palanca. Tras estudiar los objetos que contenía, saqué una cajita de tizas de colores. Elegí la blanca y, casi sin pensar, me puse a pintarrajear con furia las tablas del suelo.

—Eddie.

Unos golpecitos en la puerta. Me quedé paralizado.

—Vete.

—Te lo pido por favor, ¿vale? Por tu madre y por mí.

Era peor cuando me lo pedía por favor, y él lo sabía. Cerré los dedos sobre la tiza y la apreté hasta desmenuzarla.

—¿Qué me dices?

No dije nada. No podía. Era como si las palabras se me atragantaran. Por fin, oí que los pesados pasos de mi padre bajaban las escaleras a un ritmo cansino. Bajé la vista hacia mis dibujos. Figuras de tiza blanca, trazadas de cualquier manera y con pulso frenético, unas encima de otras. Sentí un hormigueo de inquietud en el estómago. Me apresuré a restregarlas con la manga hasta que en el suelo no quedaba más que un grande y difuso borrón blanco.

Más tarde, esa noche, un ladrillo atravesó la ventana. Por fortuna, yo ya estaba en mi habitación, y mis padres en la cocina, porque si hubieran estado en el salón, tal vez habrían resultado heridos por fragmentos de vidrio o algo peor. El ladrillo dejó un boquete considerable en el cristal y destrozó la tele, pero nadie sufrió daños.

Como era de prever, el ladrillo llevaba una pequeña nota sujeta con una goma elástica. En aquel entonces, mi madre no me reveló qué decía. Sin duda supuso que me habría asustado o alterado. Más tarde, me confesó que el mensaje era: «Deja de asesinar bebés, o la siguiente víctima será tu familia».

Otra vez acudió la policía. Y un hombre fue a tapar la ventana con un tablón de madera. Más tarde, oí a mis padres discutir en el salón, cuando creían que yo me había ido a acostar de nuevo. Me quedé escuchando, agazapado en las escaleras, algo atemorizado. Mis padres nunca discutían. Sí, a veces se soltaban algún bufido el uno al otro, pero no se enzarzaban en altercados de verdad. No se decían cosas duras, alzando la voz, como esa noche.

—No podemos seguir así —aseveró mi padre, en tono irritado y molesto.

—¿Así cómo? —inquirió mi madre, tensa y nerviosa.

—Ya sabes a qué me refiero. Por si no fuera ya bastante malo que trabajes a todas horas y que esos idiotas evangelistas intimiden a las mujeres delante de la clínica, ¿ahora recibes amenazas contra tu propia familia?

—Solo es una campaña del miedo, y ya sabes que no cedemos ante las campañas del miedo.

—Esto es distinto. Se trata de algo personal.

—No son más que amenazas. Ya se han producido situaciones parecidas. Acaban por aburrirse. Abrazarán alguna otra causa sacrosanta. Los ánimos se irán calmando. Es lo que ocurre siempre.

Aunque no alcanzaba a ver a mi padre, lo imaginé sacudiendo la cabeza y caminando de un lado a otro, como solía hacer cuando estaba disgustado.

—Creo que te equivocas, y no estoy seguro de querer correr ese riesgo.

—Bueno, ¿y qué quieres que haga? ¿Que deje mi trabajo? ¿Mi profesión? ¿Que me quede en casa, subiéndome por las paredes mientras intentamos sobrevivir con tu sueldo de redactor autónomo?

—Eso no es justo.

—Tienes razón. Lo siento.

—¿No podrías regresar a Southampton? ¿Dejar a otra persona al cargo de Anderbury?

—Este era mi proyecto. Mi be... —Se contuvo—. Era mi oportunidad de demostrar lo que valgo.

—¿Lo que vales para qué? ¿Para convertirte en objeto del odio de esos pirados?

Una pausa.

—No pienso dejar mi trabajo ni la clínica. No me pidas eso.

—¿Y qué pasa con Eddie?

—Eddie está bien.

—¿En serio? ¿Cómo puedes estar tan segura, si apenas le ves el pelo últimamente?

—¿Me estás diciendo que no está bien?

—Te estoy diciendo que, con todo lo que ha ocurrido, la pelea en la fiesta de Gavin, lo del chico de los Cooper, lo del perro de David Hopkins, ya ha vivido suficientes situaciones angustiosas y traumáticas. Siempre hemos dicho que le proporcionaríamos seguridad y cariño, y no quiero que nada de esto lo perjudique de algún modo.

—Si creyera por un momento que algo de esto podría perjudicar a Eddie...

—¿Qué harías entonces? ¿Renunciarías? —La voz de mi padre sonaba extraña. Entre ácida y amarga.

—Haría lo que fuera por proteger a mi familia, pero eso no es incompatible con llevar adelante mi trabajo.

—Bueno, esperemos que no, ¿eh?

Oí que la puerta del salón se abría y un roce de ropa.

—¿Adónde vas? —preguntó mamá.

—A dar un paseo.

En la entrada principal sonó un portazo tan fuerte que hizo que el pasamanos temblara y una nube de yeso se desprendiera de la pared del descansillo, por encima de mi cabeza.

Papá debió de dar un paseo muy largo, porque no lo oí regresar. Supongo que me quedé dormido. Pero sí oí otra cosa, algo que nunca había oído antes: a mi madre llorar.

2016

Me siento en un banco, al fondo de la iglesia. Como era de esperar, está vacía. En la actualidad, la gente frecuenta otros lugares de culto. Bares, centros comerciales, y los mundos virtuales de la televisión e internet. ¿Quién necesita la palabra de Dios cuando puede conformarse con la palabra de alguna estrella de la telerrealidad?

Yo mismo no había puesto un pie en Saint Thomas desde el funeral de Sean Cooper, aunque paso a menudo por delante. Es un edificio antiguo y pintoresco, no tan grande ni majestuoso como la catedral de Anderbury, pero aun así bastante bonito. Me gustan las viejas iglesias, pero para contemplarlas, más que para orar en su interior. Hoy es una excepción, aunque en realidad no he venido a orar. No sé muy bien qué estoy haciendo aquí.

Santo Tomás me mira con benevolencia desde el enorme vitral. El patrón de ve tú a saber qué. Por alguna razón, lo imagino como un santo bastante molón. No como esos muermos de María o Mateo. Un santo un poco hípster. Hasta la barba ha vuelto a ponerse de moda.

Me pregunto si los santos están obligados a llevar existencias en extremo virtuosas, o si pueden vivir como pecadores y luego obrar un par de milagros para que los canonicen de todos modos. Al parecer, la religión funciona así. Asesina, viola, mata y mutila cuanto quieras, pues todo te será perdonado siempre y cuando te arrepientas. Nunca me pareció del todo justo.

Además, como señalaba el mismo don Jesucristo, ¿quién de nosotros está libre de pecado? La mayoría de la gente ha hecho algo malo en algún momento de su vida, cosas que desearían poder reparar, cosas de las que se arrepienten. Todos cometemos errores. Todos albergamos el bien y el mal en nuestro interior. Si alguien ha cometido una única atrocidad, ¿eclipsa esto todas las cosas buenas que ha hecho? ¿Hay iniquidades tan terribles que ninguna buena acción basta para expiarlas?

Pensé en el señor Halloran. En sus hermosas pinturas, en cómo le había salvado la vida a la Chica de la Ola, y también, en cierto modo, nos había salvado a mi padre y a mí.

Con independencia de lo que hiciera después, no creo que fuera una mala persona. Del mismo modo que tampoco lo era Mickey. No del todo. Sí, en ocasiones se portaba como un capullo, y tampoco tengo muy claro si me caía bien el adulto en el que se había convertido. Pero ¿de verdad había alguien que lo odiara tanto como para matarlo?

Fijo la vista en santo Tomás. No me ha sido de mucha ayuda. No he experimentado ninguna inspiración divina. Exhalo un suspiro. Seguramente le estoy dando demasiadas vueltas al asunto. Sin duda la muerte de Mickey no ha sido más que un trágico accidente, y la carta, una desagradable casualidad. Seguramente algún malintencionado descubrió nuestras direcciones y quiso gastarnos una jugarreta. Al menos, de eso intento convencerme desde mi visita a la comisaría.

El problema es que esa persona, sea quien sea, ha conseguido su propósito. Ha destapado la caja que yo guardaba bien cerrada con llave y candado en lo más recóndito de mi mente. Y la putada es que, una vez abierta, la caja de Ed, como la de Pandora, no se cierra con facilidad. Peor aún, lo que yace en el fondo no es esperanza, sino sentimiento de culpa.

Hay una canción que Chloe pone a menudo y que he llegado a tolerar relativamente, de un cantante punk-folk: Frank Turner.

El estribillo dice: «Nadie es recordado por las cosas que no hizo».

Pero eso no es del todo cierto. Mi vida ha estado definida por las cosas que no he hecho, que no he dicho. Creo que a mucha gente le sucede lo mismo. Lo que nos define no son solo nuestros logros, sino nuestras omisiones. No las mentiras; simplemente las verdades que callamos.

Cuando la policía me mostró esa carta, yo debería haber dicho algo. Debería haberles enseñado la carta idéntica que yo había recibido. Pero no lo hice. Aún no sé por qué, del mismo modo que no tengo muy claro por qué nunca he confesado lo que sabía y lo que hice años atrás.

Ni siquiera estoy seguro de cómo sentirme respecto a la muerte de Mickey. Cada vez que intento visualizarlo, solo me vienen a la mente imágenes del Mickey joven, el de doce años, con la boca llena de metal y los ojos llenos de rencor. Aun así, era un amigo. Pero se ha ido. Ya no es que forme parte de mis recuerdos; solo existe como un recuerdo.

Me pongo de pie y me despido de san Tommy. Cuando me vuelvo para marcharme, vislumbro algo que se mueve. Es la pastora, una mujer oronda y rubia que combina sus vestiduras con botas de piel de oveja. La he visto por la ciudad. Parece simpática para ser pastora.

—¿Has encontrado lo que necesitabas? —me pregunta.

A lo mejor hoy en día las iglesias son más parecidas a centros comerciales de lo que me imaginaba. Por desgracia, mi cesta de la compra sigue vacía.

—Todavía no —contesto.

Cuando llego a casa, veo el coche de mamá aparcado delante. Mierda. De pronto me viene a la memoria nuestra conversación sobre Mittens, alias la Hannibal Lecter del mundo gatuno. Abro la puerta de un empujón, me quito el abrigo, lo cuelgo en la barandilla de la escalera y me dirijo a la cocina.

Mi madre está sentada a la mesa, y Mittens —gracias a Dios—, en un transportín, a sus pies. Chloe prepara café frente a la encimera. Lleva un atuendo relativamente recatado para lo que es habitual en ella: una sudadera holgada, mallas y calcetines de rayas.

A pesar de ello, percibo la desaprobación que mi madre irradia como un aura. Chloe no le cae bien. Nunca esperé lo contrario. Tampoco le profesaba el menor aprecio a Nicky. Hay chicas que nunca causan buena impresión a las madres y, por supuesto, son justo las mismas de las que uno se enamora perdidamente.

—Ed... Por fin —dice mamá—. ¿Dónde te habías metido?

—Pues... esto... solo he salido a dar un paseo.

Chloe se vuelve.

—¿Y no se te ha ocurrido avisarme de que tu madre iba a venir?

Ambas me fulminan con la mirada, como si el hecho de que no puedan verse ni en pintura fuera culpa mía.

—Lo siento —me disculpo—. He perdido la noción del tiempo.

Chloe deja caer una taza sobre la mesa, frente a mi madre.

—Prepárate un café. Yo me voy a la ducha.

Sale de la cocina, y mi madre posa la vista en mí.

—Qué encanto de chica. Me parece incomprensible que no tenga novio.

Me acerco a la cafetera.

—Tal vez sea un poco maniática.

—La palabra le sienta como un guante. —Sin darme tiempo a replicar, añade—: Estás horrible.

Me siento.

—Gracias. Anoche me dieron una mala noticia.

—¿Ah, sí?

Le relato de la forma más concisa posible los acontecimientos de las últimas veinticuatro horas. Mamá toma un sorbo de café.

—Qué triste. Y pensar que fue justo así como falleció su hermano... —Es algo en lo que yo también he pensado. Mucho—. El destino puede ser cruel —prosigue—. Pero, en cierta manera, no me sorprende.

—¿Y eso?

—Bueno, siempre me pareció que Mickey era un muchacho que no había tenido mucha suerte en la vida. Primero lo de su hermano. Luego ese accidente espantoso con Gavin.

—Eso fue culpa suya —digo indignado—. Él iba conduciendo. Gav tiene que ir en silla de ruedas por su culpa.

—Convivir con semejante sentimiento de culpa puede llegar a ser una carga abrumadora.

Me quedo mirándola, exasperado. Le encanta analizar las cosas desde el punto de vista contrario, lo que me parece estupendo, siempre y cuando no se trate de un tema relacionado conmigo, con mis amigos o con mis lealtades.

—Yo no lo vi abrumado, salvo por una camisa cara y un bonito par de carillas dentales nuevas.

Mamá me ignora, como cuando yo era pequeño y decía algo que en su opinión no merecía mayor comentario.

—Iba a escribir un libro —agrego.

Deja su taza en la mesa y su expresión se torna más severa.

—¿Sobre lo que sucedió cuando erais niños?

Hago un gesto afirmativo.

—Quería que yo lo ayudara.

—¿Y qué le dijiste?

—Que me lo pensaría.

—Entiendo.

—Pero eso no era todo... Me dijo que sabía quién la había matado.

Fija en mí sus ojos oscuros y desorbitados. A sus setenta y ocho años, sigue teniendo una mirada penetrante y despejada.

—¿Y le creíste?

—No estoy seguro. Tal vez.

—¿Te comentó algo más sobre las cosas que ocurrieron entonces?

—No mucho. ¿Por qué?

—No, solo por curiosidad.

Pero mamá nunca pregunta solo por curiosidad. Nunca hace nada «solo por» nada.

—¿Qué pasa, mamá?

Vacila por unos instantes.

—¿Ma-má? —le insisto.

Posa la mano fría y arrugada sobre la mía.

—No pasa nada. Siento pena por Mickey. Sé que hacía mucho tiempo que no lo veías. Pero fuisteis amigos. Deberías estar afectado.

Estoy a punto de presionarla para que me responda cuando la puerta de la cocina se abre y Chloe reaparece.

—Necesito más gasolina —dice, sujetando su taza en alto—. No os interrumpo, ¿verdad?

Miro a mi madre.

—No —dice—. En absoluto. Ya me iba.

Antes de marcharse, mamá me deja varias bolsas grandes que por lo visto son de vital importancia para la armonía y el bienestar de Mittens. La experiencia previa me había enseñado que lo único que Mittens necesitaba para preservar la armonía y el bienestar era una reserva ilimitada de crías de pájaro y ratones que destripar, por lo general encima de mi cama mientras yo despierto con resaca, o sobre la mesa de la cocina mientras tomo el desayuno.

Lo dejo salir del transportín y nos observamos con mutua desconfianza hasta que se planta de un salto en el regazo de Chloe y se despereza con una autosuficiencia felina apenas disimulada.

Detesto la crueldad contra los animales, pero en el caso de Mittens, podría hacer una excepción.

Los dejo a los dos arrellanados en el sofá, ronroneando de satisfacción (no sé si Chloe o Mittens). Subo a mi estudio, abro un cajón de mi escritorio que mantengo cerrado con llave y saco un inocuo sobre marrón. Tras guardármelo en el bolsillo, bajo de nuevo las escaleras.

—Voy a la tienda un momento —grito, y antes de que Chloe pueda entregarme una lista de la compra que rivalice en longitud con *Guerra y paz* y que alcance para empapelar las paredes de toda una habitación, salgo de la casa a toda prisa.

Es día de mercado, así que las calles están repletas de coches que no han encontrado sitio en los aparcamientos del centro. Los autocares no tardarán en llegar, y los turistas pronto abarrotarán las aceras, consultando Google Maps y enfocando con sus iPhones cualquier cosa que tenga una viga o un tejado de paja.

Camino hasta la pequeña tienda de la esquina y compro un paquete de cigarrillos y un encendedor. Luego cruzo el pueblo hasta el Bull. Cheryl se encuentra detrás de la barra, pero, por una vez, no veo a Gav cerca, sentado a su mesa habitual.

Me dirijo hacia la barra, y antes de que llegue, Cheryl alza la vista.

—No está aquí, Ed... Y ya lo sabe.

Lo encuentro en la zona de juegos, la antigua, donde pasábamos el rato los días calurosos y soleados, atiborrándonos de caramelos y barras masticables. El sitio donde descubrimos los dibujos que nos condujeron hasta el cadáver.

Está en su silla de ruedas, junto al viejo banco. Desde allí se vislumbran los reflejos del río y los trozos de cinta policial que aún revolotean al viento, sujetos a los árboles, cerca de donde sacaron el cuerpo de Mickey del agua.

La verja chirría cuando la abro. Los columpios vuelven a estar en su posición tradicional, hechos un lío en torno a la barra superior. Hay basura en el suelo y colillas, algunas de aspecto más sospechoso que otras. He visto por aquí a Danny Myers con su panda algunas noches. Nunca durante el día. Nadie viene aquí de día.

Gav no se vuelve cuando me acerco, aunque debe de haber oído el chirrido de la verja. Me siento en el banco, a su lado. Tiene una bolsa de papel sobre las piernas. Me la tiende. Contiene un surtido de dulces retro. Aunque no me apetece mucho, elijo un platillo volante.

—Tres libras me ha costado —dice—. En una de esas tiendas pijas de chuches. ¿Te acuerdas de cuando podíamos comprar una bolsa grande por veinte peniques?

—Y tanto. Por eso llevo tantos empastes. —Suelta una risita que me parece un tanto forzada.

—Cheryl me ha dicho que ya te has enterado de lo de Mickey —comento.

—Sí. —Saca un ratoncito blanco y se pone a masticarlo—. Ni siquiera pienso fingir que me sabe mal.

Me lo creería, de no ser porque noto que tiene los bordes de los ojos enrojecidos y la voz algo pastosa. Cuando éramos pequeños, Gav el Gordo y Mickey eran muy amigos, hasta que todo empezó a desmoronarse, mucho antes del accidente, aunque este fue la gota de agua infecta que colmó el vaso que estaba a punto de rebosar.

—La policía ha ido a hablar conmigo —digo—. Fui la última persona que vio a Mickey esa noche.

—No lo habrás tirado tú al río, ¿verdad?

No sonrío, aunque no estoy seguro de que esté bromeando. Me mira y frunce el ceño.

—Fue un accidente, ¿no?

—Probablemente.

—¿Probablemente?

—Cuando lo sacaron del río encontraron algo en uno de sus bolsillos. —Desplazo la vista por el parque. Está casi desierto. Un dueño solitario pasea a su perro por el sendero de la ribera. Extraigo la carta dirigida a mí y se la doy—. Una como esta —digo.

Gav la mira. Ya desde niño se le daba bien poner cara de póquer. Podía mentir casi con tanto desparpajo como Mickey. Intuyo que está debatiéndose entre mentir ahora o no.

—¿Te resulta conocida? —pregunto.

—Sí —dice al cabo de un momento en tono cansino—. Recibí una igual. Y Hoppo también.

—¿Hoppo?

Intento asimilar esto y, por un instante, me invade un resentimiento infantil por el hecho de que no me lo hayan contado. De que me hayan dejado al margen.

—¿Por qué no me lo habíais dicho? —inquiero.

—Los dos supusimos que era una broma de pésimo gusto. ¿Y tú?

—Lo mismo, creo. —Hago una pausa—. Pero ahora Mickey está muerto.

—Pues la broma ha tenido un final desternillante. —Gav introduce la mano en la bolsa y se lleva una botellita de cola a la boca.

Lo contemplo por un momento.

—¿Por qué odias tanto a Mickey?

Se le escapa una carcajada que suena como un ladrido.

—¿De verdad hace falta que te lo explique?

—¿Es solo por eso? ¿Por el accidente?

—A mí me parece un motivo bastante bueno, ¿a ti no?

Tiene razón. Pero de pronto me asalta la certeza de que aún me oculta algo. Me llevo la mano al bolsillo y saco el paquete sin abrir de Marlboro Light.

Gav me mira con fijeza.

—¿Desde cuándo has vuelto a fumar?

—No he vuelto. Aún.

—¿Me das uno?

—Estás de coña, ¿no?

Los dos conseguimos esbozar una sonrisa. O algo parecido. Abro el paquete y extraigo dos cigarrillos.

—Creía que tú también lo habías dejado.

—Sí. Parece un buen día para pasarse los buenos propósitos por el forro.

Le alargo el cigarrillo. Me enciendo el mío antes de alcanzarle también el mechero. La primera calada me provoca un ligero mareo, unas leves náuseas y una sensación cojonuda.

Gav exhala una nube de humo.

—Joder, esto sabe como un zurullo del tamaño de Texas. —Se vuelve hacia mí—. Pero como un zurullo de primera, muchacho.

Los dos sonreímos.

—En fin —digo—. Ya puestos a incumplir propósitos, ¿quieres que hablemos de Mickey?

Baja la vista y su sonrisa se desvanece.

—¿Sabes lo del accidente? —Agita el cigarrillo—. Qué pregunta tan estúpida. Claro que lo sabes.

—Sé lo que me contaron al respecto —digo—. Yo no estaba presente.

Hace memoria, arrugando el entrecejo.

—No, ¿verdad?

—Debía de estar estudiando, supongo.

—Bueno, Mickey iba al volante esa noche. Como siempre. Ya sabes cuánto adoraba ese pequeño Peugeot que tenía.

—Iba a todas partes en él.

—Sí. Por eso nunca bebía. Prefería conducir. Yo, en cambio, prefería pillar una cogorza del quince.

—Estábamos en plena adolescencia. Era lo normal.

Sin embargo, para mí no lo era. No en aquella época. Por supuesto, me he desquitado con creces desde entonces.

—Me apliqué a fondo en esa fiesta. Acabé ciego perdido. Al borde del coma etílico. Como me puse a vomitar por todas partes, Tina y Rich querían que me fuera, así que convencieron a Mickey de que me llevara a casa.

—Pero él también había estado bebiendo, ¿no?

—Por lo visto, sí. No recuerdo verlo beber, pero, por otro lado, no recuerdo casi nada de aquella noche.

—¿Superaba en mucho el límite cuando le hicieron la prueba de alcoholemia?

Mueve la cabeza afirmativamente.

—Sí, pero me dijo que estaba seguro de que alguien le había echado alcohol en la bebida.

—¿Cuándo te lo dijo?

—Fue a verme a mi habitación del hospital cuando salió del coma. Ni siquiera me pidió perdón, sino que me machacó con que en realidad no había sido culpa suya. Alguien le había añadido alcohol a su bebida, y, en cualquier caso, si yo no hubiera estado fuera de combate, no habría tenido que llevarme a casa.

Típico de Mickey. Siempre cargando el muerto a los demás.

—Comprendo que todavía lo odies.

—No lo odio.

Me quedo mirándolo, con el pitillo a medio camino de los labios.

—En ese entonces sí —aclara—. Durante un tiempo. Quería culparlo de lo ocurrido. Pero no podía.

—No te entiendo.

—Si no hablo de Mickey y no quería volver a verlo, no era por el accidente.

—Entonces ¿por qué?

—Porque me recuerda que merecía lo que me pasó. Merezco estar en esta silla. Es el karma. Por lo que hice.

De pronto vuelvo a oír la voz del señor Halloran:

«El karma. Recoges lo que siembras. Si cometes una mala acción, esta acabará por volverse contra ti y morderte el trasero.»

—¿Qué hiciste? —pregunto.

—Maté a su hermano.

1986

Además de limpiar casas, la madre de Hoppo se encargaba de la limpieza de la escuela primaria, el salón parroquial y la iglesia.

Fue así como nos enteramos de lo del reverendo Martin.

Como de costumbre, Gwen Hopkins llegó a Saint Thomas a las seis y media de la mañana del domingo para fregar, pasar el plumero y sacar brillo antes del oficio de las nueve y media (supongo que el descanso dominical era algo vedado para quienes estaban al servicio del reverendo). Los relojes no se habían atrasado, así que aún estaba bastante oscuro cuando ella llegó ante las grandes puertas de roble, sacó la llave que solía colgar de una percha en la cocina y la insertó en la cerradura.

Todas las llaves de los lugares que limpiaba, con las direcciones de los propietarios, pendían de esa percha. No era una medida muy segura ni astuta, sobre todo porque la madre de Hoppo solía salir a fumar al patio trasero por las noches y en ocasiones se olvidaba de cerrar la puerta con llave.

Esa mañana, más tarde, declararía a la policía (y a la prensa) que se había percatado de que la llave de la iglesia estaba en un gancho que no le correspondía. No le había dado mayor importancia, ni tampoco al hecho de que la puerta trasera no estuviera bien cerrada, pues, como ella misma reconoció, era un poco olvidadiza, pero por lo general dejaba las llaves en el sitio que les tocaba. El problema residía en que todo el mundo sabía exactamente dónde las guardaba. De hecho, era un milagro que nadie se hubiese aprovechado de eso antes para robar algo.

Cualquiera habría podido entrar a hurtadillas, coger una llave y usarla a continuación para colarse en alguna casa cuando no hubiera nadie. Habría podido hurtar un objeto insignificante que nadie habría echado en falta, un pequeño adorno, o una pluma de un cajón. Algo de escaso valor cuyo dueño seguramente creería que había perdido. Quizá eso es lo que haría alguien, si fuera el tipo de persona a la que le gusta afanar cosas.

Gwen empezó a olerse que había ocurrido algo raro cuando descubrió que la puerta de la iglesia no estaba cerrada con llave. Pero no se preocupó mucho. Tal vez el reverendo ya había llegado. A veces madrugaba y ella se lo encontraba en la iglesia, repasando sus sermones. Al adentrarse en la nave fue cuando cayó realmente en la cuenta de que algo iba mal. Muy mal.

La iglesia no estaba lo bastante oscura.

Normalmente, los bancos y el púlpito del fondo apenas se vislumbraban como sombras negras y sólidas. Esa mañana relucían con un contorno blanco.

Tal vez ella se detuvo por unos instantes. Tal vez se le erizó un poco el vello de la nuca. La recorrió uno de esos tenues escalofríos que uno atribuye a una mala pasada de la imaginación, cuando, en realidad, la mala pasada es la que se juega uno mismo al convencerse de que no pasa nada.

Después de santiguarse con un gesto leve, Gwen buscó a tientas el interruptor próximo a la puerta y lo encendió. Los fluorescentes de los lados de la nave —todos viejos y algunos rotos, que necesitaban reparación— emitieron un zumbido, parpadearon y cobraron vida.

Gwen profirió un grito. El interior de la iglesia estaba recubierto de dibujos. En el suelo de piedra, la madera de los bancos y el púlpito. Mirara donde mirase. Decenas y decenas de figuras de palo trazadas con tiza. Unas bailaban, otras saludaban agitando la mano. Y había otras mucho más irreverentes. Hombres de palo con penes de palo. Mujeres de palo con pechos enormes. Y, peor aún, ahorcados de palo, con nudos en torno al cuello de palo. Producía una sensación extraña, inquietante. Más que inquietante: directamente aterradora.

Gwen estuvo a punto de dar media vuelta y arrancar a correr. Estuvo a punto de dejar caer el cubo de fregar en el acto y salir disparada de la iglesia, tan deprisa como le permitieran las piernas. Si lo hubiera hecho, tal vez habría sido demasiado tarde. Pero en vez de ello, se quedó inmóvil. Y fue entonces cuando oyó un sonido tenue. Un gemido débil, apagado.

—¿Hola? ¿Hay alguien ahí?

Otro gemido, ligeramente más fuerte. Lo suficiente para que ella no pudiera pasarlo por alto. Un gemido de dolor.

Santiguándose de nuevo —con movimientos más lentos y marcados—, avanzó por el pasillo, con un cosquilleo en el cuero cabelludo y la carne de gallina.

Lo encontró detrás del púlpito, acurrucado en el suelo en posición fetal. Desnudo del todo salvo por el alzacuellos.

La tela blanca había quedado teñida de rojo. Él había recibido varios golpes violentos en la cabeza. Según los médicos, uno más lo habría matado. Pero al parecer el agresor le había perdonado la vida, si «perdonar» era una palabra adecuada en ese contexto.

Sin embargo, la sangre no solo procedía de la cabeza, sino también de unas heridas que tenía en la espalda. Lo habían grabado con un cuchillo; dos largas líneas irregulares se extendían desde los omoplatos hasta las nalgas. Solo cuando le limpiaron la sangre quedó claro lo que representaban...

Unas alas de ángel.

Llevaron al reverendo Martin al hospital y le enchufaron un montón de tubos y cosas. Presentaba una lesión cerebral, y los médicos tenían que determinar su gravedad para saber si requería una operación.

A Nicky la acogió en su casa una amiga de su padre que participaba en las protestas, una mujer mayor de cabello ensortijado y gafas gruesas. Sin embargo, no permaneció allí mucho tiempo. Un día o dos más tarde, un extraño coche se detuvo frente a la vicaría. Era un Mini de color amarillo chillón cubierto de pegatinas: Greenpeace, un arcoíris, «Lucha contra el sida», toda clase de cosas.

Yo no estaba presente. Me lo contó Gav, a quien se lo había contado su padre, que se lo había oído contar a alguien en el pub. Una mujer se apeó del coche. Una mujer alta, con una cabellera rojiza que le llegaba casi hasta la cintura, vestida con un mono, chaqueta verde del ejército y botas militares.

«Como esas tías del campamento pacifista de Greenham Common.»

Pero resultó que no venía de Greenham Common, sino de Bournemouth, y era la madre de Nicky.

No había muerto, al contrario de lo que todos pensábamos. Nada más lejos de la realidad. El reverendo Martin había convencido a todo el mundo de ello, incluida Nicky. Por lo visto, ella se había marchado cuando Nicky era pequeña. No me quedaba muy claro por qué. Me costaba entender que una madre pudiera irse sin más. Pero había regresado, y Nicky viviría con ella, pues no tenía otros parientes y su padre no estaba en condiciones de cuidarla.

Los médicos le operaron y dijeron que su estado mejoraría, que tal vez incluso se recuperaría del todo, aunque no podían asegurarlo a ciencia cierta. Las lesiones en la cabeza eran muy delicadas. Podía permanecer sentado en una silla sin caerse; comer, beber e ir al baño con un poco de ayuda. Pero no podía —o no quería— hablar, y nadie tenía idea de si entendía lo que se le decía.

Lo ingresaron en una residencia para personas que no estaban bien del coco, para que pasara allí «un período de convalecencia», en palabras de mi madre. La iglesia correría con los gastos. Era mejor así, porque supongo que la madre de Nicky no habría podido ni querido costearlos.

Por lo que yo sé, nunca llevó a Nicky a visitarlo. Quizá era su forma de vengarse de él. Durante todos esos años, el reverendo había hecho creer a Nicky que estaba muerta y le había impedido a su madre que la viera. O tal vez era Nicky la que no quería ir al hospital. Tampoco me habría extrañado.

Solo había una persona que lo visitaba con regularidad, todas las semanas, sin falta, y no pertenecía a su fiel feligresía, ni a sus devotos «ángeles». Era mi madre.

Nunca comprendí por qué. Habían llegado a odiarse. El reverendo Martin le había hecho y dicho cosas horribles a mi madre. Un tiempo más tarde, ella me dijo: «De eso se trata, Eddie. Tienes que entender que ser buena persona no consiste en entonar cánticos o rezarle a un dios mítico. Tampoco en llevar una cruz o ir a la iglesia todos los domingos. Ser buena persona depende de cómo tratas a los demás. Las buenas personas no necesitan una religión, porque saben en su fuero interno que hacen lo correcto».

—¿Y por eso lo visitas?

Me dedicó una sonrisa extraña.

—En realidad, no. Lo visito porque me da lástima.

La acompañé en una ocasión. No sé por qué. Quizá no tenía nada mejor que hacer. O tal vez quería disfrutar de la compañía de mamá durante un rato, porque ella seguía trabajando mucho y apenas pasábamos tiempo juntos. O a lo mejor me movía la curiosidad morbosa de un niño.

La residencia se llamaba Saint Magdalene y estaba a diez minutos en coche de casa, cerca de la carretera a Wilton. Estaba en una calle estrecha, bordeada de numerosos árboles. Tenía un aspecto acogedor: una casa grande y antigua con una superficie alargada de césped rayado, y unas bonitas mesas y sillas blancas dispuestas delante.

Al fondo se alzaba una caseta de madera, y un par de hombres con monos de trabajo —jardineros, supongo— trabajaban con afán. Uno iba y venía empujando un cortacésped de gasolina grande y ruidoso, mientras el otro partía ramas secas con un hacha y arrojaba los trozos a un montón, como para preparar una hoguera.

Una mujer mayor estaba sentada a una de las mesas del jardín. Llevaba una bata de flores y un sombrero muy recargado. Cuando pasamos por delante en el coche alzó la mano para saludarnos.

—Es todo un detalle que hayas venido, Ferdinand.

Miré a mi madre.

—¿Nos lo ha dicho a nosotros?

—En realidad no, Eddie. Está hablando con su prometido.

—Ah. ¿Ha venido de visita?

—Lo dudo. Murió hace cuarenta años.

Aparcamos y caminamos sobre la crujiente grava del camino de acceso hasta un gran portal. El interior no era como lo había imaginado. Seguía siendo acogedor, o al menos habían intentado que lo pareciera, con paredes pintadas de amarillo, adornos, cuadros y demás. Pero se percibía un olor a hospital. Un hedor inconfundible a desinfectante, orina y col podrida.

Me vinieron ganas de vomitar, incluso antes de que llegáramos donde estaba el reverendo. Una mujer con uniforme de enfermera nos guio hasta una sala alargada con un montón de sillas y mesas. Un televisor parpadeaba en un rincón. Había dos personas sentadas delante: una mujer muy gorda que parecía medio dormida, y un joven con gafas de culo de botella y una especie de audífono. De vez en cuando pegaba un brinco, agitaba los brazos en alto y gritaba: «¡Azótame, Mildred!». Resultaba gracioso y un poco embarazoso a la vez. Las enfermeras no parecían prestarle la menor atención.

El reverendo estaba en una silla, cerca de las puertas cristaleras, con las manos sobre las piernas y el rostro tan inexpresivo como el de un maniquí. Lo habían colocado de manera que pudiera ver el jardín. No sé hasta qué punto él era consciente de ello. Con la mirada vacía, contemplaba a través del cristal algún objeto lejano, o quizá nada. Mantenía los ojos inmóviles, incluso cuando alguien pasaba por su lado o cuando el hombre del audífono gritaba. Creo que ni siquiera parpadeaba.

No salí pitando de la sala, pero poco me faltó. Mamá se sentó para leerle en voz alta un libro clásico de algún autor ya muerto. Me inventé una excusa para ir a dar un paseo por el jardín, solo para alejarme de allí y respirar un poco de aire fresco. La anciana del sombrero grande seguía sentada allí fuera. Intenté mantenerme fuera de su campo de visión, pero cuando me aproximé un poco, se volvió hacia mí.

—Ferdinand no vendrá, ¿verdad?

—No lo sé —tartamudeé.

Sus ojos se posaron en mí.

—Yo te conozco. ¿Cómo te llamas, chico?

—Eddie.

—«Eddie, señora.»

—Eddie, señora.

—Has venido a ver al reverendo.

—Mi madre está con él.

Asiente con la cabeza.

—¿Quieres que te cuente un secreto, Freddie?

Me planteé si debía corregirla, y decidí no hacerlo. Había algo en aquella mujer que me asustaba un poco, y no era solo su avanzada edad, aunque eso también influía. Cuando uno es niño, los ancianos, con su piel flácida y sus manos descarnadas surcadas de venas azules, se le antojan un tanto monstruosos.

Me hizo señas de que me acercara con un dedo delgado y huesudo. Tenía la uña toda amarilla y torcida. Una parte de mí deseaba huir. Por otro lado, ¿a qué chaval no le gusta que le cuenten secretos? Di un pequeño paso hacia ella.

—El reverendo... los tiene engañados a todos.

—¿En qué sentido?

—Lo he visto, por las noches. Es el demonio disfrazado. —Esperé a que continuara. Se reclinó en su silla y frunció el ceño—. Yo a ti te conozco.

—Me llamo Eddie —repetí.

De pronto, me apuntó con el dedo.

—Sé lo que hiciste, Eddie. Robaste algo, ¿a que sí?

Di un respingo.

—No, no es verdad.

—Devuélvelo. Devuélvelo o haré que te fustiguen, pequeño vagabundo. —Me alejé mientras sus gritos resonaban a mi espalda—. ¡Devuélvelo, chico! ¡Devuélvelo!

Corriendo tan rápido como pude, subí por el sendero que conducía a la casa, con el corazón desbocado y la cara encendida. Mamá seguía leyéndole al reverendo. Me senté en los escalones de la entrada a esperar a que terminara.

No sin antes devolver a su lugar la figurita de porcelana que había cogido en el salón comunitario.

Todo eso sucedió más tarde. Mucho más tarde. Después de la visita de la policía. Después de que detuvieran a mi padre. Y después de que obligaran al señor Halloran a dejar el colegio.

Nicky se había ido a vivir con su madre en Bournemouth. Gav el Gordo fue un par de veces a casa de Metal Mickey —para intentar hacer las paces—, pero en ambas ocasiones la madre de este le dijo que su hijo no podía salir y le cerró la puerta en las narices.

—Eso era un zurullo como el estado de Texas —dijo Gav el Gordo, pues había visto luego a Mickey en la zona de las tiendas con un par de chicos mayores. Unos tipos conflictivos que antes se juntaban con su hermano.

En realidad, me daba igual con quién anduviera Mickey. Me alegraba de que ya no formara parte de nuestra panda. En cambio, me afectaba que Nicky se hubiera marchado, más de lo que era capaz de reconocer ante Hoppo y Gav el Gordo. No era lo único que les ocultaba. Nunca les dije que ella había ido a verme una última vez, el día de su partida.

Me encontraba sentado a la mesa de la cocina, haciendo los deberes. Mi padre estaba martilleando en algún sitio, y mi madre pasaba el aspirador. Yo tenía la radio encendida, así que oí el timbre casi de milagro.

Aguardé unos instantes. Luego, cuando quedó claro que nadie más iría a ver quién había llamado, me deslicé de la silla, fui trotando al vestíbulo y abrí la puerta.

Nicky se hallaba al otro lado, agarrando con firmeza el manillar de su bicicleta. Estaba pálida y tenía el pelo rojizo enmarañado y sin brillo, y la piel de debajo del ojo izquierdo aún un poco amarillenta y amoratada. Semejaba una pintura abstracta del señor Halloran. Una versión macilenta y compuesta de retazos de la Nicky de siempre.

—Hola —dijo con una voz que tampoco parecía la suya.

—Hola —respondí—. Queríamos ir a verte, pero...

Dejé la frase en el aire. Era mentira. Nos daba demasiado miedo no saber qué decir. Como con Mickey.

—No pasa nada —me aseguró.

Pero sí que pasaba. Se suponía que éramos sus amigos.

—¿Quieres pasar? —pregunté—. Tenemos galletas y refrescos...

—No puedo. Mi madre cree que estoy haciendo las maletas. Me he escabullido un momento.

—¿Te marchas hoy?

—Sí.

El alma se me cayó a los pies como un peso muerto. Noté que algo se derrumbaba en mi interior.

—Te echaré mucho de menos —balbucí—. Todos te echaremos de menos.

Me preparé para una respuesta sarcástica e hiriente. En vez de ello, se me acercó y me estrechó entre sus brazos, con tanta fuerza que, más que abrazarme, parecía que quisiera aferrarse a mí; como si yo fuera la última balsa en medio de un mar oscuro y proceloso.

Dejé que me estrujara. Aspiré el aroma de sus rizos enredados. Olían a vainilla y chicle. Noté cómo su pecho se hinchaba y se deshinchaba. La forma de sus senos incipientes a través del jersey holgado. Deseé que pudiéramos permanecer así para siempre. Que ella no tuviera que separarse de mí jamás.

Pero se separó. Dio media vuelta tan de repente como había llegado y pasó la pierna por encima de su bici. Se alejó pedaleando con furia por la calle, con la roja cabellera ondeando tras ella como una vorágine de llamas iracundas. No dijo una sola palabra más. Ni siquiera adiós.

Mientras la seguí con la mirada, caí en la cuenta de otra cosa: no había mencionado a su padre. Ni una vez.

La policía acudió de nuevo a hablar con la madre de Hoppo.

—¿Así que ya saben quién lo hizo? —le preguntó Gav el Gordo a Hoppo, llevándose a la boca una gominola de cola.

Estábamos sentados en un banco en el patio del colegio. Era nuestro lugar habitual, al borde del campo de deportes, cerca de las pistas de tejo. Ahora solo éramos tres.

Hoppo sacudió la cabeza.

—No lo creo. Le han hecho preguntas sobre la llave, sobre quién sabía dónde la guardaba. Y han vuelto a preguntarle por los dibujos que había en la iglesia.

Esto captó mi atención.

—Los dibujos. ¿Qué le han preguntado?

—Que si había visto algo parecido antes. Que si el reverendo había mencionado haber recibido otros mensajes o amenazas. Que si alguien le guardaba rencor por algo.

Me removí, incómodo. «Cuidado con los hombres de tiza.» Gav el Gordo me miró.

—¿Qué te pasa, Eddie Munster?

Titubeé. No sé muy bien por qué. Estaba entre mis colegas. Mi panda. Podía compartir cualquier cosa con ellos. Habría debido comentarles lo de los otros hombres de tiza.

Pero algo me frenó.

Tal vez fue el hecho de que, aunque Gav el Gordo era gracioso, leal y generoso, no se le daba bien guardar secretos. O tal vez no quería revelarle a Hoppo lo del dibujo en el cementerio, porque entonces tendría que explicarle por qué no se lo había contado en su momento. Además, aún recordaba lo que me había dicho ese día: «Cuando averigüe quién ha hecho esto, lo mataré».

—Nada —contesté—. Es solo que... Nosotros dibujábamos hombres de tiza, ¿no? Espero que la policía no sospeche de nosotros.

Gav el Gordo soltó un resoplido.

—Nosotros solo hacíamos el imbécil. Nadie va a pensar

que fuimos a reventarle la cabeza a un párroco. —De pronto, se le iluminó el rostro—. Apuesto a que lo hizo un miembro de una secta satánica o algo así. Un adorador del demonio. ¿Tu madre está segura de que los dibujaron con tiza, y no con saaaaangre? —Se inclinó hacia atrás, crispó las manos para que parecieran garras y lanzó una serie de risotadas maléficas.

Entonces sonó el timbre que marcaba el inicio de las clases de la tarde y el tema, si no zanjado, al menos quedó aparcado durante un tiempo.

Cuando llegué a casa del colegio, había un coche desconocido aparcado en el camino de acceso, y mi padre estaba sentado en la cocina junto a un hombre y una mujer vestidos con trajes grises sin forma. Tenían un aspecto severo y poco amistoso. Papá se encontraba de espaldas a mí, pero por su postura encorvada en la silla yo sabía que tendría una expresión preocupada, con las cejas juntas y el entrecejo arrugado.

No tuve oportunidad de ver mucho más porque mi madre emergió de la cocina y cerró la puerta tras de sí. Me llevó al final del pasillo.

—¿Quiénes son? —pregunté.

Mi madre no era muy dada a dorar la píldora.

—Son policías, Eddie.

—¿Policías? ¿Y qué hacen aquí?

—Solo quieren hacernos unas preguntas a tu padre y a mí sobre el reverendo Martin.

Me quedé mirándola, con el pulso ya un poco acelerado.

—¿Por qué?

—Es solo un procedimiento de rutina. Están hablando con mucha gente que lo conocía.

—No han hablado con el padre de Gav el Gordo, y él conoce a todo el mundo.

—No te pases de listo, Eddie. Vete a ver un poco la tele mientras nosotros despachamos esto.

Mi madre nunca me animaba a ver la tele. Por lo general, me lo prohibía hasta que terminara los deberes, así que supe que algo ocurría.

—Iba a buscar algo de beber.

—Ya te lo llevaré yo.

Le sostuve la mirada un poco más.

—Todo va bien, ¿no, mamá? No creen que papá haya hecho nada malo, ¿verdad?

Suavizó su expresión. Me posó la mano en el brazo y me dio un ligero apretón.

—No, Eddie. Tu padre no ha hecho absolutamente nada malo, ¿vale? Y ahora, vete. Enseguida te llevo un refresco.

—Vale.

Me dirigí al salón con paso lento y encendí el televisor. Mamá no me llevó el refresco. Pero no me importó. Poco después, el hombre y la mujer policías se marcharon de nuevo. Papá iba con ellos. Y supe que eso no era buena señal. Ni por asomo.

Resultó que mi padre había ido en efecto a dar un paseo la noche de la agresión al reverendo, pero solo había llegado hasta el Bull. El padre de Gav el Gordo confirmó que había estado allí, tomando whisky (papá no bebía a menudo, pero cuando lo hacía, optaba por el whisky y no por la cerveza, como otros padres). El padre de Gav el Gordo había hablado con él, pero tenía bastante trabajo esa noche, y además, según declaró: «Se nota cuando un cliente quiere estar solo». Aun así, se había planteado dejar de servirle copas a mi padre cuando este se marchó, justo antes de la hora de cierre.

Papá apenas recordaba nada de lo que había sucedido después, salvo que se había sentado a tomar el fresco en uno de los bancos del cementerio, que se encontraba camino de casa. Alguien lo había visto allí hacia medianoche. Mamá le dijo a la policía que él había llegado cerca de la una de la madrugada. Aunque la policía no sabía con certeza a qué hora habían atacado al reverendo Martin, creían que había sido en algún momento entre la medianoche y las tres de la madrugada.

Seguramente no contaban con suficientes indicios para presentar cargos contra mi padre, pero —habida cuenta de la pelea y las amenazas recibidas por mamá— no necesitaban nada más para llevarlo a comisaría y continuar interrogándolo. Tal vez incluso lo habrían retenido allí, de no haber sido por el señor Halloran.

Acudió a la comisaría al día siguiente para declarar que había visto a mi padre dormido en un banco del camposanto esa noche. Por temor a que le pasara algo si lo dejaba allí, lo había despertado y lo había acompañado hasta la puerta de casa. Esto había ocurrido entre la medianoche y la una. Habían tardado cuarenta minutos largos en llegar (aunque en condiciones normales era un paseo de solo diez minutos) debido al estado de mi padre.

Y no, le recalcó el señor Halloran a la policía: mi padre no tenía manchas de sangre por ninguna parte, ni se mostraba enfadado o agresivo. Solo estaba borracho y un poco sentimental.

Esto disipó las sospechas sobre mi padre. Por desgracia, también dio pie a preguntas sobre qué hacía el señor Halloran paseándose por el cementerio a esas horas de la noche, y fue así como todos se enteraron de lo de la Chica de la Ola.

2016

Creemos que queremos respuestas. Pero lo que queremos en realidad son las respuestas correctas. Así es la naturaleza humana. Hacemos preguntas que esperamos que nos conduzcan a la verdad que queremos oír. El problema es que uno no puede elegir sus verdades. La verdad tiene la tozuda costumbre de ser simplemente la verdad. Nuestras opciones reales se reducen a creer en ella o no.

—¿Robaste la bici de Sean Cooper? —le pregunto a Gav.

—Sabía que solía dejarla en el camino de acceso por la noche. Se creía un tipo tan duro que nadie se atrevería a llevársela. Así que me la llevé. Solo para cabrearlo. —Hace una pausa—. No se me pasó por la cabeza que él se metería en el río para intentar recuperarla. No podía imaginar que acabaría ahogándose.

No, supongo. Pero todo el mundo sabía cuánto adoraba Sean esa bici. Se le debería haber ocurrido a Gav el Gordo que robarla solo ocasionaría problemas.

—¿Por qué lo hiciste? —inquiero.

Gav exhala un anillo de humo.

—Vi lo que te hizo. Ese día en la zona de juegos.

Esta confesión me sienta como un puñetazo en el estómago. Han transcurrido ya treinta años, pero las mejillas aún me arden de vergüenza cuando me acuerdo de aquello. El cemento áspero que me raspa las rodillas. El sabor a rancio y a sudor en mi boca.

—Yo estaba en el parque —prosigue—. Lo vi todo, pero no moví un dedo. Simplemente me quedé ahí parado. Entonces advertí que el señor Halloran se acercaba corriendo y me dije a mí mismo que el asunto estaba arreglado. Pero no lo estaba.

—No habrías podido hacer nada —le aseguro—. Solo habrías conseguido que se te echaran encima.

—Aun así, debería haberlo intentado. Los amigos son lo más importante, ¿recuerdas? Es lo que siempre decía. Pero a la hora de la verdad, te fallé. Dejé que Sean se saliera con la suya. Como los demás. En estos tiempos, acabaría en la cárcel por una cosa así. Pero, en aquel entonces, todos le teníamos miedo. —Clava en mí una mirada vehemente—. No era solo un abusón. Era un puto psicópata.

Tiene razón. En parte. No estoy tan seguro de que Sean Cooper fuera un psicópata. Un sádico, sin duda. La mayoría de los chavales lo son hasta cierto punto. Pero tal vez él habría cambiado al hacerse mayor. Reflexiono sobre lo que dijo el señor Halloran en el cementerio: «Ya nunca tendrá la oportunidad de ser mejor persona».

—Estás muy callado —observa Gav.

Le doy una calada más fuerte al cigarrillo. El golpe de nicotina me provoca un zumbido en los oídos.

—La noche después de la muerte de Sean, alguien dibujó un hombre de tiza en mi camino de acceso. Un hombre de tiza ahogándose. Era una especie de mensaje.

—No fui yo.

—Entonces ¿quién?

Gav restriega su pitillo contra el banco para apagarlo.

—¿Quién sabe? ¿Qué más da? Joder, con los hombres de tiza. Es lo único que la gente recuerda de ese verano. A la mayoría le importan más unos dibujos de mierda que las personas a las que les hicieron daño.

Es verdad. Pero lo uno va ligado de forma inextricable a lo otro. Como el huevo y la gallina. ¿Qué fue primero? ¿Los hombres de tiza o los asesinatos?

—Tú eres el único a quien se lo he contado, Ed —señala Gav.

—No se lo diré a nadie.

—Lo sé. —Suspira—. ¿Alguna vez has hecho algo tan terrible que ni siquiera te atreves a revelárselo a tus amigos más íntimos?

Apago a mi vez mi cigarrillo aplastándolo hasta el filtro.

—Estoy seguro de que la mayoría de la gente ha hecho algo así.

¿Sabes qué me dijo alguien una vez? Que los secretos son como los ojetes. Todos tenemos uno, pero algunos son más sucios que otros.

—Bonita imagen mental.

—Ya. —Suelta una risita—. Menudo montón de mierda.

Atardece cuando llego a casa. Después de entrar, me dirijo a la cocina y frunzo el ceño al percibir el desagradable olor a arena para gatos. Echo un vistazo a la bandeja de plástico. No parece contener deposiciones, lo que puede ser una noticia positiva o preocupante, en función del grado de maldad que esté desplegando Mittens hoy. Tomo nota mentalmente de que debo revisar mis zapatillas de andar por casa antes de ponérmelas.

La botella de bourbon reposa tentadora sobre la encimera de la cocina, pero en vez de servirme un vaso (por aquello de mantener la cabeza despejada y demás), saco una cerveza de la nevera y subo las escaleras. Me detengo unos instantes frente a la puerta de Chloe. Aunque no oigo el menor sonido procedente del otro lado, percibo una tenue vibración a través de las tablas del suelo, lo que parece indicar que está escuchando música con los auriculares puestos. Mejor así. Camino de puntillas hasta mi habitación y cierro la puerta. Tras depositar la cerveza sobre la mesilla de noche, me agacho y aparto la cómoda contigua a la ventana. Pesa bastante y chirría un poco cuando la arrastro sobre la tarima, pero el ruido no me preocupa. A Chloe le gusta escuchar música a un volumen que revienta los tímpanos. Un terremoto de magnitud moderada le pasaría inadvertido.

Extraigo un viejo destornillador que guardo en el cajón de la ropa interior y hago palanca con él para levantar cuatro tablas del suelo. Más que cuando era niño. Ahora tengo más cosas que esconder.

Cojo una de las dos cajas que están metidas una al lado de otra en la cavidad, la destapo y contemplo su contenido. Saco el objeto más pequeño y le quito con cuidado el envoltorio de papel de seda. Un pendiente de aro dorado. No es de oro de verdad, sino una pieza de bisutería barata, ligeramente deslustrada. La sostengo en la mano por un momento, dejando que el metal se caliente poco a poco en contacto con mi piel. Fue lo primero que le robé, pienso. El día en que comenzó todo, en la feria.

Entiendo cómo debe de sentirse Gav. Si no le hubiera afanado la bici a Sean Cooper, tal vez este seguiría con vida. Una pequeña estupidez infantil había desembocado en una tragedia espantosa. Gav no había podido prever cómo acabaría aquello, claro. Yo tampoco. Aun así, una sensación extraña se apodera de mí. Cierta incomodidad. No se trata exactamente de la culpa, sino de su hermana gemela: la responsabilidad. Por todo lo ocurrido.

No me cabe duda de que Chloe lo atribuiría a que soy un hombre retraído, abismado en sus obsesiones, que se echa el mundo sobre los hombros y cree que todo gira a su alrededor. Y tendría razón, en cierta medida. La vida solitaria propicia la introspección. Por otro lado, tal vez no he dispuesto de tiempo suficiente para hacer examen de conciencia o meditar sobre el pasado. Envuelvo el pendiente con delicadeza y lo guardo de nuevo en la caja.

Quizá sea hora de emprender un largo viaje por el pasado. Sin embargo, no será un paseo por un soleado sendero de recuerdos gratos. Este camino en particular es tenebroso, está cubierto de maleza, de nudos enmarañados de mentiras y secretos, repleto de simas ocultas.

Y, a lo largo de todo el trayecto, hay hombres de tiza.

1986

«Uno no elige de quién se enamora.»

Eso me dijo el señor Halloran.

Supongo que estaba en lo cierto. El amor no es fruto de una elección, sino de una compulsión. Ahora lo sé. Aunque, quizá, de vez en cuando, uno debería poder elegir. O, como mínimo, decidir no enamorarse. Resistirse, superarlo. Si el señor Halloran hubiera decidido no enamorarse de la Chica de la Ola, quizá todo habría sido distinto.

Sucedió después de que él dejara el colegio de forma definitiva, cuando salí de casa a hurtadillas y crucé la ciudad en bici para visitarlo en su pequeña casa. Hacía frío. El cielo, de color gris hierro, parecía tan impenetrable como un bloque de cemento. De cuando en cuando, caía alguna gota aquí y allá. Era un día tan apagado que ni siquiera llovía como Dios manda.

Habían obligado al señor Halloran a renunciar. Sin emitir un comunicado al respecto. Creo que confiaban en que se marchara sin armar un escándalo. Pero todos sabíamos que se iba, y también sabíamos por qué.

El señor Halloran había ido a ver a la Chica de la Ola al hospital durante su convalecencia. Y había seguido viéndola después de que le dieran el alta. Quedaban para tomar un café o en el parque. Supongo que se encontraban a escondidas o que al menos pasaban desapercibidos, porque nadie recordaba haberlos visto juntos. La Chica de la Ola ya no llevaba el cabello como antes. Se lo había teñido de un tono más claro, casi rubio. No sé muy bien por qué. Unas veces llevaba bastón; otras, andaba coja. Me imagino que si, después de todo, alguien los vio, debió de pensar que el señor Halloran estaba siendo amable. Por aquel entonces, aún lo consideraban un héroe.

Todo eso cambió cuando se corrió la voz de que la Chica de la Ola iba al domicilio del hombre por las tardes y este se colaba en casa de ella cuando su madre no estaba. Por eso estaba regresando a través del cementerio esa noche.

Y fue entonces cuando la mierda lo salpicó todo, porque la Chica de la Ola tenía solo diecisiete años, mientras que el señor Halloran superaba la treintena y era profesor. La gente dejó de referirse a él como héroe y comenzó a tacharlo de pervertido y pedófilo. Varios padres se presentaron furiosos en el colegio para exigirle cuentas a la directora. Aunque desde un punto de vista oficial o legal él no había hecho nada malo, a ella no le había quedado más remedio que pedirle que se marchara.

Empezaron a circular rumores sobre el señor Halloran, como que dejaba caer los borradores en clase para poder asomarse a las faldas de las chicas, o que rondaba por el gimnasio durante la hora de educación física para mirarles las piernas, o que una vez le había tocado una teta a una de las muchachas que servían en el comedor cuando se había acercado para despejar su mesa.

Nada de eso era cierto, pero las habladurías son como los virus. Se propagan y se multiplican en un abrir y cerrar de ojos y, cuando te das cuenta, todo el mundo está infectado.

Me gustaría decir que di la cara por el señor Halloran y que defendí su honor delante de los otros chicos. Pero sería mentira. Tenía doce años, y estaba en el colegio. Así que me reía de las bromas que hacían a su costa y mantenía la boca cerrada cuando la gente lo insultaba o difundía otra patraña sobre él.

Nunca les dije que no me las creía, que el señor Halloran era buena persona, porque había salvado la vida a la Chica de la Ola, y había salvado a mi padre también. No podía hablarles de los hermosos cuadros que pintaba, ni del día que me había rescatado de las garras de Sean Cooper, ni de cómo me había ayudado a entender que uno debe aferrarse a las cosas especiales. Aferrarse muy fuerte.

Supongo que por eso me acerqué a verlo ese día. Además de verse obligado a renunciar a su trabajo, tendría que abandonar su casa. Se la alquilaba el colegio, y el profesor que iba a sustituirlo se mudaría allí.

Todavía un poco asustado y cohibido, dejé mi bicicleta apoyada fuera y llamé a la puerta. El señor Halloran tardó un rato en abrir. Empezaba a preguntarme si debía marcharme o si él había salido, aunque su coche estaba aparcado enfrente, en la calle, cuando la puerta se abrió de golpe y vi al señor Halloran de pie al otro lado.

Presentaba un aspecto algo distinto. Siempre había sido delgado, pero ahora estaba demacrado. Su tez parecía aún más pálida, si esto era humanamente posible. Llevaba el pelo suelto, vaqueros y una camiseta oscura que dejaba al descubierto sus nervudos brazos, cuyo único toque de color era el azul de las venas, que resaltaba con una viveza sorprendente a través de la traslúcida piel. Ese día, su apariencia era a todas luces la de un ser extraño e inhumano. Como el Hombre de Tiza.

—Hola, Eddie.

—Hola, señor Halloran.

—¿Qué haces aquí?

Buena pregunta, pues, ahora que estaba allí, en realidad no tenía la menor idea.

—¿Saben tus padres que has venido?

—Pues... no.

Frunció ligeramente el ceño, salió de la casa y echó un vistazo alrededor. En aquel momento no me quedó muy claro por qué. Más tarde lo comprendí: en plena avalancha de acusaciones, lo que menos le convenía era que alguien lo viera invitar a un muchacho a entrar en su casa. Creo que incluso estaba a punto de pedirme que me fuera, pero entonces me miró y suavizó el tono.

—Pasa, Eddie. ¿Te apetece beber algo? ¿Un refresco, leche?

No me apetecía mucho, pero me parecía descortés decirle que no.

—Esto... Leche estaría bien —respondí.

—Muy bien.

Lo seguí hasta la pequeña cocina.

—Siéntate.

Me acomodé en una silla de pino, que bailaba un poco. Las encimeras de la cocina estaban atestadas de cajas; también buena parte del salón.

—¿Se marcha? —pregunté, tontamente, porque ya conocía la respuesta.

—Sí —dijo el señor Halloran, sacando un cartón de leche de la nevera y comprobando la fecha de caducidad antes de revolver en las cajas en busca de un vaso—. Sí, me alojaré en casa de mi hermana, en Cornualles.

—Ah. Creía que su hermana había muerto.

—Tengo otra, una mayor. Se llama Kirsty.

—Ah.

Me acercó la leche.

—¿Va todo bien, Eddie?

—Yo... esto... quería darle las gracias por lo que hizo por mi padre.

—No hice nada más que decir la verdad.

—Ya, pero nadie lo obligó a decirla, y si no lo hubiera hecho...

Dejé el resto de la frase en el aire. La situación me resultaba insoportable. Peor de lo que había imaginado. No quería estar allí. Estaba ansioso por marcharme, pero tenía la sensación de que no podía.

El señor Halloran suspiró.

—Eddie, esto no tiene nada que ver con tu padre o contigo. Planeaba irme pronto, de todos modos.

—¿Por la Chica de la Ola?

—¿Te refieres a Elisa?

—Ah, sí. —Asentí. Tomé un sorbo de leche. Sabía un poco rara.

—Creemos que empezar de cero será lo mejor para ambos.

—¿O sea que se irá a Cornualles con usted?

—A la larga, espero que sí.

—La gente dice cosas feas sobre usted.

—Lo sé. No son ciertas.

—Lo sé.

Sin embargo, debió de parecerle que no había acabado de convencerme, porque añadió:

—Elisa es una chica muy especial, Eddie. No era mi intención que las cosas salieran así. Solo quería ayudarla, ser su amigo.

—Entonces ¿por qué no se conformó con ser su amigo?

—Cuando seas mayor, lo entenderás mejor. No decidimos de quién nos enamoramos, ni quién puede hacernos felices.

Pero no parecía muy feliz. No como suelen pintar a las personas enamoradas. Parecía triste y, en cierto modo, perdido.

Regresé pedaleando a casa, sintiéndome confundido y también un poco perdido. El invierno se iba instalando poco a poco y, aunque solo eran las tres de la tarde, el día empezaba a perder sustancia y a desvanecerse en un crepúsculo grisáceo.

Todo se me antojaba frío, lúgubre y cambiado sin remedio. Nuestra panda se había roto. Nicky vivía con su madre en Bournemouth. Mickey salía con sus nuevos e indeseables amigos. Yo seguía juntándome con Hoppo y Gav el Gordo, pero ya no era lo mismo. Un grupo de tres comportaba ciertos problemas. Yo siempre había considerado a Hoppo mi mejor amigo, pero ahora, cuando iba a buscarlo a su casa, descubría a veces que ya estaba en otro sitio con Gav el Gordo. Esto traía consigo un sentimiento distinto: el rencor.

Mis padres también estaban de un humor diferente. Des de la agresión sufrida por el reverendo Martin, las protestas frente a la clínica de mamá habían perdido fuerza. «Es como si hubieran decapitado a la bestia», decía papá. Pero, aunque mamá estaba más tranquila, él se había tornado más cáustico, con los nervios a flor de piel. Tal vez el asunto con la policía lo había alterado, o tal vez la causa era otra. En ocasiones lo sorprendía sentado en una silla, con la mirada perdida, como si esperara algo, pero no supiera qué.

Esa sensación de espera se respiraba a lo largo y ancho de Anderbury. Todo parecía estar en suspenso. La policía aún no le había imputado a nadie la agresión contra el reverendo Martin, de modo que quizá la suspicacia formaba parte de ese clima: la gente miraba alrededor, preguntándose si algún conocido suyo sería capaz de una cosa así.

Las hojas se curvaron, se arrugaron y, finalmente, el frágil nexo que las unía a los árboles se rompió. La decadencia y la muerte parecían impregnarlo todo. Ya nada ofrecía un aspecto fresco, colorido o inocente. Era como si el pueblo entero hubiera quedado suspendido de forma temporal en una polvorienta cápsula del tiempo.

Por supuesto, resultó que estábamos esperando de verdad. Y cuando la pálida mano de la muchacha apareció en un desordenado montón de hojas marchitas, el pueblo entero pareció exhalar un suspiro largo y retenido durante mucho tiempo. Porque había ocurrido. Lo peor había llegado al fin.

2016

Me desperté temprano a la mañana siguiente. O, mejor dicho, desistí de intentar dormir después de dar vueltas en la cama durante horas en una vigilia interrumpida solo por sueños que recuerdo a medias.

En uno de ellos, el señor Halloran va montado en la Ola con la Chica de la Ola. Estoy casi seguro de que se trata de ella por la ropa que lleva, aunque le falta la cabeza, que descansa sobre las rodillas de él y grita cada vez que el empleado de la feria, que descubro que es Sean Cooper, los hace girar y girar.

«Gritad si queréis ir más deprisa, caraculos. ¡He dicho que GRITÉIS!»

Me levanto de la cama, sobresaltado y con la clara sensación de no haber descansado. Me visto de cualquier manera y bajo las escaleras descalzo. Me imagino que Chloe aún duerme, así que, para matar el tiempo, preparo café, leo y me fumo dos cigarrillos frente a la puerta trasera. Cuando el reloj marca poco más de las nueve y considero que es una hora decente, cojo el teléfono y llamo a Hoppo.

Contesta su madre.

—Hola, señora Hopkins. ¿Está David?

—¿Quién le llama? —pregunta con voz trémula y delicada. Contrasta de forma ostensible con el hablar enérgico y preciso de mamá. La madre de Hoppo padece demencia. Como mi padre, con la diferencia de que a él el Alzheimer lo aquejó a una edad más temprana y progresó más deprisa.

Por eso Hoppo sigue viviendo en la casa donde se crio. Para cuidar de ella. A veces comentamos en broma que ambos somos hombres adultos que no se han emancipado. Es una broma un poco amarga.

—Soy Ed Adams, señora Hopkins —le digo.

—¿Quién?

—Eddie Adams. El amigo de David.

—No está en casa.

—Ah. ¿Sabe a qué hora regresará?

Se produce una larga pausa.

—No nos interesa —responde entonces con aspereza—. Ya tenemos doble acristalamiento.

Cuelga de golpe. Me quedo mirando el teléfono unos instantes. Sé que no debería tomarme muy a pecho lo que dice Gwen. Mi padre solía perder el hilo de las conversaciones y soltaba lo primero que se le pasaba por la cabeza.

Llamo al móvil de Hoppo. Salta el buzón de voz. Como siempre. Si no fuera porque lleva un negocio, juraría que no enciende nunca el maldito trasto.

Tras apurar el cuarto café de la mañana, me dirijo al vestíbulo. Hace fresco para ser un día de mediados de agosto, y sopla un viento cortante. Paseo la vista alrededor buscando mi abrigo. Suelo colgarlo en el perchero que está junto a la puerta. Debido al tiempo benigno, hace días que no me lo pongo. Sin embargo, ahora que lo necesito, no lo encuentro por ninguna parte.

Arrugo el entrecejo. No me gusta perder las cosas. El declive de mi padre empezó así, y cada vez que pierdo las llaves, sufro un leve ataque de pánico. Uno empieza olvidándose de los objetos y acaba olvidando cómo se llaman los objetos.

Aún recuerdo a mi padre aquella mañana, contemplando

con mirada ausente la puerta principal, moviendo los labios en silencio, con las cejas juntas en una expresión ceñuda. De repente, dio una palmada como un niño, desplegó una gran sonrisa y señaló el pomo de la puerta.

—El perchero de la puerta. El perchero de la puerta. —Se volvió hacia mí—. Creía que se me había olvidado.

Estaba tan contento, tan satisfecho, que no me atreví a contradecirlo. Me limité a sonreír.

—Genial, papá. Eso está muy bien.

Echo una nueva ojeada al perchero. A lo mejor me dejé el abrigo arriba. Pero no tenía sentido: ¿por qué habría de ir a la planta de arriba con el abrigo puesto? Aun así, subo con paso cansino y lo busco por mi habitación. ¿En el respaldo de la silla que tengo junto a la cama? No. ¿En el gancho de detrás de la puerta? No. ¿En el armario? Reviso la ropa colgada de las perchas... y de pronto reparo en una prenda arrebujada al fondo, en un rincón.

Me agacho y tiro de ella. Mi abrigo. Me quedo mirándolo. Arrugado, un poco húmedo, hecho un guiñapo. Hago memoria sobre cuándo lo vi por última vez. La noche que Mickey vino a cenar. Recuerdo que colgó su chaqueta de sport en el perchero, al lado de mi abrigo. ¿Y después? No consigo evocar ningún momento posterior en que lo llevara puesto.

O tal vez sí. A lo mejor me envolví en él más tarde esa misma noche, salí al aire fresco y ligeramente húmedo... y luego ¿qué? ¿Tiré a Mickey al río? Qué ridiculez. Creo que si hubiera tirado al río a mi viejo amigo en plena noche, me acordaría de ello.

«¿De veras, Ed? Porque no recuerdas haber bajado las escaleras para dibujar hombres de tiza por toda la chimenea, ¿verdad? Habías bebido mucho. No tienes idea de qué más hiciste esa noche.»

Acallo la fastidiosa vocecita. No tenía ningún motivo para hacerle daño a Mickey. Me había ofrecido una gran oportunidad. Y si él sabía realmente quién había matado a la Chica de la Ola —si podía conseguir que exculparan al señor Halloran—, yo me habría alegrado, ¿no?

«Entonces ¿qué hacía tu abrigo hecho una bola al fondo del armario, Ed?»

Lo inspecciono de nuevo, deslizando los dedos sobre la lana gruesa. Y entonces descubro otra cosa. En el puño de una manga. Varias manchas tenues de color rojo óxido. Se me forma un nudo en la garganta.

Sangre.

La condición de adulto es solo una ilusión. Cuando llega la hora de la verdad, creo que en realidad no maduramos. Solo nos volvemos más altos y peludos. Hay ocasiones en las que todavía me asombra que me permitan conducir un coche, o que no me riñan por haber estado bebiendo en el pub.

Bajo el barniz de la madurez, de las capas de experiencia que acumulamos conforme los años avanzan estoicamente, seguimos siendo mocosos con las rodillas despellejadas que necesitan a sus padres... y sus amigos.

La furgoneta de Hoppo está aparcada delante. Al doblar la esquina, lo veo bajarse de su vieja bicicleta, con dos bolsas repletas de palos y trozos de corteza colgadas del manillar y una abultada mochila a la espalda. Me vienen a la mente imágenes de los días soleados de verano en que regresábamos juntos del bosque, Hoppo cargado con leña y astillas para su madre.

A pesar de todo, se me escapa una leve sonrisa cuando le veo pasar la pierna por encima de la bici y dejarla apoyada contra el bordillo.

—Ed, ¿qué haces aquí?

—He intentado llamarte, pero tenías el móvil apagado.

—Ah, ya. He ido un rato al bosque. No hay mucha cobertura.

Hago un gesto afirmativo.

—Cuesta abandonar los viejos hábitos.

Sonríe.

—Puede que mi madre esté perdiendo la memoria, pero aun así no me perdonaría jamás que le comprara la leña a alguien. —La sonrisa se desvanece, quizá cuando se fija en mi cara—. ¿Qué ocurre?

—¿Te has enterado de lo de Mickey?

—¿Qué ha hecho esta vez?

Abro la boca y se me traba la lengua hasta que mi cerebro la obliga a articular las palabras más obvias:

—Ha muerto.

—¿Muerto?

Es curioso que la gente tienda a repetir esa palabra aun cuando saben que la han oído bien. Es como una forma de negación basada en una táctica dilatoria.

—¿Cómo ha ocurrido? —pregunta Hoppo al cabo de un momento—. ¿Qué le ha pasado?

—Se ha ahogado. En el río.

—Joder. Como su hermano.

—No exactamente. Oye, ¿puedo entrar?

—Sí, claro.

Hoppo sube por el corto sendero empujando su bicicleta, y yo camino tras él. Introduce la llave en la cerradura y abre la puerta. Avanzamos por un pasillo lóbrego y estrecho. Yo no había vuelto a visitar esa casa desde que éramos niños, y ni siquiera en aquella época entrábamos a menudo, por el desorden que reinaba en el interior. De vez en cuando jugábamos en el jardín de atrás, pero durante poco tiempo, porque era demasiado pequeño, poco más que un patio. Solía haber cacas de perro sin recoger, algunas de ellas recientes, otras ya blancas.

La casa huele a sudor, comida rancia y desinfectante. A mi derecha, a través de la puerta del salón, vislumbro el mismo sofá raído y floreado, cubierto con una tela de encaje blanco que había adquirido un tono amarillo nicotina por la mugre. En un rincón, el televisor. En otro, una silla con orinal y un andador.

La madre de Hoppo está sentada en una silla reclinable de respaldo alto, a un lado del sofá, viendo un concurso matinal con la mirada vacía. Aunque Gwen Hopkins siempre había sido una mujer menuda, parecía haber encogido aún más debido a la enfermedad y la vejez. Se la ve perdida dentro del vestido de flores y la rebeca verde. Las muñecas le asoman por las mangas como pequeños trozos de carne seca y apergaminada.

—Mamá —dice Hoppo con suavidad—, ha venido Ed. ¿Te acuerdas de Eddie Adams?

—Hola, señora Hopkins —saludo, alzando ligeramente la voz como acostumbra a hacer la gente con los ancianos y los enfermos.

Ella se vuelve despacio, con los ojos esforzándose por enfocarme, aunque quizá es su mente la que pugna por recuperar el control. Entonces sonríe, dejando al descubierto una dentadura postiza regular y de un blanco cremoso.

—Me acuerdo de ti, Eddie. Tenías un hermano. ¿Sean?

—De hecho, mamá —interviene Hoppo—, ese era Mickey. Mickey tenía un hermano que se llamaba Sean.

Ella frunce el ceño y sonríe de nuevo.

—Ah, claro. Mickey. ¿Cómo está?

—Está bien, mamá —se apresura a asegurarle Hoppo—. Estupendamente.

—Me alegro, me alegro. David, ¿podrías traerme un té, cielo?

—Por supuesto, mamá. —Posa los ojos en mí—. Voy un momento a encender la tetera.

Me quedo en el vano de la puerta y le dedico una sonrisa incómoda a Gwen. Un olor flota en el aire del salón. No estoy seguro de que hayan vaciado el orinal recientemente.

—Es un buen chico —comenta Gwen.

—Sí.

Arruga el entrecejo.

—¿Quién eres?

—Ed. Eddie. El amigo de David.

—Ah, sí. ¿Dónde está él?

—Aquí mismo, en la cocina.

—¿Estás seguro? Creía que había salido a pasear al perro.

—¿El perro?

—Murphy.

—Ah, ya. No, no creo que haya salido a pasear a Murphy.

Me mira agitando un dedo trémulo.

—Tienes razón. Murphy está muerto. Me refería a Buddy.

Buddy fue el perro que Hoppo tuvo después de Murphy. También está muerto.

—Ah. Claro.

Asiento con la cabeza. Ella asiente a su vez. Los dos asentimos al mismo tiempo. Habríamos quedado que ni pintados en la parte de atrás de un coche. Se inclina hacia mí, apoyándose en el brazo de su silla de ruedas.

—Me acuerdo de ti, Eddie —dice—. Tu madre mataba bebés.

Se me atraganta el aire. Gwen continúa asintiendo con una sonrisa, pero percibo algo distinto en ella; una tensión amarga en la comisura de los labios, una lucidez repentina en los apagados ojos azules.

—Tranquilo, no se lo diré. —Se dobla hacia delante, se da unos golpecitos en la nariz con el dedo y me dirige un guiño lento y tembloroso—. Sé guardar un secreto.

—Bueno, esto ya está. —Hoppo reaparece con una taza de té entre las manos—. ¿Va todo bien?

Observo a Gwen de reojo, pero la lucidez se apaga, y el aturdimiento le nubla de nuevo los ojos.

—Todo bien —respondo—. Solo charlábamos.

—Aquí tienes, mamá, el té. —Deja la taza sobre la mesa—. Recuerda que está caliente. Sopla un poco antes de beber.

—Gracias, Gordy.

—¿Gordy? —Miro a Hoppo.

—Mi padre —susurra él.

—Ah.

El mío no solía confundir a las personas, pero a veces recurría al truco de llamarme «hijo» para que no me diera cuenta de que había vuelto a olvidar mi nombre.

Gwen vuelve a recostarse en su silla y fija la vista en el televisor, abismada de nuevo en su propio mundo, o tal vez en otro distinto. Qué fina es esa tela que separa entre sí las realidades, reflexiono. A lo mejor las mentes no se pierden. A lo mejor simplemente se escapan hasta encontrar un sitio diferente por donde vagar.

Hoppo esboza una sonrisa breve y sombría.

—¿Te parece bien si vamos a la cocina?

—Claro —digo.

Le habría dicho que sí aunque me hubiera propuesto ir a nadar con tiburones, con tal de salir de ese salón caluroso y pestilente.

La cocina no está mucho mejor. Hay platos sucios apilados en el fregadero. Las encimeras están abarrotadas de sobres, revistas viejas, y paquetes de zumo y refresco de cola de oferta. Aunque Hoppo ha despejado la mesa a toda prisa, aún veo sobre ella los restos de una vieja radio, o quizá las piezas de un motor. No soy ni mucho menos un manitas, mientras que Hoppo siempre ha sido habilidoso; se le da bien desmontar cosas y volver a montarlas.

Me siento en una de las viejas sillas de madera, que chirría y cede un poco.

—¿Té? ¿Café? —me ofrece Hoppo.

—Pues... café, gracias.

Se acerca a la tetera, que al menos está nuevecita, y coge un par de tazas del escurridor.

Vierte el café soluble directamente del tarro y se vuelve hacia mí.

—Bueno, ¿qué ha pasado?

Relato una vez más los sucesos de los últimos dos días. Hoppo me escucha en silencio. No altera su expresión hasta que llego a la parte final.

—Según Gav, tú también recibiste una carta. ¿Es verdad?

Mueve la cabeza afirmativamente y añade agua hirviendo al café.

—Sí, hace un par de semanas. —Se dirige a la nevera, saca un cartón de leche y, tras olisquearlo, echa un chorrito en cada taza—. Creí que no era más que una broma pesada. —Lleva los cafés a la mesa y se sienta frente a mí—. Pero la policía opina que la muerte de Mickey fue un accidente, ¿no?

Mi explicación sobre este punto había sido un poco vaga.

—Por el momento —digo.

—¿Crees que eso cambiará?

—Han encontrado la carta.

—No creo que eso signifique algo necesariamente.

—¿No?

—¿En serio? No me digas que temes que alguien empiece a liquidarnos uno por uno, como en una novela.

En realidad, no se me había ocurrido esa posibilidad, pero ahora que la ha sugerido, se me antoja demasiado realista. Y me lleva a pensar en otra cosa. ¿Habrá recibido Nicky la carta también?

—Te estoy tomando el pelo —me asegura Hoppo—. Tú mismo lo has dicho: Mickey estaba borracho. Seguramente se cayó él solo. Los borrachos se caen en los ríos a todas horas.

Tiene razón, pero... Siempre hay un pero. Un sujeto molesto que te ata nudos de marinero en las tripas.

—¿Hay algo que no me hayas dicho?

—Cuando Mickey fue a mi casa esa noche, estuvimos hablando, y me aseguró... que sabía quién había matado a Elisa en realidad.

—Y una mierda.

—Bueno, eso mismo pensé yo, pero ¿y si decía la verdad?

Hoppo toma otro sorbo de café.

—¿Así que crees que el asesino «real» tiró a Mickey al río?

Sacudo la cabeza.

—No lo sé.

—Oye, Mickey siempre fue especialista en armar lío. Incluso parece que sigue haciéndolo después de muerto. —Tras una pausa, añade—: Además, eres el único a quien le contó su teoría, ¿no?

—Eso creo.

—Entonces ¿cómo podía saber el asesino «real» que Mickey le estaba siguiendo la pista?

—Pues...

—A menos que fueras tú.

Clavo los ojos en él.

Manchas tenues de color rojo óxido. Sangre.

—Es coña —dice.

—Por supuesto.

Bebo un poco más de café. «Por supuesto.»

En el camino de vuelta de casa de Hoppo, saco mi teléfono y llamo a Chloe. Aún tengo la sensación de que las cosas no van bien entre nosotros. Como si quedaran asperezas por limar. Eso me preocupa. Aparte de Hoppo y Gav, ella es la única amiga de verdad que tengo.

Contesta al tercer timbrazo.

—Buenas.

—Hola, soy yo.

—Ya.

—Deberías contener tu entusiasmo.

—Lo intento.

—Siento lo de ayer con mi madre.

—No pasa nada. Es tu madre. Y tu casa.

—Pues lo siento de todos modos. ¿Qué planes tienes para el almuerzo?

—Estoy en el curro.

—Ah, creía que hoy librabas.

—Una compañera se ha puesto enferma.

—Ya, bueno...

—Oye, disculpas aceptadas, Ed. Tengo que dejarte. Hay un cliente.

—Vale. Bueno, nos vemos luego.

—Tal vez.

Cuelga. Contemplo el teléfono unos instantes. Chloe nunca me pone las cosas fáciles. Me paro a encenderme un cigarrillo, considerando la posibilidad de comprar un sándwich por el camino. Pero cambio de idea. Aunque Chloe esté en el trabajo, sin duda hará una pausa para el almuerzo. Decido no darme por vencido tan fácilmente. Regreso a casa a pie, subo al coche y me pongo en marcha en dirección a Boscombe.

En realidad nunca había visitado a Chloe en el trabajo. He de confesar que una tienda de ropa estilo «rock alternativo/gótico» no es precisamente mi hábitat natural. Supongo que me daba un poco de miedo avergonzarla y quedar en ridículo.

Ni siquiera sé muy bien dónde está. Me abro paso a trancas y barrancas a través del tráfico vacacional y encuentro un hueco junto a un parquímetro. La tienda de Chloe, Gear (el símbolo de la marihuana en el rótulo da a entender que ofrecen algo más que ropa), se encuentra en una calle lateral, encajonada entre un bar de estudiantes y un local de artículos de segunda mano, y enfrente de un club de rock llamado The Pit.

Cuando abro la puerta, suena una campanilla. Entro en la tienda, poco iluminada y ruidosa. Algo que cabría describir como música —aunque bien podrían ser los gritos de alguien a quien están arrancando las extremidades una por una— sale de unos altavoces situados por encima de mi cabeza y me provoca dolor de tímpanos en el acto.

Un puñado de adolescentes flacuchos merodean en torno a la ropa; no estoy seguro de si son empleados o clientes. De lo que sí estoy seguro es de que Chloe no está aquí. Arrugo el entrecejo. Una joven delgada con media cabeza rapada, la otra media cubierta por una melena color escarlata y un montón de *piercings* plateados en la cara está detrás de la caja. Cuando se vuelve, veo que la camiseta que cuelga sobre su escuálido torso lleva la leyenda: «Perforada. Penetrada. Mutilada».

Me acerco a ella. La Chica Perforada alza la vista y sonríe.

—Hola. ¿Puedo ayudarte en algo?

—Pues, en realidad, estoy buscando a alguien.

—Qué pena.

Se me escapa una risita nerviosa.

—Esto... ella trabaja aquí. Es una amiga. Chloe Jackson.

Frunce el ceño.

—¿Chloe Jackson?

—Sí. Una chica delgada, morena. Suele vestir de negro.

Me mira con fijeza, y entonces me percato de que casi cualquiera de las personas que andan por aquí encajarían en esa descripción.

—Lo siento. No me suena. ¿Estás seguro de que trabaja aquí?

Lo estaba, pero empiezo a dudar de mí mismo. A lo mejor me he equivocado de establecimiento.

—¿Hay otra tienda de este estilo en Boscombe?

Reflexiona unos instantes.

—¿Como esta? No.

—Ya.

Al fijarse en mi expresión, tal vez se apiada del pobre

hombre confundido de mediana edad que tiene delante, porque añade:

—Oye, solo llevo aquí un par de semanas. Se lo preguntaré a Mark. Es el encargado.

—Gracias —respondo, aunque en realidad eso no me aclarará gran cosa. Chloe me ha dicho que hoy estaba en el curro, y, por lo que yo sé, lleva nueve meses viniendo a trabajar aquí.

Mientras espero, contemplo una serie de relojes con calaveras rojas de mirada lasciva en la esfera, y un expositor de tarjetas de felicitación que llevan impresos mensajes como «Que les den a los cumpleaños» y «Feliz cumple, mamón».

Al cabo de unos minutos, un joven desgarbado con la cabeza rasurada y una barba enorme y frondosa se me acerca con paso tranquilo.

—Hola, soy Mark, el encargado.

—Hola.

—¿Estás buscando a Chloe?

Siento un ligero alivio. Al menos la conoce.

—Sí, creía que trabajaba aquí.

—Trabajaba, pero ya no.

—¿Ah, sí? Bueno, y ¿cuándo lo dejó?

—Hace un mes, más o menos.

—Vale. Entiendo —miento—. ¿Seguro que hablamos de la misma Chloe?

—¿La de pelo negro, que suele llevar coletas?

—Sí, eso concuerda con ella.

Me observa con recelo.

—¿Es tu amiga, dices?

—Eso creía.

—Para serte sincero, tuve que despedirla.

—¿Y eso?

—Por su actitud. Les faltó el respeto a unos cuantos clientes.

Esto también concuerda con Chloe.

—¿No es eso lo que se espera de los empleados en este tipo de tiendas?

Sonríe.

—Una actitud despreocupada, sí, pero no insultos. El caso es que se enzarzó en una pelea a gritos con una mujer que había entrado aquí. Tuve que interponerme. Temí que fueran a llegar a las manos. Después de eso, la eché.

—Comprendo.

Digiero todos estos datos poco a poco, como la salmonela, consciente de que ambos me miran.

—Lo siento —digo—. Al parecer me han informado mal. —Una forma educada de expresar que alguien a quien creía conocer me ha mentido—. Gracias por vuestra ayuda. —Me encamino hacia la puerta, y de pronto experimento un momento Colombo. Me doy la vuelta—. La mujer con la que discutió Chloe..., ¿qué aspecto tenía?

—Esbelta, atractiva para sus años. Pelo rojo largo.

Se me hiela la sangre y todas mis terminaciones nerviosas se ponen alerta.

—¿Pelo rojo?

—Sí. De un rojo encendido. Estaba bastante buena, de hecho.

—No te habrás quedado con su nombre, ¿no?

—Lo anoté... Ella no quería, pero tuve que hacerlo, por si presentaba una queja o algo.

—No conservarás aún el papel donde lo escribiste, ¿verdad? A ver, sé que estoy pidiendo demasiado, pero... es muy importante.

—Bueno, siempre me gusta poder ayudar a un cliente. —Junta las cejas, se tira de la barba y me mira de arriba abajo—. Porque eres un cliente, ¿verdad? Aunque no veo que lleves una bolsa...

Claro. Nada sale gratis. Suspirando, cojo la camiseta negra adornada con cráneos lascivos que tengo más a mano. Se la tiendo a la Chica Perforada.

—Me llevaré esto.

Sonriente, ella abre un cajón y saca un papel arrugado y me lo da. Me cuesta descifrar la letra enmarañada:

«Nicola Martin».

Nicky.

1986

Curiosamente, siempre me viene a la mente una canción cuando pienso en el día en que la encontramos, dice algo así como que tienes que tener un sueño. Si no tienes un sueño, ¿cómo vas a hacer realidad un sueño? Conozco un montón de canciones de los viejos musicales, tal vez porque era lo que sonaba siempre en la residencia cuando visitábamos a papá. Esto fue después de que mamá renunciara definitivamente a cuidar de él en casa.

Aunque he presenciado unos cuantos horrores, el terrorífico deterioro de mi padre a causa del Alzheimer, antes incluso de que pudiera cobrar la pensión, es lo que me obsesiona y me hace despertar bañado en un sudor frío. Existen las muertes violentas, repentinas y sangrientas, y existe algo mucho peor. Si tuviera que elegir, no me lo pensaría dos veces.

Tenía veintisiete años cuando vi morir a mi padre. Tenía doce años, once meses y ocho días cuando vi un cadáver por primera vez.

De un modo extraño, había estado esperando ese momento. Desde la agresión al reverendo Martin. O tal vez incluso desde el accidente de Sean Cooper y la aparición del primer hombre de tiza. Y también porque había tenido un sueño.

Yo estaba en el bosque. En lo más profundo de la espesura. Los árboles se erguían como viejos gigantes nudosos, extendiendo sus chirriantes ramas hacia el cielo. La luna pálida asomaba borrosa entre sus dedos doblados y torcidos.

Me encontraba en un pequeño claro rodeado de montones de hojas parduzcas podridas. El húmedo aire nocturno se me adhería a la piel y me calaba hasta los huesos. Solo llevaba el pijama, deportivas y una sudadera con capucha. Al sentir un escalofrío, me cerraba la cremallera de la sudadera hasta arriba. Notaba el metal del cierre contra la barbilla, frío como el hielo.

«Todo parece real. Demasiado real.»

Había algo más. Un olor. Dulzón hasta un extremo empalagoso, pero a la vez acre. Me invadía las fosas nasales y me obstruía la garganta. Un día nos habíamos encontrado un tejón muerto en el bosque en estado de descomposición, y los gusanos pululaban en él. Despedía un olor idéntico.

Lo supe de inmediato. Habían transcurrido casi tres meses desde el accidente. Una larga temporada bajo tierra. Una larga temporada tumbado en un ataúd duro y lustroso mientras las flores quedaban reducidas a polvo y unas lombrices marrones se retorcían sobre tu carne reblandecida y comenzaban a agujerearla para penetrar en ella.

Me di la vuelta. Sean Cooper, o lo que quedaba de él, me sonreía con labios agrietados que se descascarillaban en torno a unos dientes semejantes a largos tallos blancos que sobresalían de las encías ennegrecidas y putrefactas.

—*Hola, caraculo.*

Donde antes estaban los ojos ahora solo había dos cavernas oscuras y vacías. En realidad, no estaban vacías del todo. Vislumbré algo que se movía en su interior. Unas cosas negras y brillantes que se arrastraban por la piel suave de las cuencas.

—¿Qué hago aquí?

—*Dímelo tú, caraculo.*

—No lo sé. No sé qué hago aquí. Tampoco sé por qué estás tú aquí.

—*Eso es fácil de explicar, caraculo. Soy la Muerte. Tu primera experiencia cara a cara. Por lo visto piensas mucho en mí.*

—No quiero pensar en ti. Quiero que te vayas.

—*Te jodes. Pero no te preocupes: pronto podrás tener pesadillas sobre otras cosas.*

—¿Qué otras cosas?

—*¿Tú qué crees?*

Miré alrededor. Los troncos de los árboles estaban cubiertos de dibujos. Hombres de tiza blancos. Se movían. Se desplazaban y se contoneaban sobre la corteza, como si danzaran una horrible y macabra giga. Sacudían y agitaban sus extremidades de palo. Aunque carecían de rostro, yo sabía por alguna razón que sonreían. Y no de un modo agradable.

Mi piel se marchitó sobre los huesos.

—¿Quién los ha dibujado?

—*¿Tú quién crees, caraculo?*

—¡No lo sé!

—*Claro que lo sabes, caraculo. Lo que pasa es que no lo sabes todavía.*

De alguna manera consiguió dedicarme un guiño, pese a no tener ojos o párpados, y acto seguido se esfumó, esta vez no en una nube de humo, sino con una repentina caída de hojas que flotaron hasta el suelo y de inmediato comenzaron a enroscarse y a morir.

Levanté de nuevo la mirada. Los hombres de tiza habían desaparecido. También el bosque. Estaba en mi habitación, con el cuerpo temblando de miedo y frío, y con un hormigueo en las manos entumecidas. Las metí en lo más hondo de los bolsillos. Y fue entonces cuando lo descubrí.

Estaban llenos de tizas.

Nuestra panda no había vuelto a reunirse completa desde la pelea. Nicky, obviamente, se había ido, y Metal Mickey tenía sus nuevos amigos. Cuando se cruzaba con Gav el Gordo, con Hoppo o conmigo, por lo general nos ignoraba sin más. A veces oíamos las risillas cuando pasábamos por delante de su tropa, y alguno de ellos murmuraba «mariquitas», «julandrones» o algún otro insulto.

Esa mañana, cuando llegué a la zona de juegos, apenas lo reconocí. Tenía el pelo más largo y de un tono más claro. Empezaba a parecerse de un modo espeluznante a su hermano. Yo incluso habría jurado que llevaba puesta ropa de Sean.

De hecho, por un instante sobrecogedor, creí que era su hermano el que estaba sentado en el carrusel, esperándome.

«Eh, caraculo. ¿Te apetece chuparme la polla?»

Y esta vez yo tenía la certeza absoluta —o casi— de que no estaba soñando. Para empezar, era de día. Los fantasmas nunca aparecían de día; tampoco los zombis. Solo existían en ese espacio soñoliento que mediaba entre la medianoche y el alba, y se convertían en polvo en cuanto los tocaban los primeros rayos del sol. O al menos eso seguía creyendo yo con doce años.

Entonces sonrió, y supe que no era más que Mickey. Se apeó del carrusel en el que estaba encaramado, mascando chicle, y se me acercó con aire despreocupado.

—Hola, Eddie Munster. Veo que has recibido el mensaje, ¿no?

En efecto. Allí estaba, trazado en color azul en el camino de acceso, cuando bajé las escaleras. Era el símbolo que usábamos cuando queríamos encontrarnos en la zona de juegos, junto a tres signos de exclamación. Uno significaba que era bastante urgente. Dos, que tenías que acudir cuanto antes. Tres exclamaciones querían decir que era una cuestión de vida o muerte.

—¿Para qué querías que nos viéramos? ¿A qué viene tanta urgencia?

Arrugó el entrecejo.

—¿Yo? Yo no he dejado el mensaje.

—Me has dejado un mensaje. En tiza azul.

Sacudió la cabeza.

—Qué va. Yo he recibido un mensaje de Hoppo. Verde.

Nos quedamos mirándonos.

—¡Ahí va! ¡El hijo pródigo ha vuelto! —Gav el Gordo entró en la zona de juegos dando grandes zancadas—. ¿Qué pasa?

—¿Te han dejado un mensaje pidiéndote que vinieras? —le pregunté.

—Claro. Me lo has dejado tú, aliento de rabo.

Intentábamos aclarar la confusión cuando apareció Hoppo.

—Bueno, ¿y a ti quién te ha dicho que vinieras? —inquirió Gav el Gordo.

—Pues tú. ¿Qué está pasando aquí?

—Alguien quería reunirnos a todos aquí —dije.

—¿Por qué?

«Claro que lo sabes, caraculo. Lo que pasa es que no lo sabes todavía.»

—Creo que van a hacerle daño a alguien, si es que no lo han hecho ya.

—Anda y que te jodan —resopló Mickey.

Miré alrededor, en busca de otro mensaje. Estaba convencido de que habría uno. Empecé a caminar en círculo por la zona de juegos. Los demás me miraban como si me hubiera vuelto loco. Y entonces apunté con el dedo. Debajo de los columpios para bebés, un dibujo en tiza blanca. Pero este era distinto. La figura tenía el cabello largo y llevaba vestido. No se trataba de un hombre, sino de una chica de tiza, y junto a ella, varios árboles, también trazados con tiza blanca.

Aún recuerdo con claridad ese momento. La nitidez de las líneas blancas sobre el asfalto negro. Los tenues chirridos del viejo columpio oxidado para bebés y el frío cortante del aire de primeras horas de la mañana.

—¿Qué es esa mierda? —preguntó Metal Mickey, acercándose. Hoppo y Gav el Gordo lo siguieron. Todos examinaron los dibujos.

—Tenemos que ir al bosque —dije.

—¿Estás de coña? —exclamó Gav el Gordo, aunque con una indignación poco contundente.

—Yo al bosque no voy —aseveró Metal Mickey—. Tardaríamos una eternidad en llegar, y además, ¿para qué?

—Yo voy —se ofreció Hoppo, aunque yo sabía que seguramente solo lo decía para cabrear a Mickey. Me alegré de contar con su apoyo.

Gav el Gordo puso cara de exasperación.

—Vale, me apunto.

Metal Mickey permaneció a un lado en actitud rebelde, con las manos en los bolsillos. Me volví hacia los otros dos.

—Vamos.

Cruzamos la zona de juegos para recoger las bicicletas.

—Esperad. —Metal Mickey se aproximó despacio a nosotros, fulminándonos con la mirada—. Más vale que no sea una puta broma.

—No es broma —le aseguré, y él asintió.

Salimos de la zona de juegos empujando las bicis. Volví la vista hacia los columpios. No sé si alguno de los otros se había fijado, pero había algo diferente en la figura de tiza de la chica. Estaba rota. Las líneas que componían su cuerpo no eran continuas. Los brazos. Las piernas. La cabeza. No estaban unidos entre sí.

Por algún extraño motivo —de la misma manera que, cuando sucede algo terrible, a uno lo invade el deseo irrefrenable de reír sin parar—, esa mañana el paseo en bici al bosque resultó más estimulante y placentero que nunca.

En invierno no íbamos al bosque con frecuencia, salvo

Hoppo, que en ocasiones pedaleaba hasta allí en busca de leña. Ese día lucía el sol, y el viento gélido nos azotaba el rostro y nos tironeaba del pelo. Notaba un cosquilleo fresco en la piel. Sentía que mis piernas podían impulsarme más deprisa que nunca. Nada podía detenernos. Deseaba que ese trayecto en bicicleta no acabara nunca, aunque sabía, por supuesto, que esto era imposible. Mucho antes de lo que yo habría querido, la masa oscura del bosque apareció ante nosotros.

—Y ahora ¿qué?—preguntó Metal Mickey, casi sin aliento.

Nos apeamos de los vehículos. Desplacé la mirada alrededor. Y entonces lo localicé. Estaba dibujado en la empalizada, cerca de los peldaños para saltarla. Un brazo de tiza que apuntaba al frente con el dedo.

—Así que hay que pasar al otro lado y seguir adelante —dijo Gav el Gordo, levantando su bici por encima de la empalizada.

Su mirada reflejaba lo que yo sentía: una conciencia agudizada, un entusiasmo que rayaba en la histeria. Dudo que ninguno de ellos supiera con exactitud qué buscaba. O quizá lo sabían, pero no se atrevían a expresarlo en voz alta.

Todos los niños sueñan con encontrar un cadáver. Lo único que le haría más ilusión a un chaval de doce años sería encontrar una nave espacial, un tesoro enterrado o una revista porno. Ese día deseábamos descubrir algo terrorífico. Y nuestro deseo se cumplió. Pero creo que nadie se imaginaba lo terrorífico que llegaría a ser.

Gav el Gordo encabezaba la marcha, lo que recuerdo que me molestó. Se suponía que aquella era mi aventura. Mi tema. Pero Gav el Gordo siempre había sido nuestro líder, así que a otra parte de mí le pareció bien. Formábamos de nuevo una panda. O casi.

—Es por aquí —dijo Gav el Gordo con un ligero jadeo.

—Sí, ya nos hemos dado cuenta —comentó Metal Mickey.

Hoppo y yo nos limitamos a mirarnos y a sonreír. Daba la

sensación de que las cosas volvían a ser como antes. Las discusiones tontas. Los comentarios sarcásticos de Metal Mickey.

Seguimos avanzando, abandonamos el agreste sendero y nos adentramos en el corazón del bosque. De cuando en cuando se oía un ruido inesperado, y una bandada de estorninos o cuervos levantaba el vuelo desde los árboles. En un par de ocasiones me pareció que algo correteaba en la maleza. Quizá un concjo, o uno de los zorros que se dejaban ver a veces por la zona.

—Alto —ordenó Gav el Gordo, y todos nos paramos en seco.

Señaló un árbol que se alzaba justo delante de nosotros. En el tronco había dibujado, no un brazo de palo, sino otra chica de palo, por encima de un enorme montón de hojas. Cruzamos miradas. Luego bajamos de nuevo la vista hacia el montón. Algo sobresalía de la parte de arriba.

—¡Hostia puta! —dijo Gav el Gordo.

Dedos.

Tenía las uñas cortas, limpias y pintadas de un bonito color rosa pastel. No estaban astilladas, ni rotas, ni nada por el estilo. La policía dictaminaría que ella no se había resistido. O que tal vez no se le había presentado la oportunidad. Tenía la tez más pálida de lo que yo la recordaba; el bronceado veraniego había cedido el paso a un tono más invernal. Lucía en el dedo medio un pequeño anillo plateado con una piedra verde en el centro. Desde el momento en que lo vi supe que era el brazo de la Chica de la Ola.

Hoppo fue el primero en agacharse. Siempre había sido el menos aprensivo. Una vez lo había visto poner fin al sufrimiento de un pájaro herido con una piedra. Apartó más hojas con la mano.

—Ay, mierda —susurró Metal Mickey.

El extremo irregular del hueso era de un blanco intenso. Esto me llamó más la atención que la sangre, que estaba seca y había adquirido un tono herrumbroso apagado que casi se confundía con el de las hojas que aún cubrían parcialmente el brazo. El brazo suelto. Cercenado a la altura del hombro.

De pronto, Gav el Gordo se dejó caer pesadamente al suelo.

—Es un brazo —masculló—. Es un puto brazo.

—Qué perspicacia, Sherlock —dijo Mickey, pero incluso su ensayada voz de burla sonó un poco temblorosa.

Gav el Gordo se volvió hacia mí con expresión esperanzada.

—¿Y si fuera una broma? A lo mejor es de mentira, ¿no?

—Es de verdad —le aseguré.

—Y ahora, ¿qué hacemos?

—Llamar a la policía —dijo Hoppo.

—Ya, ya —farfulló Gav el Gordo—. Quiero decir que a lo mejor ella aún está viva...

—Qué va a estar viva, gordo subnormal —espetó Mickey—. Está muerta, igual que Sean.

—Eso no lo sabes.

—Sí que lo sabemos —repliqué, apuntando a otro árbol en el que había dibujada otra figura de tiza—. Hay más indicaciones... para encontrar el resto de ella.

—Tenemos que avisar a la policía —insistió Hoppo.

—Tiene razón —dijo Mickey—. Venga, deberíamos irnos.

Gestos afirmativos. Todos hicimos ademán de marcharnos. Pero entonces Gav el Gordo dijo:

—¿No debería quedarse alguien... por si acaso?

—¿Por si acaso qué? ¿Por si el brazo se levanta y se escapa? —inquirió Metal Mickey.

—No. No lo sé. Solo para asegurarnos de que no le pase nada.

Todos nos miramos. Estaba en lo cierto. Alguien debía quedarse para montar guardia. Pero nadie quería. Nadie tenía ganas de permanecer en aquella hondonada del bosque al lado de un brazo cercenado, escuchando el susurro de la maleza, dando un respingo cada vez que un pájaro echara a volar, imaginándose cosas...

—Ya me quedo yo —me ofrecí.

Cuando los demás se alejaron, me senté junto a ella. Alargué un brazo vacilante y le toqué los dedos. Porque eso era lo que parecía estar haciendo: extendiendo la mano, suplicando que alguien se la agarrara. Supuse que tendría la piel fría como el hielo. En realidad, me resultó suave y casi cálida al tacto.

—Lo siento —dije—. Lo siento muchísimo.

No tengo muy claro cuánto rato estuve en el bosque. Seguramente no más de media hora. Cuando la panda regresó al fin, con dos policías locales para empezar, se me habían dormido por completo las piernas y yo me había sumido a medias en una especie de trance.

Aun así, pude asegurarles a los agentes que nadie había tocado el brazo, que estaba tal y como lo habíamos encontrado. Y era casi cierto.

La única diferencia estribaba en que ahora había un círculo más claro en torno a su dedo medio, donde antes había un anillo.

Encontraron las otras partes de su cuerpo bajo montones de hojas en distintos puntos del bosque. Bueno, casi todas. Supongo que por eso tardaron un poco en identificarla. Yo ya sabía quién era, claro. Pero nadie me lo preguntó. En cambio, me hicieron un montón de preguntas sobre otras cosas. ¿Qué hacíamos en el bosque? ¿Cómo habíamos dado con el cuerpo? Cuando les hablamos de los dibujos trazados con tiza en los árboles, mostraron un interés considerable, pero cuando intenté contarles lo de las otras figuras de tiza, los mensajes, creo que no me entendieron muy bien.

Ese es el problema con los adultos: a veces da igual lo que uno les diga; solo oyen lo que quieren oír.

Desde el punto de vista de la policía, no éramos más que unos críos que estaban jugando en el bosque y que, al seguir las indicaciones dibujadas con tiza, habían tropezado con un cadáver. Aunque esto no era lo que había ocurrido exactamente, se acercaba bastante. Supongo que así es como se propagan los mitos y las leyendas. Los hechos del pasado se transmiten de boca en boca, deformándose y tergiversándose cada vez más, hasta que la nueva versión se da por buena.

En el colegio, todos querían hablar con nosotros, naturalmente. El ambiente era similar al que reinaba después del suceso de la feria, salvo porque esta vez la gente parecía aún más fascinada, pues la chica estaba muerta. Y cortada a cachos.

Se celebró una reunión de profesores y alumnos, y un policía acudió para decirnos que debíamos tener especial cuidado en no hablar con desconocidos. Como no podía ser de otra manera, el pueblo se había llenado de desconocidos. Personas con cámaras y micrófonos hablaban de pie en la calle o a las afueras del bosque. Nos prohibieron volver allí. Habían colocado cinta policial alrededor de los árboles y apostado a unos agentes para que vigilaran el perímetro.

Gav el Gordo y Metal Mickey se regodeaban describiendo los detalles truculentos e inventándose otros. Hoppo y yo los dejábamos hablar casi sin meter cuchara. Al fin y al cabo, era una situación emocionante y todo eso. Pero también me sentía un poco culpable. No me parecía bien divertirse tanto a costa de la muerte de una muchacha. Y me parecía muy injusto que la Chica de la Ola hubiera sobrevivido al accidente de la feria y que le hubieran salvado la pierna solo para que luego alguien volviera a cortársela. Eso sí que era un zurullo como el estado de Texas.

Por otro lado, me daba pena el señor Halloran. Lo había

notado muy triste la última vez que lo había visto, y eso que la Chica de la Ola aún vivía y planeaban irse a vivir juntos. Ahora estaba muerta y no iría a ninguna parte, salvo al lugar lóbrego y frío donde se encontraba Sean Cooper.

Intenté comentárselo a mis padres una noche, durante la cena.

—Me sabe mal por el señor Halloran.

—¿Por el señor Halloran? ¿Por qué? —preguntó papá.

—Porque él la salvó, y ahora ella ha muerto, y todo eso no sirvió para nada.

Mamá suspiró.

—Lo que el señor Halloran y tú hicisteis ese día fue muy valiente, y eso no ha cambiado. No es verdad que no sirviera para nada. No debes creer eso, diga lo que diga la gente.

—¿Qué dice la gente?

Mis padres intercambiaron una mirada «de adultos», el tipo de mirada que los mayores piensan que, por alguna razón mágica, los niños son incapaces de detectar.

—Eddie —prosiguió mamá—. Sabemos que aprecias mucho al señor Halloran, pero a veces no conocemos a la gente tan bien como creemos. De hecho, el señor Halloran no ha vivido mucho tiempo aquí. Ninguno de nosotros lo conoce en realidad.

Clavé la vista en ellos.

—¿La gente cree que él la ha matado?

—No hemos dicho eso, Eddie.

No hacía falta que lo dijeran. Yo era un chico de doce años, no un idiota.

Se me formó un nudo en la garganta.

—Él nunca la habría matado. La quería. Iban a marcharse juntos. Eso me dijo.

Mamá arrugó el entrecejo.

—¿Cuándo te lo dijo, Eddie?

Había hablado más de la cuenta.

—Cuando fui a verlo.

—¿Fuiste a verlo? ¿Cuándo?

Me encogí de hombros.

—Hace un par de semanas.

—¿A su casa?

—Sí.

Mi padre dejó el cuchillo sobre la mesa con un golpe.

—Eddie, no debes volver nunca a esa casa, ¿me has entendido?

—Pero si es mi amigo...

—Ya no, Eddie. Ahora mismo, no sabemos quién es. No debes verlo más.

—¿Por qué?

—Porque te lo pedimos nosotros, Eddie —respondió mamá en tono cortante.

Mi madre nunca había empleado ese argumento conmigo. Decía que no se puede esperar que un niño obedezca una orden sin antes explicarle la razón. Pero en aquel momento tenía una expresión que jamás había visto en ella. Ni siquiera cuando habíamos recibido aquel paquete, o cuando le había pasado aquella desgracia al reverendo Martin. Parecía asustada.

—Bueno, ¿me lo prometes?

—Te lo prometo —murmuré, bajando los ojos.

Papá me posó una pesada manaza en el hombro.

—Buen chico.

—Y ahora, ¿puedo ir un rato a mi habitación?

—Claro.

Me bajé de la silla y subí las escaleras. Cuando nadie me veía, descrucé los dedos.

2016

Respuestas. A una pregunta que ni siquiera me había planteado. Que ni se me había pasado por la cabeza. ¿Ocultaba algo Chloe? ¿Había estado mintiéndome?

«Tuve que despedirla. Discutió con una clienta. Nicky.»

Rebusco en los cajones de la cocina, revolviendo viejos menús de comida a domicilio, tarjetas de fontaneros y electricistas y folletos de supermercados, intentando poner en orden los pedazos de mi mente dispersa, tratando de encontrar una explicación racional.

Por ejemplo: a lo mejor Chloe había conseguido otro empleo y simplemente no se había molestado en contármelo. Tal vez le daba vergüenza que la hubieran echado..., aunque eso no sería propio de ella. Quizá la discusión con Nicky fue una mera casualidad. Tal vez ni siquiera era la Nicky que yo conozco (o conocía). Podía tratarse de otra esbelta y atractiva mujer madura de cabello rojo encendido llamada Nicky. Sí, claro. Es agarrarse a un clavo ardiendo, pero es una posibilidad.

Hay varios momentos en que estoy a punto de telefonearla. Pero me contengo. Antes tengo que hacer otra llamada.

Cierro el cajón de un empujón y me dirijo a la planta de arriba. No a mi habitación, sino a mi cuarto de colecciones.

Desplazo la vista por las cajas apiladas, descartando mentalmente algunas de entrada.

Después de marcharse, Nicky nos mandó una postal a todos con su nueva dirección. Le escribí varias veces, pero nunca obtuve respuesta.

Bajo tres cajas de uno de los estantes superiores y me pongo a examinarlas con detenimiento. No encuentro lo que busco en la primera, ni tampoco en la segunda. Algo desanimado, abro la tercera.

Cuando mi padre murió, recibí otra postal. Solo contenía dos palabras: «Lo siento. N.». Esta vez incluía un número de teléfono. Nunca lo marqué.

Mis ojos se posan en una tarjeta arrugada con una imagen del muelle de Bournemouth en el anverso. La cojo y le doy la vuelta. Bingo. Saco mi móvil.

Suena y suena. A lo mejor el número ya no es el suyo. Seguramente habrá cambiado de teléfono. Esto es una...

—¿Diga?

—¿Nicky? Soy Ed.

—¿Ed?

—Eddie Adams...

—No, no. Ya te había reconocido. Es solo que me has sorprendido. Ha pasado mucho tiempo.

Es cierto. Pero aún sé detectar cuando miente. No está sorprendida, sino preocupada.

—Ya lo creo.

—¿Cómo estás?

Buena pregunta. Hay muchas respuestas posibles. Me decanto por la más fácil.

—He estado mejor. Oye, sé que esto te pilla un poco de improviso, pero ¿podemos hablar?

—Creía que estábamos hablando.

—En persona.

—¿Sobre qué?

—Sobre Chloe.

Se impone el silencio. Se prolonga tanto que me pregunto si me habrá colgado.

—Salgo del trabajo a las tres —dice al fin.

El tren a Bournemouth llega a las tres y media. Me paso el viaje fingiendo leer, pasando de vez en cuando las páginas del último Harlan Cobe. Después de apearme, salgo de la estación arrastrando los pies y me uno a la multitud que baja hacia el paseo marítimo. Cruzo por los pasos para peatones y deambulo por Bournemouth Gardens.

Aunque lo tengo a solo treinta kilómetros, rara vez visito Bournemouth. No soy un gran aficionado al mar. Incluso cuando era niño, la violencia de las olas me daba un poco de miedo, y detestaba la sensación de la arena blanduzca y granulosa entre los dedos de los pies; una sensación que empezó a darme más repelús cuando vi a alguien enterrar unos sándwiches mordisqueados en la arena. Desde entonces, me negué rotundamente a pisar la playa si no llevaba sandalias o zapatillas.

Hoy, aunque es un día no muy cálido de finales de verano, todavía hay un número razonable de personas paseando por los jardines y jugando al minigolf (algo que sí me gustaba cuando era niño).

Cuando llego al paseo marítimo, rodeo el terreno ahora vacío donde antes se alzaba una monstruosa sala IMAX que se desmoronó poco a poco tras años de abandono y, después de pasar por delante de la sala de juegos, giro a la derecha, hacia los cafés en primera línea de mar.

Me siento en la terraza de uno, sosteniendo entre las manos una taza de capuchino tibio y fumando. Todas las otras mesas están vacías excepto una, ocupada por una pareja joven, formada por una mujer de cabello corto oxigenado y su acompañante con rastas y numerosos *piercings*. Me siento muy mayor y muy hetero (y sin duda mi aspecto refleja lo que siento).

Saco el libro de nuevo, pero no logro concentrarme. Consulto mi reloj. Son casi las cuatro y cuarto. Extraigo otro cigarrillo del paquete —el tercero en media hora— y me encorvo para encenderlo. Cuando alzo la vista, Nicky está de pie, frente a mí.

—Un hábito asqueroso. —Arrastra una silla y se sienta—. ¿Te sobra uno?

Empujo el paquete y el encendedor sobre la mesa, aliviado porque no me tiembla el pulso. Ella coge un pitillo y lo enciende, dándome la oportunidad de estudiarla. Se la ve mayor. Obviamente. El tiempo le ha abierto surcos en la frente y en las comisuras de los ojos. Lleva la cabellera rojiza más lisa y con mechas rubias. Sigue siendo esbelta, va vestida con vaqueros y una camisa a cuadros. Bajo la cuidada capa de maquillaje, alcanzo a entrever una sombra de pecas. La niña detrás de la mujer.

Levanta la mirada.

—Sí, estoy avejentada. Tú también.

De pronto, cobro conciencia de cómo debe de verme ella ahora mismo. Como a un hombre nervudo y desaliñado con una chaqueta anticuada, una camisa arrugada y una corbata mal anudada. Voy desgreñado y llevo puestas las gafas para leer. Me asombra que me haya reconocido a pesar de todo.

—Gracias —respondo—. Me alegra que nos hayamos quitado de encima las cortesías de rigor.

Fija en mí sus ojos de un verde intenso.

—¿Sabes qué es lo más raro?

Muchas respuestas posibles.

—¿Qué?

—Que no me ha sorprendido tu llamada. De hecho, creo que me la esperaba.

—Yo ni siquiera estaba seguro de tener bien el número.

Un camarero ataviado de negro con una barba de hípster que desentona con su corta edad y uno de aquellos tupés a la moda que desafían la gravedad se acerca con parsimonia.

—Un expreso doble —pide Nicky.

El hombre inclina la cabeza de forma apenas perceptible para indicar que la ha oído y se aleja con la misma parsimonia con que ha venido.

—¿Y bien? —dice ella, volviéndose de nuevo hacia mí—. ¿Quién empieza?

Caigo en la cuenta de que no tengo idea de por dónde comenzar. Contemplo mi café en busca de inspiración. No me ayuda mucho. Decido recurrir a una obviedad.

—Así que te has quedado en Bournemouth, ¿no?

—Me fui a vivir fuera durante un tiempo, por el trabajo. Al final volví.

—Ya. ¿A qué te dedicas?

—A nada muy emocionante. Un trabajo administrativo.

—Genial.

—No creas. Resulta bastante aburrido.

—Ah.

—¿Y tú?

—Doy clases. Ahora soy profesor.

—¿En Anderbury?

—Sí.

—Me alegro por ti.

El camarero regresa con el café de Nicky. Ella le da las gracias. Tomo un sorbo de mi capuchino. Nuestros movimientos parecen lentos y forzados. Estamos dando largas al asunto.

—¿Cómo está tu madre? —pregunto.

—Murió. Cáncer de mama. Hace cinco años.

—Lo siento.

—Tranquilo. No nos llevábamos muy bien. Me marché

de casa con dieciocho años. Apenas la había visto desde entonces.

Clavo la vista en ella. Siempre había creído que Nicky había protagonizado un final feliz. Se había alejado de su padre. Su madre había reaparecido. Supongo que en la vida real los finales felices no existen. Solo los finales liosos, complicados.

Exhala una bocanada de humo.

—¿Sigues viendo a los demás?

Hago un gesto afirmativo.

—Sí. Ahora Hoppo es fontanero. Gav se ha hecho cargo del Bull. —Vacilo antes de añadir—: ¿Sabías lo del accidente?

—Me lo contaron.

—¿Quién?

—Ruth me escribía. Fue así como me enteré de lo de tu padre.

¿Ruth? Este nombre remueve un antiguo recuerdo. Entonces caigo: era la amiga del reverendo Martin. La mujer de cabello ensortijado que acogió a Nicky después de la agresión.

—Pero no dejaba de insistirme en que visitara a mi padre —continúa—. Dejé de leer sus cartas después de un tiempo. Luego cambié de dirección y no se lo comuniqué. —Bebe un trago de café—. Él aún vive, ¿sabes?

—Sí, lo sé.

—Ah, claro. —Asiente—. Tu madre. La buena samaritana. Qué irónico, ¿no?

Esbozo una sonrisa.

—¿No has ido a verlo ni una vez?

—No. Ya iré a verlo cuando se muera.

—¿Nunca has pensado en regresar a Anderbury?

—Me trae demasiados malos recuerdos. Y eso que ya no estaba allí cuando ocurrió lo peor.

No, pienso. No estaba. Pero formó parte de ello de todos modos.

Se inclina hacia delante para apagar el cigarrillo.

—Bueno, ahora que hemos terminado con las trivialidades, ¿podemos ir al grano? ¿Por qué quieres hablar de Chloe?

—¿De qué la conoces?

Me escudriña el rostro unos instantes.

—Responde tú primero.

—Es mi inquilina.

Se le desorbitan los ojos.

—Joder.

—Eso me tranquiliza mucho.

—Perdona, pero... Bueno, es solo que... —Sacude la cabeza—. No la imaginaba capaz de eso.

La miro fijamente, desconcertado.

—¿Capaz de qué?

Extiende el brazo para coger otro cigarrillo del paquete sin pedirme permiso. La manga de la camisa se desliza hacia atrás, dejando al descubierto un tatuaje en la muñeca. Unas alas de ángel. Se da cuenta de que me he dado cuenta.

—En memoria de mi padre. Es un homenaje.

—Pero si aún vive...

—Yo no llamaría a eso vivir.

Y yo no llamaría a ese tatuaje un homenaje. Es otra cosa. Algo con lo que no estoy seguro de sentirme muy cómodo.

—En fin —prosigue, encendiendo el cigarrillo y dándole una profunda calada—. No la conocía hasta hace poco más de un año. Cuando ella me localizó.

—¿Te localizó? ¿Quién es?

—Mi hermana.

—¿Te acuerdas de Hannah Thomas?

Tardo un momento, y entonces me viene a la memoria. La amiga rubia de la Chica de la Ola que participaba en las protestas. La hija del policía. Y, por supuesto...

—Fue la chica a quien violó Sean Cooper —digo—. La que se quedó embarazada.

—Con la salvedad de que él no la violó —dice Nicky—. Eso era mentira. Sean Cooper no violó a Hannah Thomas. Y no era el padre del niño.

—Entonces ¿quién era?

Poso los ojos en ella, confundido.

Me mira como si fuera idiota.

—Vamos, Ed. Piensa un poco.

Pienso un poco.

Y de pronto lo entiendo todo.

—¿Tu padre? ¿Tu padre la dejó embarazada?

—No te escandalices tanto. Esas manifestantes eran como el pequeño harén de mi padre. Lo adoraban como a una estrella del rock. En cuanto a mi padre... Bueno, digamos que la carne es débil.

Intento procesar todo esto.

—Pero ¿por qué mintió Hannah diciendo que había sido Sean Cooper?

—Porque mi padre la obligó. Y porque su padre no podía matar a un chico que ya estaba muerto.

—¿Cómo lo averiguaste?

—Los oí discutir sobre ello una noche. Creían que yo estaba dormida. También creía que yo dormía mientras ellos follaban.

Me viene a la mente la noche que encontré a Hannah Thomas en el salón con mamá.

—Fue a casa a ver a mi madre —digo—. Estaba muy alterada. Mamá intentaba consolarla —rememoro con una sonrisa débil—. Tiene gracia cómo echas por la borda tus principios cuando se trata de tu propio bebé no deseado y de tu propia vida.

—De hecho, ella quería tener el niño. Mi padre era quien quería que se deshiciera de él.

La miro con incredulidad.

—¿Él le pidió que abortara? ¿Después de todo lo que había hecho?

Nicky arquea una ceja.

—Tiene guasa cómo echas por la borda tus creencias religiosas cuando se trata de tu propio hijo bastardo y cuando es tu propia reputación la que está en juego.

Sacudo la cabeza.

—Qué hijo de puta.

—Pues sí. Bastante.

Mi cerebro pugna por asimilar todo esto y encontrarle sentido.

—¿Ella tuvo el niño? No lo recuerdo.

—La familia entera se mudó a otro sitio. Por un traslado de su padre, o algo así.

Y luego el reverendo Martin sufrió la agresión, por lo que desde luego no estaba en condiciones de mantener el contacto.

Nicky tira la ceniza de su pitillo con unos golpecitos en el cenicero, que empieza a parecer una advertencia sanitaria del gobierno.

—Casi treinta años después —dice—, Chloe se presenta frente a mi puerta. Aún no sé exactamente cómo averiguó mi paradero.

»Me dijo que era la hija de Hannah, mi hermanastra. Al principio no la creí. Le dije que se fuera. Pero ella me dio su número de teléfono. No tenía intención de llamarla, pero luego..., no sé, supongo que me entró curiosidad.

»Quedamos para comer. Ella llevó fotos y me contó una serie de cosas que me convencieron de que era quien decía ser. Empezó a caerme bien. Creo que me recordaba un poco a mí misma cuando era joven.

Tal vez por eso me cayó bien a mí también, pienso.

—Me dijo que su madre había muerto, de cáncer —continúa—. No mantenía una relación muy buena con su padrastro. También me sentí identificada con eso.

»Nos reunimos varias veces más. Hasta que un día me comentó que tenía que dejar su piso y le estaba costando encontrar un sitio donde vivir. Le dije que, si quería, podía quedarse en mi casa durante una temporada.

—¿Y qué pasó?

—Nada. Durante tres meses, fue la inquilina perfecta..., casi demasiado.

—¿Y entonces?

—Una tarde regresé a casa. Chloe seguramente había salido. Había dejado entornada la puerta de su habitación..., y su ordenador portátil estaba encima de su escritorio, abierto.

—Y entraste a husmear en su cuarto.

—Era mi casa y... No sé, solo quería...

—¿Violar su intimidad?

—Pues me alegro de haberlo hecho. Descubrí que había estado escribiendo sobre mí. Sobre los hombres de tiza. Sobre todos nosotros. Como si estuviera documentándose.

—¿Para qué?

—Ni idea.

—¿Te lo explicó?

—No le di la oportunidad. Me aseguré de que hiciera las maletas esa misma noche.

Aplasta su segunda colilla y toma un gran trago de café. Me percato de que la mano le tiembla solo un poco.

—¿Cuándo ocurrió eso?

—Hace unos nueve o diez meses, creo.

Es decir, por la misma época en que llegó a mi casa, dándome las gracias por alquilarle la habitación pese a que me lo había pedido con tan poca antelación.

El viento sopla a rachas por el paseo. Me subo el cuello de la chaqueta al sentir un escalofrío. Es solo por el viento. Por nada más.

—Si hacía meses que no os veíais, ¿a qué vino la discusión en la tienda?

—¿También sabes eso?

—Así me he enterado de que os conocíais.

—Yo había recibido una carta...

El corazón me da un vuelco.

—¿La del ahorcado y la tiza?

Clava los ojos en mí.

—¿Cómo lo sabes?

—Porque yo también la recibí..., al igual que Gav, Hoppo... y Mickey.

Nicky arruga el entrecejo.

—¿O sea que ella nos envió cartas a todos?

—¿«Ella»? ¿Crees que Chloe las mandó?

—Por supuesto —dice, tajante.

—Bueno, ¿ella lo ha reconocido?

—No. Pero ¿quién más habría podido mandarlas?

Me quedo callado. Pienso en la Chloe que conozco. La persona descarada, divertida y brillante cuya compañía se ha convertido en algo más que una costumbre para mí. Nada de esto tiene pies ni cabeza.

—No lo sé —digo—, pero preferiría no sacar conclusiones precipitadas.

Se encoge de hombros.

—Bueno. Tú sabrás lo que haces.

Lo que me recuerda algo. Espero a que tome otro sorbo de café antes de preguntarle en un tono más suave:

—¿Te has enterado de lo de Mickey?

—¿Qué pasa con Mickey?

Ed Adams: portador de felicidad y noticias alegres.

—Ha muerto.

—Madre mía. ¿Qué le ha pasado?

—Se cayó al río y se ahogó.

Se queda mirándome.

—¿El río de Anderbury?

—Sí.

—¿Y qué hacía en Anderbury?

—Había ido a verme. Estaba pensando en escribir un libro sobre los hombres de tiza. Quería que le echara una mano. Bebimos bastante, y él se empeñó en regresar andando a su hotel..., pero nunca llegó.

—Joder.

—Ya.

—Pero ¿fue un accidente?

Vacilo, sin saber qué responder.

—¿Ed?

—Probablemente.

—¿Probablemente?

—Oye, sé que te parecerá una locura, pero esa noche, antes de marcharse, Mickey me dijo que sabía quién había matado realmente a Elisa.

Suelta una risotada.

—¿Y le creíste?

—¿Y si decía la verdad?

—Pues sería toda una novedad.

—Pero si decía la verdad, tal vez su muerte no fue un accidente.

—¿Y qué? ¿Qué importa?

Me quedo atónito por unos instantes. Me pregunto si siempre ha sido tan dura. Un pedazo de granito con las palabras BÉSAME EL CULO bien cinceladas.

—No lo dirás en serio.

—Muy en serio. Mickey se pasaba la vida haciendo enemigos. No era amigo de nadie. Tú lo fuiste en otro tiempo. Por eso me he reunido contigo. Pero estoy cansada. —Corre su silla hacia atrás—. Hazme caso: vete a casa, echa a Chloe a patadas y... sigue adelante con tu vida.

Debería seguir su consejo. Debería dejar que se vaya. Debería acabarme el café y tomar el tren. Pero mi vida no es más que un largo rastro de despojos formado por las cosas que debería haber hecho y que han ido colisionando entre sí en una gigantesca y caótica maraña de arrepentimiento.

—Nicky, espera.

—¿Qué quieres?

—¿Y lo de tu padre? ¿No quieres saber quién fue la persona responsable de aquello?

—Déjalo estar, Ed.

—¿Por qué?

—Porque ya sé quién fue la persona responsable.

Por segunda vez, me pilla con el pie cambiado.

—¿Lo sabes? ¿Y eso?

Me lanza una mirada severa.

—Porque ella me lo contó.

El tren de vuelta a Anderbury va con retraso. Intento atribuirlo a una desafortunada coincidencia, pero descubro que no puedo. Me paseo de un lado a otro del vestíbulo, maldiciéndome por haber decidido coger el tren en vez del coche (y por haberme quedado un rato más para tomar una botella de vino en vez de pillar un tren más temprano). Dirijo miradas intermitentes al panel de salidas. «Tren con retraso.» Ya puestos, podría decir: «Empeñados en tocarte los cojones, Ed».

Llego pasadas las nueve, acalorado, hecho unos zorros y con un costado entumecido por haberme pasado el viaje apretujado contra la ventanilla por un hombre con pinta de jugar a rugby con los titanes (los dioses, no el equipo que lleva ese nombre).

Cuando bajo del autobús que he cogido en la estación y camino hasta casa, me siento cansado, nervioso y lamentablemente sobrio. Abro la verja y subo por el camino de acceso. Todo está a oscuras. Chloe debe de haber salido. Tal vez sea mejor así. Creo que aún no estoy listo para la conversación que debo mantener con ella.

El frío dedo de la inquietud me cosquillea la nuca por primera vez cuando llego frente a la puerta principal y descubro que no está cerrada con llave. Aunque Chloe puede llegar a comportarse con una frivolidad desesperante, no suele ser irresponsable ni olvidadiza.

Me detengo por un momento, como un vendedor inoportuno en mi propio umbral, hasta que me animo a abrir la puerta.

—¿Hola?

No obtengo más respuesta que el silencio absoluto de la casa y un débil zumbido procedente de la cocina. Enciendo la luz del vestíbulo y me quedo allí, agarrando con fuerza las llaves que no he utilizado.

—¿Chloe?

Entro en la cocina, enciendo la luz y miro alrededor.

La puerta de atrás está entreabierta, y una corriente fresca me envuelve. Sobre las encimeras están dispersos los restos de la preparación de la cena: una pizza a un lado, un cuenco con un poco de ensalada, una copa de vino medio llena sobre la mesa. El zumbido que oigo sale del horno.

Me agacho y lo apago. De inmediato el silencio se me antoja más intenso. Ahora lo único que oigo son los latidos en mis oídos.

—¿Chloe?

Doy un paso al frente. Mi pie resbala sobre algo que hay en el suelo. Bajo la vista. Mi corazón se acelera. Los latidos en mis oídos se convierten en un rugido. Rojo. Rojo oscuro. Sangre. Un fino rastro de ella conduce a la entornada puerta de atrás. Sigo caminando, con el corazón bailándome aún el bugui-bugui en el pecho. Me paro al llegar a la puerta. Es casi de noche. Retrocedo, cojo una linterna del cajón de los trastos y salgo de la casa.

—¿Chloe? ¿Estás ahí?

Camino con cautela hasta el patio de atrás y enfoco con la linterna la vegetación silvestre que se extiende hasta un pequeño grupo de árboles. Una zona de la hierba demasiado crecida está pisoteada. Alguien ha estado paseándose por el jardín hace poco.

Sigo el agreste sendero. El pantalón se me engancha con la maleza y las ortigas. El haz de la linterna alumbra algo en la hierba. Algo rojo, rosado y marrón. Me agacho, y mi estómago da una voltereta como un gimnasta ruso.

—Coño.

Una rata. Una rata destripada. Alguien le ha abierto el vientre y ha dejado que los intestinos se desparramen como un revoltijo de salchichas pequeñas y crudas.

Oigo un susurro a mi derecha. Pego un brinco y giro sobre los talones. Dos círculos verdes y relucientes me miran desde la hierba alta. Mittens se abalanza hacia delante con un siseo gutural.

Me tambaleo hacia atrás mientras ahogo un grito en la garganta.

—Joder.

La gata me contempla, divertida —«¿Te he asustado, Eddie, muchacho?»— antes de avanzar con sigilo, recoger lo que queda de la rata entre los dientecillos blancos y afilados, e internarse a paso tranquilo en la oscuridad de la noche.

Me permito el lujo de prorrumpir en un breve estallido de carcajadas histéricas.

—Hostia puta.

Una rata. Por eso había sangre. Todo esto por una simple rata y la hija de la grandísima puta de la gata. El alivio se apodera de mí. Hasta que una vocecita me murmura al oído:

—*Pero la gata y la rata no explican que la puerta de atrás estuviera abierta, ¿verdad, Eddie? Ni lo de la cena a medio preparar. ¿De qué va todo esto?*

Me vuelvo hacia la casa.

—¡Chloe! —grito.

Y entonces arranco a correr. Subo las escaleras a toda velocidad y llego frente a su puerta. Llamo una vez y luego la abro de un empujón, esperando ver una cabeza despeinada incorporarse con brusquedad en su cama. Pero su cama está vacía. También la habitación. De forma impulsiva, abro su armario. Suena un repiqueteo de perchas desnudas. Abro de un tirón los cajones de su cómoda. Vacío. Vacío. Vacío.

Chloe se ha ido.

1986

Creía que mi oportunidad de escabullirme tardaría en llegar. En realidad, solo tuve que esperar un par de días, hasta el fin de semana.

Mamá recibió una llamada y tuvo que salir a toda prisa hacia la clínica. Se suponía que papá debía vigilarme, pero se le venía encima un plazo de entrega, así que se había encerrado en su estudio. Vi la nota que le había dejado mamá: «Prepárale el desayuno a Eddie. Cereales o tostadas. ¡NADA de patatas ni chocolate! Besos, Marianne».

Dudo que mi padre la hubiera leído siquiera. Parecía más distraído que nunca. Cuando abrí un armario de la cocina, descubrí que había guardado la leche allí y el café en la nevera. Sacudiendo la cabeza, saqué un bol, vertí en él unos pocos Rice Krispies y un chorrito de leche, y lo dejé en el fregadero con una cuchara dentro.

Acto seguido, agarré una bolsa de patatas fritas y me las comí a toda prisa en el salón mientras veía el programa infantil *Saturday Superstore*. Dejando la tele encendida, subí de puntillas hasta mi habitación. Deslicé la cómoda a un lado, saqué la caja de zapatos y levanté la tapa.

El anillo reposaba sobre el fondo. Aún tenía un poco de mugre del suelo del bosque, pero yo no quería quitársela. Si lo limpiaba, ya no sería su anillo, dejaría de ser especial. Eso era importante: si uno quería aferrarse a algo, tenía que aferrarse a cada una de sus partes. Recordar el tiempo y el lugar que le correspondía.

Pero había alguien que lo necesitaba más que yo. Alguien que la quería, que no conservaba nada que lo ayudara a recordarla. Tenía los cuadros, cierto. Pero no formaban parte de ella, no habían tocado su piel ni estaban apoyados en ella mientras se enfriaba poco a poco en el suelo del bosque.

Envolví el anillo en papel higiénico antes de guardármelo con cuidado en el bolsillo. Creo que en ese momento no tenía muy claro lo que pretendía hacer. Me había montado la película en la cabeza de que iría a ver al señor Halloran, le diría cuánto lo sentía, le entregaría el anillo, él se mostraría muy agradecido, y de ese modo le pagaría todo lo que había hecho por mí. Por lo menos, creo que eso era lo que quería.

Se oían ruidos en la habitación contigua: una tos, el chirrido de la silla de papá, el traqueteo y el zumbido de la impresora. Empujé la cómoda hasta colocarla en su sitio y descendí la escalera con sigilo. Cogí mi abrigo grueso de invierno y mi bufanda y, por si acaso papá bajaba y se preocupaba, garabateé una nota: «Voy a casa de Hoppo. No quería molestarte. Eddie».

Por lo general, no era un chico desobediente. Pero era testarudo, incluso obsesivo. En cuanto se me metía una idea en la cabeza, no había quien me disuadiera de llevarla a cabo. Creo que no experimenté un solo momento de duda o temor mientras sacaba mi bicicleta del garaje y enfilaba la calle en dirección a la pequeña casa del señor Halloran.

Él se habría marchado ya a Cornualles de no ser porque la policía le había pedido que se quedara para colaborar en la investigación. Aunque yo no lo sabía en ese entonces, estaban a punto de decidir si tenían indicios suficientes para acusarle del asesinato de la Chica de la Ola.

En realidad, tenían muy pocos indicios sólidos. En su mayor parte eran circunstanciales o testimonios de oídas. Todo el mundo quería que fuera culpable porque, a su modo de ver, eso haría que las piezas encajaran de forma lógica, ordenada y comprensible. El señor Halloran no era solo un forastero, y además de aspecto extraño, sino que se había revelado como un pervertido al corromper a una menor.

Su teoría era que la Chica de la Ola había decidido poner fin a la relación, y que, cuando se lo había comunicado, él había tenido un cruce de cables y la había matado. La madre de la Chica de la Ola había reforzado en parte esta teoría al declarar a la policía que su hija había llegado a casa deshecha en lágrimas la noche anterior, después de discutir con el señor Halloran. Este confirmó que habían reñido, pero negó que hubieran roto su relación. Incluso reconoció que habían quedado en verse en el bosque la noche que la asesinaron, pero aseguró que, después de la discusión, él había decidido no ir. No estoy seguro de cuál era la verdad, y nadie podía confirmar o desmentir una u otra versión, aparte de una chica que nunca volvería a hablar, salvo en un lugar donde su voz quedaría amortiguada por la tierra y los gusanos.

Todo estaba muy tranquilo para un sábado a esas horas, si bien hacía una de esas mañanas en que parece que el día mismo no quiere levantarse de la cama, como un adolescente enfurruñado que se resiste a quitarse de encima las mantas de la noche y descorrer las cortinas del alba. A las diez todavía estaba oscuro y gris, y solo los coches que pasaban de vez en cuando me iluminaban el camino de forma esporádica. Casi todas las casas tenían las luces apagadas. Aunque no faltaba mucho para Navidad, muy poca gente había puesto adornos. Supongo que nadie tenía muchas ganas de celebrar nada. Mi padre aún no había comprado un árbol, y yo apenas había pensado en mi cumpleaños. La casita destacaba contra el fondo, blanca como un fantasma, con los bordes ligeramente desdibujados por la claridad brumosa. El coche del señor Halloran estaba aparcado delante. Me detuve no muy lejos y eché un vistazo alrededor. La vivienda se asentaba solitaria al final de Amory's Lane, una calle corta en la que solo había unas pocas casas. No parecía que hubiera nadie en las inmediaciones. Aun así, en vez de dejar la bicicleta apoyada frente a la casa del señor Halloran, la encajé en un seto, al otro lado de la calzada, donde quedaba más o menos oculta. Crucé a paso veloz y subí trotando por el camino de acceso.

Aunque las cortinas estaban abiertas, no vi luces en el interior. Alcé la mano, llamé a la puerta y esperé. No percibí sonido ni movimiento algunos. Golpeé de nuevo. Más silencio. Bueno, no del todo. Me pareció oír algo. Me debatí en la duda. Tal vez no le apetecía ver a nadie. Tal vez lo mejor sería que volviera a casa. Estuve a punto. Pero algo —aún no sé a ciencia cierta qué— me incitó a quedarme, como diciéndome: «Prueba a abrir la puerta».

Posé la mano en el pomo y lo hice girar. La puerta se abrió. Escudriñé la tentadora franja de oscuridad que apareció delante mío.

—¿Hola? ¿Señor Halloran? —No obtuve respuesta. Respirando hondo, entré—. ¿Hola?

Miré alrededor. Aún había cajas apiladas por doquier, pero descubrí algo nuevo en el pequeño salón. Botellas. De vino, de cerveza, y un par más gruesas y cuadradas con etiquetas que decían «Jim Beam». Fruncí el ceño. Me imaginaba que todos los adultos bebían de vez en cuando, pero allí había un montón de botellas.

De la planta de arriba me llegó el murmullo de un grifo abierto. Era el sonido leve que había percibido antes. Respiré aliviado. El señor Halloran estaba preparándose un baño. Por eso no me había oído llamar a la puerta.

Esto me dejó en una posición incómoda, claro está. No podía gritar para advertirle de mi presencia. A lo mejor estaba desnudo o algo. Además, se enteraría de que me había colado en su casa sin que me hubiera invitado. Pero tampoco quería salir, por temor a que alguien me viera.

Tras darle unas cuantas vueltas, llegué a una determinación. Entré en la cocina a hurtadillas, me saqué el anillo del bolsillo y lo deposité en el centro de la mesa, donde seguro que no pasaría inadvertido.

Debería haber dejado una nota, pero no encontré papel ni boli. Levanté la mirada. Había una mancha extraña en el techo, más oscura que el resto de la superficie. Se me pasó por la cabeza el pensamiento fugaz de que por algún motivo eso no estaba bien, ni tampoco que el agua corriera sin cesar. De pronto, oí el petardeo de un coche en la calle. Di un respingo, pues la intrusión del ruido me recordó que estaba en una casa ajena, y me hizo pensar en la advertencia de mis padres. Él ya debía de haber terminado de trabajar. ¿Y si ella ya había regresado a casa? Les había dejado una nota, pero siempre cabía la posibilidad de que mamá se oliera algo y telefoneara a la madre de Hoppo para cerciorarse.

Con el corazón acelerado, me escabullí de la casa y cerré la puerta detrás de mí. Atravesé la calle a toda velocidad y cogí mi bici. Recorrí el trayecto de vuelta pedaleando deprisa, lo más deprisa que podía, recosté el vehículo en la pared, junto a la puerta trasera, me quité el abrigo y la bufanda y me dejé caer en el sofá del salón. Papá bajó las escaleras unos veinte minutos más tarde y asomó la cabeza.

—¿Va todo bien, Eddie? ¿Has salido?

—He ido a buscar a Hoppo, pero no estaba.

—Deberías haberme avisado.

—He dejado una nota. No quería molestarte.

Sonrió.

—Eres un buen chico. ¿Qué te parece si preparamos unas galletas para cuando regrese mamá?

—Hecho.

Me gustaba hornear galletas con mi padre. A algunos chicos la cocina les parecía cosa de niñas, pero con mi padre no lo era en absoluto. En realidad, no seguía recetas, y añadía ingredientes poco comunes. El resultado podía ser delicioso o saber un poco raro, pero averiguarlo siempre constituía una aventura.

Cerca de una hora después, estábamos sacando del horno las galletas de mantequilla de cacahuete, extracto de levadura y pasas cuando llegó mi madre.

—¡Estamos aquí! —gritó papá.

En el momento en que ella entró por la puerta, supe que algo iba mal.

—¿Todo en orden en la clínica? —preguntó papá.

—¿Eh? Sí. Todo solucionado. Todo bien. —Pero no daba la impresión de que todo estuviera bien. Parecía preocupada y alterada.

—¿Qué ocurre, mamá? —pregunté.

Nos miró a mi padre y a mí por unos instantes.

—Cuando venía hacia aquí —respondió al fin—, he pasado en el coche por delante de la casa del señor Halloran.

Noté que me ponía tenso. ¿Me había visto? Lo dudaba. Ya hacía mucho rato que había vuelto a casa. Pero tal vez me había visto otra persona y se lo había contado, o quizá ella lo sabía sin más, porque era mi madre y tenía un sexto sentido que se activaba cada vez que yo hacía algo indebido.

Pero en realidad no se trataba de nada de eso.

—Había coches de policía fuera... y una ambulancia.

—¿Una ambulancia? —inquirió mi padre—. ¿Por qué?

—Estaban sacando un cuerpo en una camilla —murmuró ella.

Suicidio. La policía había acudido a detener al señor Halloran, pero lo había encontrado en el piso de arriba, en una bañera rebosante que ya había ocasionado que la pintura del techo de abajo se ampollara y se combara. El agua que goteaba sobre la mesa de la cocina estaba teñida de rosa pálido. Era de un rojo más oscuro en la bañera, donde yacía el señor Halloran con cortes profundos practicados a lo largo de los brazos, desde la muñeca hasta al codo. No era una llamada de socorro. Era un grito de despedida.

Encontraron el anillo. Aún tenía tierra del bosque incrustada. La policía lo consideró un hallazgo concluyente. La prueba definitiva que necesitaban. El señor Halloran había matado a la Chica de la Ola y después se había suicidado.

Yo nunca confesé. Debería haberlo hecho, lo sé. Pero era un crío de doce años, tenía miedo y no estaba muy seguro de que fueran a creerme, de todos modos. Mamá habría sospechado que yo intentaba ayudar al señor Halloran, y lo cierto era que ya nadie podía ayudarlo, ni tampoco a la Chica de la Ola. ¿De qué habría servido que dijera la verdad?

Se acabaron los mensajes. Se acabaron los hombres de tiza. Se acabaron los accidentes terribles y los asesinatos monstruosos. Creo que lo más grave que ocurrió en Anderbury en los años siguientes fue que unos gitanos robaron el cobre del tejado de la iglesia. Bueno, aparte de cuando Mickey estampó su coche contra un árbol y estuvo a punto de matarse junto con Gav, claro.

Lo que no significa que la gente lo olvidara todo al instante. El asesinato y los otros sucesos le habían valido a Anderbury una fama siniestra. La prensa local se recreó en ello durante semanas.

—Solo falta que regalen tizas con las ediciones del fin de semana —oí farfullar a mamá una tarde.

Gav el Gordo me contó que su padre se había planteado cambiarle el nombre al pub y ponerle El Hombre de Tiza, pero su madre lo había disuadido.

«Es demasiado pronto», le había dicho.

Durante un tiempo, podían verse grupos de forasteros por

la ciudad. Llevaban anoraks y calzado para caminar, e iban equipados con cámaras y libretas. Entraban en fila en la iglesia y se paseaban por el bosque.

«Morbosos», los llamaba mi padre.

Tuve que preguntarle qué significaba eso.

—Se llama así a la gente a la que le gusta contemplar desgracias o visitar lugares donde han sucedido cosas terribles. También se les conoce como perros rastreros obsesionados con la muerte.

Creo que la segunda descripción me gustaba más. «Perros rastreros.» Es lo que parecían, con su pelo lacio, sus mejillas caídas y su manía de apretar las narices contra las ventanas o de andar con la cara cerca del suelo, disparando sus Polaroid sin parar.

En ocasiones se les oía hacer preguntas: ¿dónde estaba la casita en la que vivía el Hombre de Tiza? ¿Lo había conocido alguien en persona? ¿Conservaba alguien alguno de sus dibujos?

Nunca preguntaban por la Chica de la Ola. Nadie mostraba el menor interés por ella. Su madre concedió una entrevista a la prensa. Declaró que a Elisa le encantaba la música, que quería ser enfermera para ayudar a la gente que sufría algún daño, como le había pasado a ella, y que había demostrado una gran valentía después del accidente. Pero solo se había publicado un artículo breve. Era casi como si la gente estuviera deseando olvidarla. Como si el hecho de recordar que había sido una persona de verdad echara a perder la historia.

Al final, incluso los perros rastreros acabaron por regresar a sus jaulas. Otros sucesos pavorosos ocuparon el lugar del caso en las portadas de los periódicos. De cuando en cuando, algún artículo de una revista mencionaba el asesinato, o algún programa de televisión sobre crímenes reales desenterraba el tema.

Sí, habían quedado cabos sueltos. Circunstancias extrañas

que no parecían encajar. Todos daban por sentado que el señor Halloran había agredido al reverendo Martin y había hecho aquellos dibujos en la iglesia. Nunca encontraron el hacha con que había descuartizado el cuerpo...

Y, por supuesto, nunca encontraron la cabeza de la Chica de la Ola.

Aun así, aunque no podíamos ponernos de acuerdo respecto a cuándo comenzó todo, creo que todos coincidíamos en que todo terminó el día en que el señor Halloran murió.

2016

En cierto modo, el funeral de mi padre llegó con varios años de retraso. El hombre que yo conocía había muerto mucho tiempo atrás. Lo que quedaba era un cascarón vacío. Todos los atributos que hacían de él la persona que era, su compasión, su humor, su afabilidad, incluso sus ridículos pronósticos del tiempo, habían desaparecido. También sus recuerdos. Quizá esto era lo peor. Porque ¿qué somos, sino la suma de nuestras experiencias, de las cosas que reunimos y acumulamos en vida? En cuanto se nos despoja de ello, quedamos reducidos a una masa de carne, hueso y vasos sanguíneos.

Si existe algo parecido al alma —y aún no he visto nada que me convenza de ello—, la de mi padre lo abandonó mucho antes de que la neumonía lo rematara en una aséptica y blanca cama de hospital, entre estertores y delirios, cuando ya no era más que una versión encogida y esquelética del padre alto y lleno de vitalidad que había conocido desde siempre. Yo no reconocía a ese envoltorio de ser humano. Me avergüenza admitir que cuando me comunicaron su fallecimiento, lo primero que sentí no fue pena, sino alivio.

Se celebró un funeral íntimo en el crematorio. Solo asistimos mi madre y yo, unos amigos de las revistas con las que colaboraba papá, Hoppo y su madre, Gav el Gordo y su familia. Esto no me afectó. No creo que se pueda juzgar la valía de alguien por la cantidad de personas que acuden cuando muere. La mayoría de la gente tiene demasiados amigos. Y empleo el término en su sentido más amplio. Los «amigos» de las redes sociales no son amigos de verdad. Los amigos de verdad son otra cosa. Son los que están allí siempre, pase lo que pase. Personas a las que quieres y odias en la misma medida, pero que forman parte de ti tanto como tú mismo.

Después de los oficios, todos nos fuimos a nuestra casa. Mamá había preparado sándwiches y aperitivos, pero la mayoría de los invitados se limitó a beber. Aunque papá había ingresado en la residencia más de un año antes de su muerte, y aunque jamás había habido tanta gente en casa como ese día, creo que se me antojaba más vacía que nunca.

Mamá y yo visitábamos el crematorio juntos cada año, en el aniversario de su muerte. Es posible que ella vaya más a menudo. Siempre hay flores frescas junto a la pequeña placa con su nombre y un par de renglones nuevos en el libro de condolencias.

Hoy la encuentro allí, sentada en un banco del jardín. El sol brilla de forma esporádica. Las nubes grises atraviesan inquietas el cielo, impulsadas a toda prisa por una brisa impaciente. Mi madre va vestida con unos vaqueros azules y una elegante chaqueta roja.

—Hola.

—Hola, mamá.

Me siento a su lado. Sus características gafas redondas descansan sobre su nariz y reflejan la luz con un destello cuando se vuelve hacia mí.

—Pareces cansado, Ed.

—Ya. Ha sido una semana muy larga. Siento que hayas tenido que interrumpir tus vacaciones.

Agita la mano, restándole importancia al asunto.

—Nadie me ha obligado. He vuelto porque he querido. Además, visto un lago, vistos todos.

—Gracias por regresar, de todos modos.

—Bueno, cuatro días de convivencia con Mittens seguramente son más que suficientes, para ella y para ti.

Sonrío. Me cuesta un esfuerzo.

—Bueno, ¿vas a decirme qué te pasa? —Me dedica una mirada como las que me lanzaba cuando era niño. Una mirada que me hace sentir como si penetrara en lo más profundo de mis mentiras.

—Chloe se ha ido.

—¿Cómo?

—Ha liado los bártulos, se ha marchado, se ha esfumado.

—¿Sin decir una palabra?

—Sí.

Y no cuento con recibir noticias suyas. En realidad, esto es mentira. Durante los primeros días, abrigué una mezcla de confianza y esperanza en que se pondría en contacto conmigo. Ella entraría con toda naturalidad y se prepararía un café, arqueando la ceja en un gesto irónico y ofreciéndome una explicación lacónica y creíble que me haría sentirme como un tonto insignificante y paranoico.

Pero eso no sucedió. Ahora, casi una semana después, por más vueltas que le doy, no se me ocurre ninguna explicación excepto la más evidente: Chloe es una joven taimada que me la ha jugado.

—Bueno, nunca fui una gran admiradora de la chica —comenta mamá—, pero no parece algo propio de ella.

—Supongo que no tengo muy buen ojo para la gente.

—No te culpes, Ed. Algunas personas saben mentir muy bien.

Sí, pienso. Mienten muy muy bien.

—¿Te acuerdas de Hannah Thomas, mamá?

Arruga el entrecejo.

—Sí, pero no la...

—Chloe es hija de Hannah Thomas.

Sus ojos se desorbitan ligeramente detrás de las gafas, pero guarda la compostura.

—Entiendo. Eso te lo dijo ella, ¿no?

—No, me lo dijo Nicky.

—¿Has hablado con Nicky?

—Fui a verla.

—¿Cómo está?

—Seguramente igual que hace cinco años, cuando fuiste a verla... y le contaste lo que le había ocurrido de verdad a su padre.

Se impone un silencio mucho más largo. Mi madre baja la vista. Tiene las manos nudosas y surcadas de venas azules. Las manos siempre nos delatan, en mi opinión. Revelan nuestra edad, nuestros nervios. Las manos de mamá eran capaces de cosas maravillosas: desenredarme el pelo, acariciarme la mejilla con delicadeza, bañarme y curarme una rodilla despellejada. Esas manos sabían hacer otras cosas, que a algunas personas quizá les parecerían menos agradables.

—Gerry me convenció de que fuera —declara al fin—. Se lo conté todo. Confesar me quitó un gran peso de encima. Y me hizo comprender que le debía a Nicky una explicación sobre la verdad.

—¿Y cuál es la verdad?

Esboza una sonrisa triste.

—Siempre te he dicho que no debes arrepentirte de nada. Cuando tomas una decisión, lo haces por la razón que en ese momento te parece correcta. Incluso si más tarde resulta ser una decisión errónea, puedes superarlo y seguir adelante.

—Sin mirar atrás.

—Exacto. Aunque es más fácil decirlo que hacerlo.

Espero a que continúe. Suspira.

—Hannah Thomas era una joven vulnerable. Fácil de manipular. Siempre buscaba a alguien a quien seguir. A quien idolatrar. Por desgracia, lo encontró.

—¿El reverendo Martin?

Asiente con la cabeza.

—Ella vino a verme una tarde...

—Me acuerdo de eso.

—¿En serio?

—La vi en el salón, contigo.

—Ella debería haber pedido cita en la clínica. Yo tendría que haberle insistido, pero la pobre chica estaba tan afectada que no sabía con quién hablar, así que la dejé entrar, le preparé una taza de té...

—¿A pesar de que participaba en las protestas?

—Soy médico. A los médicos no les corresponde juzgar. Ella estaba embarazada. De cuatro meses. No se atrevía a decírselo a su padre. Y solo tenía dieciséis años.

—¿Quería tener el niño?

—No sabía lo que quería. No era más que una niña.

—Entonces ¿qué le dijiste?

—Lo que les decía a todas las mujeres que acudían a la clínica. Le expuse todas sus opciones. Y, por supuesto, le pregunté si el padre estaba dispuesto a ayudar.

—¿Y qué te contestó?

—Al principio, no quería decirme quién era, pero todo salió a la luz poco a poco. Me reveló que el reverendo y ella estaban enamorados, pero la Iglesia les había exigido que dejaran de verse. —Sacude la cabeza—. La aconsejé lo mejor que pude y se marchó un poco más tranquila. Pero reconozco que me quedé intranquila, con sentimientos encontrados. Y entonces ese día, cuando su padre irrumpió en la iglesia durante el funeral y acusó a Sean Cooper de haberla violado...

—¿Tú sabías la verdad?

—Sí, pero ¿qué podía hacer? No quería traicionar la confianza de Hannah.

—Pero ¿se lo dijiste a papá?

Hace un gesto afirmativo.

—Él ya sabía que ella había ido a verme. Esa noche, se lo conté todo. Él quería ir a comisaría, a la iglesia para desenmascarar al reverendo Martin, pero yo lo persuadí para que mantuviera la boca cerrada.

—Pero no se aguantó durante mucho tiempo, ¿a que no?

—No. Cuando nos tiraron el ladrillo por la ventana se puso furioso. Discutimos...

—Os oí. Papá salió y se emborrachó...

Aunque conozco el resto de la historia, dejo que mamá continúe.

—El padre de Hannah y algunos de sus amigotes estaban en el pub esa noche. Tu padre..., en fin, bebió más de la cuenta, estaba enfadado...

—¿Les dijo que el reverendo Martin era el padre del bebé de Hannah?

Ella asiente de nuevo.

—Tienes que entender que él no podía prever lo que pasaría después. Lo que le harían al reverendo Martin esa noche. Asaltar su casa, arrastrarlo hasta la iglesia y pegarle una paliza.

—Lo sé —digo—. Lo entiendo.

Gav tampoco habría podido prever las consecuencias de robarle la bici a Sean. Y yo no habría podido prever lo que pasaría una vez que dejara el anillo en casa del señor Halloran.

—¿Por qué no dijiste nada después, mamá? ¿Por qué no dijo nada papá?

—Andy Thomas era agente de policía. Y no podíamos demostrar nada.

—Entonces ¿eso fue todo? ¿Dejasteis que se salieran con la suya?

Tarda un rato en responder.

—Eso no fue todo. Andy Thomas y sus amigos estaban borrachos esa noche y buscaban venganza. No me cabe duda de que fueron ellos los que golpearon al reverendo Martin hasta dejarlo medio muerto...

—¿Pero?

—Esos espantosos dibujos trazados con tiza y los cortes que tenía en la espalda... Aún me cuesta creer que eso también lo hicieran ellos.

Alas de ángel. Me viene a la mente una imagen del pequeño tatuaje que Nicky tenía en la muñeca. «En memoria de mi padre.»

Y me acuerdo de otra cosa que dijo, justo antes de marcharse, cuando le pregunté qué opinaba de los dibujos.

«Mi padre adoraba esa iglesia. Era lo único que amaba. Esos dibujos... profanaban su precioso santuario. Olvídate de la paliza. Lo que lo habría matado habrían sido esos dibujos.»

Una sensación gélida me recorre el cuerpo. Un soplo de aire vaporoso y glacial.

—Seguro que los dibujaron ellos —digo—. ¿Quién más podría haberlo hecho?

—Supongo que tienes razón —suspira—. Hice mal al decírselo a tu padre, Eddie. Y al no dar a conocer a los auténticos agresores del reverendo.

—¿Por eso lo visitas cada semana? ¿Te sientes responsable?

Mueve la cabeza afirmativamente.

—Puede que no fuera una buena persona, pero todo el mundo merece un poco de comprensión.

—No por parte de Nicky. Dice que ya lo visitará cuando muera.

Mi madre junta las cejas.

—Qué raro.

—Es una manera de expresarlo —comento.

—No, quiero decir que me parece raro, porque ella sí que lo visita.

—Perdona, ¿cómo dices?

—Según los enfermeros, este mes ha ido a verlo todos los días.

Tu mundo empequeñece a medida que te haces mayor. Te conviertes en el Gulliver de tu propio Liliput. Recuerdo la residencia de Saint Magdalene como un edificio antiguo y señorial, una mansión imponente que se alzaba al final de un largo y sinuoso camino de acceso, y rodeada de hectáreas de césped verde cortado con esmero.

Hoy, el camino de acceso se me antoja más corto, y la superficie de césped me parece no más extensa que un jardín grande de un barrio residencial, un poco dejado y con un corte desigual. No veo el menor rastro de un jardinero que lo cuide y lo mantenga en condiciones. La vieja caseta está torcida, con la puerta colgando, de modo que alcanzo a entrever unas piezas de maquinaria abandonada y un raído mono de trabajo colgado de un gancho. Más adelante, en el césped, donde tuve mi encuentro con la anciana del sombrero estrambótico, los mismos muebles de jardín de hierro forjado descansan sobre patas oxidadas, a merced de los elementos y de las cagadas de pájaros.

La casa en sí es más pequeña, las paredes blancas necesitan una nueva capa de enlucido, y deberían remplazar con urgencia la antigua carpintería de madera de las ventanas. Parece —como algunas de sus ocupantes, supongo— una dama distinguida que muestra signos de decadencia en el crepúsculo de su vida.

Pulso el timbre de la entrada principal. Al cabo de un momento, oigo una crepitación y luego una voz femenina impaciente.

—¿Sí?

—Soy Edward Adams. Vengo a ver al reverendo Martin.

—Muy bien.

Cuando suena un zumbido, empujo la puerta, que se abre. El interior de la residencia no es tan diferente de la imagen que guardo en la memoria. Las paredes siguen siendo amarillas, aunque tal vez de un tono más parecido al mostaza. Estoy casi seguro de que los cuadros colgados en ellas son los mismos, y percibo el mismo olor. *Fragrance à la Institution*. A detergente, pis y comida rancia.

En un rincón del vestíbulo hay una mesa de recepción vacía. Un salvapantallas bailotea en el monitor del ordenador, y una luz parpadea en el teléfono. El libro de visitas está abierto. Avanzo unos pasos y echo una ojeada alrededor. Luego deslizo el dedo por la página, comprobando nombres y fechas...

No es una lista muy larga. O los internos no tienen familiares, o, como diría Chloe, estos han cortado los vínculos con ellos, o han dejado que se hundan poco a poco en las turbias ciénagas de sus mentes.

Localizo el nombre de Nicky enseguida. Estuvo de visita la semana pasada. Entonces ¿por qué me mintió?

—¿Puedo ayudarle en algo?

Pego un brinco. El libro de visitas se me cae y se cierra de golpe. Una mujer robusta y de semblante severo con el cabello recogido hacia atrás en un moño y unas uñas postizas de aspecto amenazador me observa con las cejas arqueadas. Por lo menos me parece que están arqueadas. Tal vez solo se las haya pintado.

—Hola —digo—. Iba... eh... a firmar el registro.

—¿Ah, sí?

Las enfermeras saben adoptar la misma mirada que las madres. Esa mirada que dice: «Déjate de gilipolleces, tío. Sé exactamente lo que estabas haciendo».

—Lo siento, el libro estaba abierto por la página que no tocaba, y...

Con un resoplido displicente, se acerca y abre el registro

por la página de hoy. La señala con un espolón morado y reluciente de purpurina.

—Nombre. Persona a la que visita. Amigo o familiar.

—Muy bien.

Cojo un boli, escribo mi nombre y, a renglón seguido, «reverendo Martin». Tras vacilar por unos instantes, marco la casilla de «amigo».

La enfermera no me quita los ojos de encima.

—¿Ha estado aquí antes? —inquiere.

—Pues... Mi madre viene a menudo.

Me escudriña con mayor detenimiento.

—Adams. Claro. Marianne. —Sus facciones se suavizan—. Es una buena mujer. Viene a leerle todas las semanas desde hace muchos años. —De repente, frunce el ceño—. Ella se encuentra bien, ¿no?

—Sí. Bueno, ha pillado un catarro. Por eso he venido.

Asiente con la cabeza.

—Ahora mismo el reverendo está en su habitación. Me disponía a ir a buscarlo para que tome la merienda, pero si usted quiere...

No quiero. De hecho, ahora que estoy aquí, la perspectiva de verlo, de estar cerca de él, me repele en lo más hondo, pero no me queda otro remedio.

—Desde luego.

—Siga recto por el pasillo. La habitación del reverendo es la cuarta a la derecha.

—Estupendo. Gracias.

Echo a andar despacio, arrastrando los pies. No he venido para esto, sino para averiguar si Nicky visitaba a su padre. No sé muy bien por qué. Me parecía importante. Y ahora que he venido, no tengo muy claro qué hago aquí, excepto seguir adelante con la farsa.

Llego a la habitación del reverendo. La puerta está cerrada. Estoy a punto de dar media vuelta y regresar por el pasillo, pero algo —una curiosidad morbosa, tal vez— me lo impide. Alzo la mano y llamo con los nudillos. Aunque en realidad no espero una respuesta, me parece lo más educado. Al cabo de un momento, abro la puerta.

Si el resto de la residencia aspira —sin éxito— a parecer algo más que un hospital para personas cuya mente ya no tiene remedio, la alcoba del reverendo se ha resistido con firmeza a aceptar esos toques hogareños.

Es una habitación desnuda y austera. No hay cuadros en las paredes, ni jarrones con flores. No hay libros, ni adornos, ni recuerdos. Solo una cruz colgada encima de la cama pulcramente hecha y una Biblia en la mesilla de noche. La ventana doble —el acristalamiento sencillo y el cierre de aspecto destartalado no parecen cumplir las normas de sanidad y seguridad— da a otra superficie de césped mal cuidado que se extiende hasta la orilla del bosque. Es una bonita vista, supongo, si estás de humor para disfrutarla, cosa que dudo que sea el caso del reverendo.

El hombre, o lo que queda de él, está sentado en una silla de ruedas frente a un pequeño televisor en un rincón del cuarto. Aunque alguien ha dejado el mando a distancia encima del brazo de la silla, no aparecen imágenes en la pantalla.

Me pregunto si está dormido, pero entonces me percato de que tiene los ojos abiertos de par en par, con la mirada ausente, como antes. Esto produce un efecto igual de desconcertante. Mueve los labios de forma apenas perceptible, como si mantuviera un monólogo interior con alguien que solo él es capaz de ver u oír. Dios, tal vez.

Me obligo a entrar en la habitación, y me quedo parado en un momento de vacilación. Me siento como un intruso, pese a que estoy seguro de que el reverendo apenas ha reparado en mi presencia. Al final, me siento en una posición incómoda a los pies de la cama, junto a él.

—Hola, reverendo Martin. —No responde. Pero ¿qué me

esperaba?—. Seguramente no se acuerda de mí. Soy Eddie Adams. Mi madre es la mujer que le visita una vez por semana, a pesar de..., bueno, a pesar de todo.

Silencio. Salvo por el suave susurro de su respiración áspera y sibilante. Ni siquiera se oye el tictac de un reloj. Nada que marque el transcurso de las horas. Por otro lado, tal vez lo que menos necesita uno en este lugar es que le recuerden el lento paso del tiempo. Bajo la vista, apartándola de los ojos fijos del reverendo. Aunque ya soy adulto, me asustan y me violentan un poco.

—No era más que un niño la última vez que nos vimos. Tenía doce años. Era amigo de Nicky. ¿Se acuerda de ella, de su hija? —Hago una pausa—. Qué pregunta tan estúpida. Seguro que la recuerda. En algún rincón de su mente. —Me quedo callado de nuevo. Aunque no había planeado decirle nada, ahora que estoy aquí descubro que tengo ganas de hablar—. Mi padre... tenía algunos problemas mentales. No como los suyos. Su problema era que todo se le escurría de la mente. Como si tuviera un escape. No podía retener nada: ni los recuerdos, ni las palabras..., al final, ni siquiera su propio ser. Supongo que a usted le pasa lo contrario. Está encerrado en sí mismo. En algún lugar muy profundo. Pero sigue allí.

O eso, o su conciencia se ha borrado, destruido, esfumado para siempre. Pero no lo creo. Nuestros pensamientos, nuestros recuerdos..., a algún lugar tienen que ir. Tal vez los de mi padre se le escurrían entre los dedos, pero mamá y yo intentábamos recoger todo lo posible, convertirnos en su memoria. Mantener los momentos más preciados a salvo en nuestra mente.

El problema es que, conforme me hago mayor, me cuesta cada vez más recuperarlos. Los hechos, lo que dijo alguien, la ropa que llevaba o el aspecto que ofrecía, se están difuminando. El pasado se emborrona, como una fotografía antigua, y no consigo evitarlo por más que me esfuerzo.

Me vuelvo de nuevo hacia el reverendo y casi me caigo al suelo por un lado de la cama.

Me está mirando directamente, con sus ojos grises despejados y penetrantes.

Mueve la boca y se le escapa un tenue suspiro.

—Confiesa.

Se me eriza el cuero cabelludo.

—¿Qué?

De pronto, me agarra el brazo con una mano. Para un hombre incapaz de ir al baño sin ayuda, tiene una fuerza sorprendente.

—Confiesa.

—¿Que confiese qué? Yo no...

Antes de que pueda decir nada más, unos golpes en la puerta me hacen volverme rápidamente en la otra dirección. El reverendo me suelta el brazo.

Una enfermera asoma la cabeza. No es la misma de antes. Delgada y rubia, tiene un rostro amable.

—Hola. —Sonríe—. Solo venía a comprobar que estuviera todo bien por aquí. —La sonrisa flaquea un poco—. Porque está todo bien, ¿no?

Intento recuperar la compostura. Solo me faltaría que cundiera la alarma y que tuviera que salir escoltado del edificio.

—Sí, todo bien. Solo estábamos..., bueno, yo estaba hablando.

La enfermera sonríe de nuevo.

—Siempre les digo a las visitas que deben hablar con los internos. Les hace bien. Aunque parezca que no escuchan, entienden más de lo que uno imagina.

Le dedico una sonrisa forzada.

—Sé a qué se refiere. Mi padre tenía Alzheimer. A menudo reaccionaba a cosas que creíamos que no había captado.

Asiente con un gesto de comprensión.

—Hay muchos aspectos de las enfermedades mentales

que no entendemos. Pero sigue habiendo un ser humano ahí dentro. Pase lo que pase aquí arriba —se da unos golpecitos con el dedo en la cabeza—, el corazón sigue siendo el mismo.

Me fijo de nuevo en el reverendo. Vuelve a tener la mirada ausente. «Confiesa.»

—Tal vez tenga razón.

—Vamos a servir el té en el salón comunitario —dice más animada—. ¿Quiere acompañar al reverendo?

—Sí, por supuesto.

Lo que sea con tal de salir de aquí. Cojo los puños de la silla de ruedas y la empujo hasta la puerta. Avanzamos por el pasillo.

—Me parece que no lo he visto antes por aquí —señala la enfermera.

—No. Es mi madre la que suele venir.

—Ah. ¿Marianne?

—La misma.

—¿Se encuentra bien?

—Tiene un catarro.

—Vaya por Dios. Bueno, espero que se mejore pronto.

Abre la puerta del salón comunitario —en el que estuve con mamá hace años—, y entro con el reverendo. Decido tantear el terreno.

—Me comenta mi madre que su hija lo ha visitado varias veces.

La enfermera se queda pensativa.

—Pues ahora que lo dice... Sí, lo vi hace poco en compañía de una joven. Delgada, y morena, ¿verdad?

—No —empiezo a replicar—. Nicky es...

Me interrumpo.

Me pego una palmada en la frente mentalmente. ¡Claro! Nicky no ha estado aquí, digan lo que digan los registros que una chica lista ha dejado en el libro de visitas. Pero el reverendo tiene otra hija. Chloe. Chloe ha estado viniendo a ver a su padre.

—Lo siento —rectifico—. Sí, debe de ser ella.

La enfermera asiente.

—No sabía que fuera familiar suyo. En fin, si me disculpa, debo ir a servir el té.

—Claro. Faltaría más.

Mientras se aleja, comienzo a atar cabos. El lugar al que acudía Chloe cuando no estaba en el trabajo. La visita de la semana pasada, el mismo día en que regresó a casa borracha, llorando y haciendo aquellos comentarios sobre la familia.

Pero ¿por qué? ¿Sigue documentándose? ¿Está reviviendo su pasado? ¿Qué se trae entre manos?

Coloco la silla del reverendo de manera que él pueda ver el televisor. Están dando un viejo episodio de *Diagnóstico: asesinato*. Si había alguien que no había perdido la chaveta antes de que lo trajeran aquí, seguro que después de contemplar a diario la sobreactuación de Dick Van Dyke y familia ha acabado loco perdido.

De pronto, algo me llama la atención. Detrás del televisor y de las personas arrellanadas en sillas de respaldo alto, atisbo una figura frágil sentada al otro lado de las puertas cristaleras. Está envuelta en un grueso abrigo de pieles, y un turbante morado se sostiene de forma precaria sobre su cabeza, de modo que unos mechones blancos asoman por debajo.

La Dama del Jardín. La que me contó un secreto. Pero eso fue hace casi treinta años. No puedo creer que aún viva. Supongo que debía de tener poco más de sesenta años en aquel entonces. Aun así, eso significaría que pasa de los noventa.

Llevado por la curiosidad, me encamino hacia allí y abro las puertas. Aunque hace algo de frío, el sol aporta visos de calor.

—¿Hola?

La Dama del Jardín se vuelve. Tiene los ojos lechosos y nublados por las cataratas.

—¿Ferdinand?

—No, me llamo Ed. Estuve aquí una vez hace mucho mucho tiempo, con mi madre. ¿Lo recuerda?

Se inclina hacia delante y me examina, entornando los párpados. Sus ojos desaparecen en una concertina de pliegues marrones, como los de un viejo pergamino arrugado.

—Me acuerdo de ti. El muchacho. El ladronzuelo.

Me siento impulsado a negarlo, pero ¿de qué serviría?

—En efecto —digo.

—¿Lo devolviste?

—Sí.

—Buen chico.

—¿Puedo sentarme? —Señalo el único otro asiento que hay aquí fuera.

Tras vacilar unos instantes, hace un gesto afirmativo.

—Pero solo un momento. Ferdinand está al llegar.

—Por supuesto.

Me acomodo en la silla.

—Has venido a verlo —comenta.

—¿A Ferdinand?

—No. —Sacude la cabeza con impaciencia—. Al reverendo.

Vuelvo la vista hacia donde se encuentra él, apoltronado en su silla. «Confiesa.»

—Sí. En aquella ocasión me dijo usted que él los tenía engañados a todos. ¿A qué se refería?

—Las piernas.

—¿Cómo dice?

Se inclina hacia delante y me agarra el muslo con una huesuda garra blanca. Me estremezco. Soy una persona a la que no le gusta el contacto físico no solicitado, ni siquiera en sus mejores momentos. Y hoy definitivamente no estoy en uno de mis mejores momentos.

—Me gustan los hombres con buenas piernas —asegura—. Ferdinand tiene un buen par. Unas piernas fuertes.

—Entiendo. —No es verdad, pero darle la razón me parece lo menos complicado—. ¿Qué tiene eso que ver con el reverendo?

—¿El reverendo? —Su rostro vuelve a ensombrecerse. La chispa de reconocimiento en sus ojos se apaga. Casi puedo ver como su mente se traslada del presente al pasado. Me suelta la pierna y me mira con cara de pocos amigos.

—¿Quién es usted? ¿Qué hace en el asiento de Ferdinand?

—Lo siento. —Me pongo de pie. Me duele un poco la pierna izquierda allí donde ella me había apretado con los dedos.

—Vaya a buscar a Ferdinand. Ya debería estar aquí.

—Así lo haré. Ha sido... un placer... verla de nuevo.

Agita la mano con ademán desdeñoso. Vuelvo a entrar por las puertas cristaleras. La enfermera que me ha recibido a mi llegada está cerca, limpiándole la boca a alguien. Alza la vista.

—No sabía que conocía usted a Penny —dice.

—La conocí hace años, cuando vine con mi madre. Me sorprende que aún esté aquí.

—Noventa y ocho años y sigue fuerte como un roble.

«Piernas fuertes.»

—¿Y sigue esperando a Ferdinand?

—Ya lo creo.

—Supongo que eso es una demostración de amor verdadero. Esperar a su prometido durante tantos años.

—Eso parece, ¿verdad? —La enfermera se endereza y me brinda otra sonrisa radiante—. Lo que pasa es que, por lo visto, su difunto prometido se llamaba Alfred.

Regreso a casa caminando a paso rápido. Podría haber ido a Saint Magdalene en coche, pero se encuentra a solo media hora a pie del centro y yo quería despejar la mente. Para ser sincero, no he tenido mucho éxito. Las palabras y las frases se arremolinan en mi cabeza como confeti en una bola de cristal con nieve.

«Confiesa.» «Piernas fuertes.» «Su difunto prometido se llamaba Alfred.»

Hay algo allí. Casi resulta visible entre la nevisca. Pero no consigo poner en orden mis turbulentos pensamientos para verlo con claridad.

Me levanto el cuello del abrigo. El sol se ha ocultado con disimulo; unas nubes grises ocupan su lugar. El anochecer ya se aproxima, una sombra oscura tras el hombro del día.

Hay algo en el entorno y el paisaje familiares que se me antoja ajeno. Como si fuera un forastero en mi propio mundo. Como si hasta ahora lo hubiera mirado todo desde una perspectiva equivocada. De manera incorrecta. Las formas me parecen más definidas, más sólidas. Casi tengo la sensación de que si alargara el brazo para tocar la hoja de un árbol, esta me cortaría los dedos.

Bordeo lo que en otro tiempo fue la linde del bosque, y donde ahora hay una urbanización extensa y desordenada. Me sorprendo lanzando miradas hacia atrás, dando un respingo cada vez que sopla una ráfaga de viento. Las únicas personas que veo son un hombre que pasea un labrador de aspecto reacio y una madre joven que empuja un cochecito infantil hacia la parada de autobús.

Pero esto no es del todo cierto. En un par de ocasiones, me da la impresión de vislumbrar a alguien o algo que acecha en las sombras que empiezan a invadirlo todo detrás de mí: la imagen fugaz de una piel marfileña, el ala de un sombrero negro, el brillo de una cabellera blanca que percibo por una fracción de segundo con el rabillo del ojo.

Llego a casa tenso y sin aliento, bañado en sudor a pesar del frío. Poso una mano pegajosa en el pomo de la puerta. Recuerdo que tengo que llamar al cerrajero para que cambie las cerraduras. Pero antes, lo que quiero de verdad es una copa. No, lo retiro: *necesito* una copa. O varias. Entro en el vestíbulo y me quedo parado unos instantes. Me ha parecido oír algo, pero podría ser el viento o el sonido de alguna tabla de la casa al asentarse. Sin embargo... Miro alrededor... Algo no está bien. Noto algo distinto en la casa. Un olor. Un vago aroma a vainilla, una fragancia femenina que me parece fuera de lugar. Y la puerta de la cocina... entornada. ¿No la había cerrado antes de salir?

—¿Chloe? —llamo.

Un silencio absoluto. Como no podía ser de otra manera. Qué tonto he sido. Me han jugado una mala pasada los nervios, más tensos que las cuerdas de un Stradivarius. Tiro las llaves sobre la mesa. Y casi pego un salto hasta el techo cuando oigo una voz lacónica y pausada procedente de la cocina.

—Ya iba siendo hora.

2016

Lleva suelto el pelo, que le llega hasta los hombros. Se lo ha decolorado. El rubio oxigenado no la favorece. Va vestida con vaqueros, unas Converse y una vieja sudadera de Foo Fighters. Lleva el rostro limpio, sin el maquillaje negro excesivo que suele ponerse en los ojos. No parece Chloe. Esa no es mi Chloe. Por otra parte, supongo que nunca lo fue.

—¿Estrenando imagen?

—Me apetecía un cambio.

—Creo que me gustabas más como eras antes.

—Lo sé. Lo siento.

—No lo sientas.

—Nunca fue mi intención herirte.

—No me siento herido. Estoy cabreado.

—Ed...

—Ahórrate las explicaciones. Dame una sola buena razón para que no llame a la policía ahora mismo.

—No he hecho nada malo.

—Acoso. Cartas amenazantes. ¿Y qué me dices del asesinato?

—¿Asesinato?

—Esa noche seguiste a Mickey hasta el río y lo empujaste.

—Por Dios santo, Ed. —Sacude la cabeza—. ¿Por qué iba a matar a Mickey?

—No lo sé, dímelo tú.

—¿Ahora viene cuando lo confieso todo, como en una novela policíaca cutre?

—¿Así que no has vuelto para eso?

Arquea una ceja.

—De hecho, me dejé una botella de ginebra en la nevera.

—Sírvete tú misma.

Se acerca al frigorífico y saca la botella de Bombay Sapphire.

—¿Quieres?

—La pregunta ofende.

Sirve una cantidad generosa en dos vasos, se sienta otra vez delante de mí y alza el suyo.

—Salud.

—¿Por qué brindamos?

—¿Por las confesiones?

«Confiesa.»

En cuanto tomo un buen trago, me acuerdo de que no me entusiasma la ginebra, pero ahora mismo una garrafa de alcohol industrial me sentaría de maravilla.

—Vale, empieza tú. ¿Por qué viniste aquí a vivir conmigo?

—A lo mejor me dan morbo los hombres mayores.

—En otro tiempo, eso habría hecho muy feliz a un hombre mayor.

—¿Y ahora?

—Solo quiero conocer la verdad.

—Vale. Hace cosa de un año, tu colega Mickey se puso en contacto conmigo.

No es la respuesta que esperaba.

—¿Cómo te localizó?

—No me localizó a mí, sino a mi madre.

—Creía que tu madre había muerto.

—No. Eso es solo lo que le dije a Nicky.

—Otra mentira. Qué sorpresa.

—Para mí es como si estuviera muerta. No fue precisamente una madre ejemplar. Me pasé media adolescencia entrando y saliendo de centros de atención.

—¿No se había entregado a Dios?

—Sí, bueno, pero después se entregó a la priva, la maría y a cualquier tío que le suministrara vodka y coca.

—Lo siento.

—No lo sientas. De todos modos, a Mickey no le costó mucho sonsacarle quién era mi padre de verdad. Y cuando digo «mucho», te estoy hablando de media botella de Smirnoff.

—¿Y después de eso Mickey te localizó a ti?

—Sí.

—¿Sabías tú lo de tu padre?

Asiente con la cabeza.

—Mi madre me lo dijo hace años, un día que estaba borracha. Me dio igual. Él no había sido más que un donante de esperma, un accidente biológico. Pero supongo que la visita de Mickey despertó mi curiosidad. Además, él me hizo una propuesta. Si lo ayudaba a documentarse para un libro que estaba escribiendo, me pasaría una parte de lo que le pagaran.

Me invade una deprimente sensación de *déjà vu*.

—Eso me resulta familiar.

—Ya. Pero a diferencia de ti, yo le insistí en que me diera un adelanto.

Esbozo una sonrisa triste.

—No hace falta que me lo jures.

—Oye, no es que me sienta orgullosa, pero pensé que también sería positivo para mí averiguar cosas sobre mi familia, sobre mi pasado.

—Y el dinero tampoco te vendría mal, ¿a que no?

Adopta una expresión tensa.

—¿Qué quieres que te diga, Ed?

Lo que quiero es que deje de decirme estas cosas. Quiero

que todo esto no sea más que una horrible pesadilla. Pero la realidad siempre es más dura y cruel.

—Así que, en resumen, Mickey te pagó para que metieras las narices en los asuntos de Nicky y en los míos. ¿Por qué?

—Dijo que tal vez tú te abrirías un poco más. Y que aportarías buena información sobre las circunstancias del caso.

Circunstancias. Supongo que es lo que siempre fuimos para Mickey. No sus amigos, sino unas putas circunstancias.

—¿Y entonces Nicky se enteró de lo que estabas haciendo y te echó de su casa?

—Sí, algo así.

—Justo en un momento en que yo tenía una habitación libre. Qué casualidad.

Demasiada casualidad, claro. Me preguntaba por qué el joven que estaba a punto de mudarse conmigo (un estudiante de medicina de aspecto nervioso) había cambiado de idea de repente y me había pedido que le devolviera la paga y señal. Pero ahora me atrevería a aventurar una respuesta.

—¿Qué le pasó al otro inquilino? —inquiero.

Toquetea el borde de su vaso.

—Puede que se fuera de copas con una joven que le contó que eras un salido degenerado al que le hacían tilín los estudiantes de medicina y le aconsejó que echara el pestillo de su habitación por las noches.

—Parece un plan tramado por el Tío Monty.

—En realidad, te hice un favor. Era bastante gilipollas.

Sacudo la cabeza. No hay nada más tonto que un viejo tonto, excepto tal vez un tonto de mediana edad. Extiendo la mano para coger la ginebra y me lleno el vaso hasta arriba. Luego me bebo la mitad de un tirón.

—¿Y qué pasa con las cartas?

—Yo no las mandé.

—Entonces ¿quién? —Antes de que ella pueda responder a mi pregunta, lo hago yo mismo—. Fue Mickey, ¿verdad?

—Respuesta correcta. Primer premio para el caballero.

Era obvio. Remover el pasado, meternos el miedo en el cuerpo... Esas cartas tenían el sello de Mickey por todas partes. Aunque supongo que, al final, le había salido el tiro por la culata.

—¿No lo atacaste tú?

—Claro que no. Joder, Ed. ¿De verdad me crees capaz de matar a alguien? —Después de una pausa, añade—: Pero en una cosa tienes razón. Esa noche lo seguí.

De pronto, algo hace clic en un rincón de mi mente.

—¿Cogiste mi abrigo?

—Hacía frío. Lo cogí justo antes de salir.

—¿Por qué?

—Bueno, me quedaba mejor a mí...

—Quiero decir que por qué lo seguiste.

—Sé que seguramente no me creerás, pero estaba harta de mentir. Oí sin querer parte del rollo que te soltó. Me enfadé. Así que salí tras él, para decirle que hasta ahí habíamos llegado.

—¿Y qué pasó?

—Se rio de mí. Me acusó de ser tu putita y dijo que estaba deseando incluir eso en el libro, para darle más colorido. —El bueno de Mickey—. Le pegué una bofetada —prosigue—. En toda la cara. A lo mejor le di más fuerte de lo que pretendía. Empezó a sangrarle la nariz. Me insultó y se alejó dando tumbos...

—¿Hacia el río?

—No lo sé. No me quedé para ver por dónde se iba. Pero yo no lo empujé.

—¿Y mi abrigo? —pregunto.

—Estaba sucio. Se había manchado de sangre de Mickey. No podía colgarlo de nuevo en el perchero, así que lo metí en el fondo de tu armario.

—Gracias.

—No creía que lo echaras en falta, y pensaba llevarlo a la tintorería cuando se calmaran los ánimos.

—Por el momento, suena convincente.

—No he venido a convencerte, Ed. Cree lo que te dé la gana.

Pero el caso es que la creo. Lo cual, claro está, deja totalmente en el aire la pregunta de qué le sucedió a Mickey después.

—¿Por qué te fuiste? —inquiero.

—Una amiga de la tienda te vio entrar y te oyó preguntar por mí. Me llamaron. Imaginé que si te enterabas de lo de Nicky, te darías cuenta de que yo te había mentido. Y yo no estaba preparada para encararme contigo, al menos en ese momento.

Bajo la vista hacia mi bebida.

—¿De modo que pensabas huir sin más?

—He vuelto.

—Por la ginebra.

—No solo por la ginebra. —Extiende el brazo para tomarme de la mano—. No todo era mentira, Ed. Te considero mi amigo, de verdad. La noche que me emborraché me moría de ganas de contártelo todo.

Quisiera apartar la mano, pero en realidad no soy tan orgulloso. Dejo que sus dedos pálidos y fríos reposen sobre los míos unos momentos hasta que ella misma los retira y se lleva la mano al bolsillo.

—Oye, sé que no puedo arreglar todos mis errores, pero he pensado que tal vez esto ayude.

Deposita una pequeña libreta negra sobre la mesa.

—¿Qué es?

—La libreta de Mickey.

—¿De dónde la has sacado?

—La sustraje del bolsillo de su abrigo esa noche, mientras hablabais.

—No me estás inspirando mucha confianza en tu honradez.

—En ningún momento he dicho que sea honrada. He dicho que no todo era mentira.

—¿Qué contiene?

Se encoge de hombros.

—He leído poca cosa. No tenía mucho sentido para mí, pero tal vez lo tenga para ti.

Hojeo un poco la libreta. La letra garrapateada de Mickey es apenas más legible que la mía. El texto ni siquiera se compone de frases coherentes. Se trata más bien de notas sueltas, ideas, nombres (entre ellos el mío). La cierro de nuevo. Puede que haya algo ahí, o puede que no, pero prefiero echarle un vistazo más tarde, a solas.

—Gracias —digo.

—De nada.

Hay una cosa más que necesito saber.

—¿Por qué visitas a tu padre? ¿También tiene que ver con Mickey y su libreta?

Fija la vista en mí, sorprendida.

—¿Has estado haciendo pesquisas por tu cuenta?

—Alguna que otra.

—Pues no, no tiene nada que ver con Mickey. Lo he hecho por mí. No ha servido de nada, claro. Él no tiene ni puta idea de quién soy. Y tal vez sea mejor así, ¿eh?

Se pone de pie y recoge la mochila que ha dejado en el suelo. Lleva atada encima una tienda de campaña plegable.

—¿El dinero de Mickey no te llega para un cinco estrellas?

—No me llegaría ni para un Travelodge. —Me contempla con frialdad—. Si de verdad te interesa saberlo, lo he usado para matricularme en un curso en la universidad el año que viene.

Levanta la mochila y se la echa a la espalda. Bajo el peso de aquel bulto tan voluminoso, ella parece delgada y frágil.

—Estarás bien, ¿verdad? —le pregunto a pesar de todo.

—Acampar en el bosque durante un par de noches no hace mal a nadie.

—¿En el bosque? ¿Lo dices en serio? ¿No podrías buscar un albergue o algo así?

Me mira con condescendencia.

—No pasa nada. Ya lo he hecho antes.

—Pero es peligroso.

—¿Lo dices por el Lobo Feroz, o por la bruja mala y su casita de caramelo?

—Vale, búrlate de mí.

—Es mi trabajo. —Se dirige hacia la puerta—. Ya nos veremos, Ed.

Debería responderle algo. «En tus sueños.» «Hasta siempre.» «Nunca se sabe.» Lo que fuera. Una frase adecuada para poner fin a nuestra relación.

Pero me quedo callado. Y el momento pasa, precipitándose en el profundo abismo en el que yacen los otros momentos perdidos; los «debería», «podría» y «ojalá» que componen el inmenso agujero negro que ocupa el centro de mi vida.

La puerta principal se cierra con un golpe. Cuando intento apurar mi vaso, descubro que está vacío. Me levanto, agarro una botella de bourbon y me sirvo un chorro largo. Acto seguido, me siento y abro otra vez la libreta, con la intención de leer solo un poco por encima. Sin embargo, cuatro chorros largos más tarde, continúo leyendo. He de reconocer que Chloe tiene razón: en su mayor parte, el texto no tiene sentido. Consta de pensamientos inconexos, monólogos interiores y una gran cantidad de disparates que rezuman bilis; por otra parte, la ortografía de Mickey es aún peor que su letra. Aun así, vuelvo una y otra vez a una página que está muy cerca del final.

¿Quién quería matar a Elisa?

¿El Hombre de Tiza? Nadie.

¿Quién quería hacerle daño al rev. Martin?

¡¡Todo el mundo!! Sospechosos: el padre de Ed, ~~la madre de Ed, Nicky~~. ¿Hannah Thomas? Embarazada de Martin. ¿El padre de Hannah? ¿<u>Hannah</u>?

Hannah — El rev. Martin. Elisa — El sr. Halloran. ¿Relación?

<u>Nadie</u> quería hacerle daño a Elisa: <u>importante</u>.

<u>PELO</u>.

Noto un picor persistente en un rincón del cerebro, pero no alcanzo a rascármelo. Al final, cierro la libreta y la aparto de un empujón. Es tarde y estoy borracho. Nadie ha encontrado nunca una respuesta en el fondo de una botella. Aunque no era ese mi objetivo, claro. Cuando uno llega hasta el fondo de una botella, por lo general lo que quiere es olvidarse de las preguntas.

Apago la luz y empiezo a subir las escaleras dando traspiés. Cambio de idea y regreso tambaleándome a la cocina. Cojo la libreta de Mickey y me la llevo conmigo. Voy al baño, tiro la libreta sobre la mesilla de noche y me desplomo sobre la cama. Espero que el bourbon me deje sin sentido antes de que el sueño se apodere de mí. Hay una diferencia importante. La somnolencia causada por el alcohol es distinta. Te provoca una inconsciencia pura y dura. Te noquea. Cuando uno duerme de verdad, deja vagar la mente, sueña. Y a veces... se despierta.

Abro los párpados de golpe. Sin un ascenso gradual a través de las capas del sueño. Tengo el corazón desbocado, el cuerpo cubierto de una película resbaladiza de sudor, y tengo los ojos a punto de salirse de sus órbitas.

Desplazo la vista por la habitación. Está vacía, aunque en realidad ninguna habitación lo está realmente en la oscuridad. Las sombras acechan en los rincones y se arraciman en el suelo, dormidas, rebulléndose en ocasiones. Pero no es eso lo que me ha despertado, sino la sensación de que, hace solo unos segundos, alguien estaba sentado en mi cama.

Me incorporo. La puerta está abierta de par en par. Sé que la cerré antes de acostarme. Al otro lado, el pasillo está iluminado por los pálidos rayos de luna procedentes de la ventana del rellano. Esta noche hay luna llena, pienso. Qué apropiado. Bajo las piernas de la cama, a pesar de que la minúscula parte racional de mi cerebro que pervive incluso mientras sueño me insiste en que es una mala idea, muy mala, una de las peores que he tenido. Tengo que despertarme. Cuanto antes. Pero no puedo. No de este sueño. Hay algunos sueños que, como tantas cosas en la vida, deben seguir su curso. Además, aunque me despertara, el sueño volvería. Esa clase de sueños siempre vuelve, hasta que uno penetra en su corazón corrompido y arranca las raíces putrefactas.

Deslizo los pies en las zapatillas y me pongo la bata. Tras ceñirme bien el cinturón, salgo al rellano. Bajo la vista. Hay tierra en el suelo y algo más. Hojas.

Moviéndome más deprisa, bajo las rechinantes escaleras, atravieso el vestíbulo y entro en la cocina. La puerta de atrás está abierta. Un espectro de aire frío me acaricia los tobillos desnudos mientras las tinieblas del exterior me hacen señas con dedos gélidos. A través de la abertura me llega, no el frescor del aire nocturno, sino un olor distinto: a fétida y húmeda descomposición. Me tapo la nariz y la boca con la mano en un gesto instintivo. Bajo la mirada. Sobre las baldosas oscuras del suelo de la cocina, un hombre de tiza apunta a la puerta con un brazo de palo. Era de esperar. Un hombre de palo me indica el camino. Como en otras ocasiones.

Aguardo solo un momento más y, tras lanzar una última mirada pesarosa a las comodidades familiares de la cocina que dejo atrás, salgo por la puerta de atrás.

No estoy en el camino de acceso. He saltado a otro lugar

de manera instantánea, como suele ocurrir en los sueños. El bosque. Oigo en torno a mí el susurro y el murmullo de las sombras, los gemidos y chirridos de los árboles, que agitan las ramas de un lado a otro, como insomnes atormentados por terrores nocturnos.

Llevo en la mano una linterna que no recuerdo haber cogido. Cuando desplazo el haz alrededor, vislumbro un movimiento más adelante, en la maleza. Sigo avanzando, intentando ignorar los latidos frenéticos de mi corazón, concentrándome en mis pies, que producen crujidos y chasquidos en el suelo irregular. No estoy muy seguro de cuánto rato llevo caminando. Me parece que mucho, aunque seguramente han sido solo unos segundos. Tengo la sensación de que me aproximo. Pero ¿a qué?

Me detengo. El bosque se ha tornado menos denso de pronto. Me encuentro en un pequeño claro. Lo reconozco. Es el mismo de hace tantos años.

Lo alumbro con la linterna. Está vacío, salvo por varios montoncitos de hojas. No se trata de hojas crujientes de color naranja y marrón, como las de antes. Estas ya están muertas y enroscadas, podridas y grises. Y descubro con renovado espanto que se mueven. Cada montoncito se revuelve sin cesar.

—¡*Eddieeee! ¡Eddieee!*

Ya no es la voz de Sean Cooper; ni siquiera la del señor Halloran. Esta noche tengo una compañía diferente. Una compañía femenina.

El primer montón de hojas estalla y una mano pálida araña el aire como un animal nocturno al despertar de la hibernación. Reprimo un grito. Un pie emerge de otro montón y sale dando saltitos, flexionando los dedos pintados de rosa. Una pierna se arrastra hacia delante sobre un muñón ensangrentado y, por último, la pila de hojas más grande se abre de repente, y sale rodando de ella un torso esbelto y tonificado que comienza a reptar por el suelo como una horrenda oruga humana.

Pero aún falta una parte. Miro alrededor mientras la mano

corretea sobre las yemas de los dedos hasta el montón de hojas más alejado. Desaparece debajo y luego, de una forma casi majestuosa, ella se eleva de la pila descompuesta, con el cabello cayéndole sobre el rostro medio desfigurado, sostenida sobre el dorso de su propia mano cercenada.

Empiezo a gimotear. Mi vejiga, a reventar de bourbon, cede de forma muy poco elegante, y la orina tibia se me escurre por la pernera del pijama. Apenas me doy cuenta. No soy capaz de apartar la vista de su cabeza, que se acerca veloz por el suelo del bosque, con la cara aún envuelta en un velo de pelo sedoso. Me tambaleo hacia atrás, tropiezo con una raíz de árbol y caigo violentamente de costado.

Sus dedos me agarran el tobillo. Quiero chillar, pero tengo las cuerdas vocales hechas polvo, paralizadas. El híbrido de mano y cabeza trepa con delicadeza por mi pierna, me pasa rozando la entrepierna mojada y se detiene unos instantes sobre mi vientre. He traspasado los límites del miedo. Los límites de la repugnancia. Quizá incluso he ido varios pasos más allá de los límites de la cordura.

—*Eddieee* —susurra—. *Eddieee*.

La mano se arrastra sobre mi pecho. Ella empieza a alzar la cabeza. Contengo la respiración, preparándome para que aquellos ojos acusadores se posen en mí.

«Confiesa —pienso—. Confiesa.»

—Lo siento. Lo siento mucho.

Sus dedos se deslizan por mi barbilla y me acarician los labios. Y entonces me fijo en algo. Las uñas. Están pintadas de negro. Eso no encaja. Eso no...

Con un movimiento brusco de la cabeza, se echa hacia atrás el cabello recién oxigenado, con tintes rojizos por la sangre del cuello cortado.

Y entonces caigo en la cuenta de mi error.

Me despierto en el suelo, junto a la cama, en una maraña de sábanas y mantas. Creo que me he hecho daño en el coxis. Me quedo tirado, jadeando, dejando que la realidad me inunde los sentidos. Pero no funciona. La cercanía del sueño sigue pesando sobre mí. Aún veo su cara. Aún siento el contacto de sus dedos sobre los labios. Me llevo la mano al pelo y desprendo de él una ramita. Dirijo la vista hacia mis pies. Los bajos del pijama y las suelas de las zapatillas están cubiertos de tierra y hojas aplastadas. Percibo el hedor acre de la orina. Trago en seco.

Hay algo más, y necesito aprehenderlo con rapidez antes de que se escabulla como la pavorosa cabeza-araña de mi sueño.

Haciendo un esfuerzo, me levanto y gateo sobre la cama. Después de encender la lámpara de la mesilla de noche, cojo la libreta de Mickey. Paso las páginas a toda prisa hasta que llego a la última. Contemplo las notas garabateadas por Mickey, y de pronto algo brota en mi mente con una claridad absurda. Casi oigo el tintineo de la bombilla que se ilumina.

Es como cuando fijas la mirada en una de aquellas ilusiones ópticas 3D y, por más que lo intentas, no ves más que una serie de puntos o líneas trazadas de cualquier manera. Entonces te mueves solo una fracción de centímetro y de repente descubres la imagen oculta. Con una nitidez absoluta. Y, una vez que la has visto, te preguntas cómo demonios no la habías visto antes. Es de una evidencia deslumbrante y enloquecedora.

He enfocado todo esto mal desde el principio. Todo el mundo lo había enfocado mal. Tal vez porque no contaban con la última pieza del rompecabezas. Tal vez porque todas las fotos de Elisa, en los periódicos, en los reportajes, eran de antes del accidente. Ese retrato, esa foto en particular, se convirtió en la imagen de Elisa, la chica del bosque.

Pero no era la imagen real. Esa no era la chica cuya belleza le había sido cruelmente arrebatada. No era la chica a la que el señor Halloran y yo habíamos intentado salvar.

Y, lo que es más importante, no era la Elisa que había decidido que había llegado el momento de cambiar. Que se había teñido el pelo. Que, desde lejos, ni siquiera se parecía ya a Elisa.

«<u>Nadie</u> quería hacerle daño a Elisa: <u>importante</u>. <u>PELO</u>.»

1986-1990

Cuando tenía nueve o diez años, era un gran fan de *Doctor Who*. Para cuando cumplí los doce, la serie había perdido mucho y era un rollo. De hecho, en mi sincera opinión de entonces, todo había empezado a decaer cuando Peter Davison se había regenerado en Colin Baker, que ya no molaba tanto, con su ridícula chaqueta multicolor y su corbata de lunares.

El caso es que hasta entonces me encantaban todos los episodios, en especial aquellos donde aparecían los Daleks o los que dejaban la acción a medias, con una escena de suspense.

El problema residía en que la escena de suspense siempre era mejor que la solución que uno llevaba esperando toda la semana. Al final del primer episodio, el Doctor solía encontrarse en un aprieto tremendo, rodeado por una horda de Daleks que se disponía a liquidarlo, o en una nave espacial que estaba a punto de explotar, o frente a algún monstruo enorme del que no había absolutamente ninguna escapatoria.

Pero siempre conseguía escapar, por lo general gracias a lo que Gav el Gordo llamaba «una fantasmada sacada de la manga»: una trampilla secreta, un rescate de último momento por parte de la UNIT o un nuevo uso increíble que el Doctor podía darle a su destornillador sónico. Aunque disfrutaba con la segunda parte de todos modos, me sentía un poco defraudado. Como si hubieran hecho trampas, en cierto modo.

En la vida real, no tienes la opción de hacer trampas. No puedes escapar de un destino terrible gracias a que tu destornillador sónico vibra a la misma frecuencia que el botón de autodestrucción de los Cybermen. Las cosas no funcionan así.

Y sin embargo, durante un tiempo, después de enterarme de que el señor Halloran había muerto, deseé poder hacer trampa. Que, por obra de algún milagro, él no estuviera muerto. Que apareciera de repente y nos dijera a todos: «En realidad, sigo vivo. Yo no lo hice, y lo que ocurrió de verdad fue lo siguiente...».

Supongo que, aunque intuíamos que la historia había llegado a su conclusión, no era la que queríamos. No era un buen desenlace. Era un anticlímax. Teníamos la sensación de que debía haber algo más. Y había detalles que me inquietaban. Supongo que, si habláramos de *Doctor Who*, podríamos llamarlos «agujeros en la trama». Cosas que los guionistas esperaban que pasaras por alto, pero en las que no podías evitar fijarte. Aunque tuvieras doce años. Especialmente si tenías doce años, de hecho. A esa edad uno está muy pendiente de que no le tomen el pelo.

A partir de entonces, la gente se limitaba a decir que el señor Halloran estaba loco, como si eso lo explicara todo. Pero incluso si uno estaba loco, o era un lagarto de metro ochenta en *Doctor Who*, tenía sus razones para hacer lo que hacía.

Cuando les señalaba esto a los demás, a Gav el Gordo y a Hoppo (porque, a pesar de que habíamos encontrado el cadáver juntos, esto no nos había unido más a Mickey, y seguimos sin relacionarnos mucho con él después), Gav simplemente me lanzaba una mirada de exasperación, hacía girar el dedo junto a su sien y decía: «Lo hizo porque estaba zumbado, muchacho. Más para allá que para acá. Chiflado perdido. Como una cabra. Era miembro de pleno derecho de la Brigada de Lunáticos».

Hoppo no decía gran cosa, excepto un día, cuando Gav el

Gordo se había puesto fuera de sí y estaban a punto de enzarzarse en una discusión. Hoppo solo añadió en voz baja: «A lo mejor tenía sus razones, pero nosotros no las entendemos, porque no estamos en su lugar».

Supongo que, en el fondo, lo que yo tenía era un sentimiento de culpa por el papel que había desempeñado y, sobre todo, por el estúpido anillo de las narices.

Si no lo hubiera dejado ese día en su casa, ¿habría supuesto todo el mundo que el señor Halloran era culpable? Bueno, seguramente, por el hecho de que él se suicidara. Pero quizá, de no haber sido por el anillo, no se habrían apresurado tanto a achacarle el asesinato de Elisa. Quizá no habrían cerrado el caso de forma tan precipitada. Quizá habrían seguido buscando pruebas. El arma homicida. La cabeza de ella.

No lograba encontrar una respuesta satisfactoria a estas preguntas, estas dudas. Así que, con el tiempo, acabé por arrumbarlas. Junto con otros recuerdos de la infancia. Aunque en realidad no estoy seguro de dónde arrumbamos esas cosas.

Pasó el tiempo, y los sucesos de ese verano empezaron a difuminarse en nuestra memoria. Cumplimos los catorce, los quince, los dieciséis. Los exámenes, las hormonas y las chicas ocuparon nuestra mente.

En esa época, yo tenía otras cosas en que pensar. Mi padre estaba poniéndose muy mal. La vida empezaba a imponerme la penosa rutina con la que tendría que convivir a lo largo de varios años. Estudiar y trabajar durante el día. Lidiar con la mente cada vez más deteriorada de mi padre y la frustración y la impotencia de mi madre por la noche. En esto se convirtió mi existencia cotidiana.

Gav el Gordo empezó a salir con una chica bonita y un poco regordeta llamada Cheryl. También empezó a perder peso. Muy poco a poco, al principio. Dejó de comer tanto y montaba más en bici. Se apuntó a un club de atletismo y, aunque de entrada se lo tomó a broma, cada vez corría más lejos y más rápido, y la gordura disminuía. Era como si quisiera desprenderse del viejo Gav. Y supongo que lo estaba consiguiendo. Junto con los kilos de más, estaba despojándose de los rasgos más estrafalarios de su carácter, los chascarrillos incesantes. En su lugar, adoptó una actitud seria, un tono más acerado. Bromeaba menos, estudiaba más y, cuando no estaba estudiando, salía con Cheryl. Empezó a distanciarse de la panda, como había hecho Mickey antes que él. De modo que solo quedábamos dos: Hoppo y yo.

Tuve un par de novias con las que no iba muy en serio. Y unos cuantos amores imposibles, entre ellos una profesora de lengua morena de aspecto bastante severo con gafas pequeñas y unos ojos verdes impresionantes. La señorita Barford.

En cuanto a Hoppo..., bueno, nunca había mostrado un gran interés por las chicas hasta que conoció a una llamada Lucy (la que acabaría engañándolo con Mickey y ocasionando la pelea en la fiesta a la que no asistí).

Hoppo estaba perdidamente enamorado de ella. Por aquel entonces, me costaba entenderlo. O sea, era bastante mona, pero nada del otro mundo. Parecía más bien poquita cosa, de hecho. Tenía el cabello castaño lacio, gafas. Y llevaba ropa un poco rara: largas faldas con borlas, botas grandes, camisetas teñidas con nudos y toda esa mierda jipi. No iba precisamente a la moda.

Tardé un tiempo en comprender a quién me recordaba: a la madre de Hoppo.

Fuera como fuese, parecían congeniar y formaban bastante buena pareja. Tenían gustos muy similares, aunque, en las relaciones, supongo que todos tendemos a ceder un poco y, para complacer a la otra persona, fingimos que nos gustan cosas que en realidad no nos gustan.

Lo mismo sucede con los amigos. Aunque Lucy no era

santa de mi devoción, yo aparentaba que me caía bien para que Hoppo estuviera contento. En esa época andaba con una alumna del curso inferior llamada Angie. Lucía unas greñas con permanente y un cuerpo más que aceptable. Aunque no estaba enamorado de ella, me atraía mucho y era una chica fácil (no en ese sentido, aunque, a decir verdad, tampoco es que fuera muy recatada). Era de trato fácil, poco exigente, tranquila. Dada la complicada situación que estábamos atravesando con mi padre, necesitaba algo así.

Salimos varias veces en plan parejitas con Hoppo y Lucy. Aunque no puedo decir que Lucy y Angie tuvieran mucho en común, esta era una de aquellas chicas afables que se esforzaban por llevarse bien con la gente. Lo que me parecía genial, pues me permitía ahorrarme ese esfuerzo.

Íbamos al cine, al pub y, un fin de semana, Hoppo propuso algo diferente.

—¿Por qué no vamos a la feria?

En ese momento estábamos en el pub. No era el Bull; el padre de Gav el Gordo no nos habría dejado pedir pintas de sidra con cerveza ni por asomo. El local, que se llamaba The Wheatsheaf, estaba en la otra punta de la ciudad. El encargado no nos conocía y, para ser sinceros, le habría importado un pito saber que solo teníamos dieciséis años.

Como era el mes de junio, estábamos sentados en la terraza, que en realidad se reducía a un pequeño patio trasero con un puñado de mesas y bancos desvencijados de madera.

Tanto Lucy como Angie reaccionaron con entusiasmo. Yo me quedé callado. No había vuelto a la feria desde el día del terrible accidente. No es que hubiera evitado de forma deliberada las ferias ni los parques de atracciones. Sencillamente no tenía muchas ganas de ir.

Pero todo esto es mentira. Estaba asustado. El verano anterior me había rajado de un viaje a Thorpe Park, con el pretexto de que andaba mal del estómago, lo cual no era del todo falso. Se me revolvían las tripas cada vez que pensaba en subir a cualquier tipo de atracción. De inmediato me venía a la mente la imagen de la Chica de la Ola tumbada en el suelo con la pierna colgando y su hermoso rostro convertido en un amasijo de cartílago y hueso.

—¿Ed? —dijo Angie, dándome un apretón en la pierna—. ¿Qué opinas? ¿Te apetece ir a la feria mañana? —Acto seguido, me susurró al oído, un poco achispada—: Dejaré que me metas mano en el Tren de la Bruja.

Aunque este plan me resultaba de lo más tentador (hasta entonces, solo le había metido mano a Angie en el marco tan poco sugerente de mi habitación), tuve que forzar una sonrisa.

—Sí. Me parece genial.

No era cierto, pero tampoco quería quedar como un gallina delante de Angie ni, por algún motivo, delante de Lucy, que me miraba con expresión extraña. Una expresión que no me gustó nada, como si se hubiera percatado de que mentía.

El día de la feria hacía calor. Igual que en aquella otra ocasión. Y Angie cumplió su palabra. A pesar de todo, no me proporcionó tanto placer como había imaginado, aunque es verdad que, cuando salimos del Tren de la Bruja, me costaba un poco andar. Se me bajó de inmediato al ver dónde estábamos. Justo delante de la Ola.

Por alguna razón, no había reparado en ella antes. Tal vez porque me la había tapado la multitud, o porque tenía otras cosas en la cabeza, como la diminuta minifalda de licra de Angie y lo que me esperaba, incitante, unos pocos centímetros por debajo.

Me quedé inmóvil, contemplando aquellos coches de madera que giraban y se movían en círculos. Unas chicas soltaban chillidos de placer mientras los empleados les hacían dar vueltas y más vueltas.

«Gritad si queréis ir más deprisa.»

—Eh. —Hoppo se situó junto a mí y siguió la dirección de mi mirada—. ¿Estás bien?

Asentí para que las chicas no pensaran que era una nenaza.

—Sí, muy bien.

—Y ahora ¿qué? ¿Nos montamos en la Ola? —sugirió Lucy, enlazando el brazo con el de Hoppo. Aunque lo dijo en un tono bastante inocente, hasta el día de hoy sigo convencido de que había algo más detrás de su propuesta. Cierta falta de sinceridad. Alguna intención maliciosa. Sabía lo que había ocurrido. Y quería hurgar en la herida para divertirse.

—Creía que subiríamos a la Centrífuga —repuse.

—Ya subiremos después. Vamos, Eddie. Será divertido.

También detestaba que me llamara Eddie. Era un nombre infantil. Ahora que tenía dieciséis años, prefería que me llamasen Ed.

—Es que la Ola me parece un rollo. —Me encogí de hombros—. Pero si queréis montar en una atracción cutre, allá vosotros.

Ella sonrió.

—¿Tú qué dices, Angie?

Yo sabía lo que diría Angie. Lucy también.

—Me apunto a lo que digáis. Soy poco exigente.

Por una vez, me habría gustado que no lo fuera. Habría deseado que tuviera una opinión propia, un poco de sangre en las venas. Porque «no soy exigente» equivale a «soy una pardilla».

—Estupendo. —Lucy desplegó una gran sonrisa—. Vamos, entonces.

Nos acercamos a la Ola y nos pusimos en la pequeña cola que se había formado a un lado. El corazón me latía a mil por hora. Tenía las manos frías y húmedas. Sentí náuseas, aunque aún no había subido a la atracción ni estaba experimentando los vomitivos efectos de los giros.

La Ola se detuvo y los ocupantes de los coches bajaron haciendo eses. Ayudé a Angie a subir la primera, intentando quedar como un caballero. Apoyé el pie en la inestable plataforma de madera y me paré en seco. Algo había captado mi atención o, mejor dicho, había percibido algo con el rabillo del ojo por un breve instante. Lo suficiente para impulsarme a volverme.

Una figura alta y delgada se hallaba de pie a un lado del Tren de la Bruja. Vestida de negro de arriba abajo: tejanos negros, camisa holgada y un sombrero tejano negro de ala ancha. Aunque estaba de espaldas a mí, observando el Tren de la Bruja, divisé la larga cabellera blanca que le caía por el dorso.

—¿*Me estás escuchando, Eddie?*

Qué locura. Era imposible. No podía tratarse del señor Halloran. Ni hablar. Él estaba muerto. Muerto y enterrado. Por otro lado, también lo estaba Sean Cooper.

—¿Ed? —Angie me miró con perplejidad—. ¿Te encuentras bien?

—Me...

Dirigí de nuevo la vista hacia el Tren de la Bruja. La figura ya no estaba allí. Vi una sombra negra que doblaba la esquina y desaparecía.

—Perdona, tengo que ir a comprobar una cosa.

Bajé de la Ola de un salto.

—¡Ed! ¡No puedes irte corriendo, sin más!

Angie me fulminó con la mirada; era lo más cerca que había estado nunca de cabrearse conmigo. No me cupo la menor duda de que nuestros escarceos en el Tren de la Bruja serían los últimos que disfrutaría en una temporada, pero en aquel momento no me importó. Tenía que ir en su busca. Tenía que saberlo.

—Lo siento —farfullé.

Troté por el terreno de la feria. Torcí la esquina del Tren de la Bruja en el instante en que la figura desaparecía detrás de los puestos de algodón de azúcar y globos. Apreté el paso y choqué con algunas personas que chasqueaban la lengua y me insultaban. Me daba igual.

No estoy seguro de si creía que la aparición que perseguía era real, pero no era la primera vez que veía fantasmas. Incluso de adolescente, aún echaba un vistazo por la ventana de mi habitación todas las noches, por si acaso Sean acechaba debajo. Cuando percibía un olor desagradable, aún me preocupaba que presagiara la sensación de una mano putrefacta en mi cara.

Pasé a toda prisa junto a los coches de choque y el Pulpo, que en otra época había sido tan popular y ahora, con la llegada de las montañas rusas y de atracciones aún más grandes y electrizantes, parecía bastante insulso. De pronto, la figura se detuvo. Yo me paré también y me escondí tras un puesto de perritos calientes. Observé cómo se llevaba las manos a los bolsillos y extraía un paquete de cigarrillos.

Fue entonces cuando cobré conciencia de mi error. Las manos. No tenían los dedos finos y pálidos, sino de un color marrón oscuro, con uñas largas y serradas. La figura se volvió. Contemplé aquel rostro demacrado. Lo cruzaban surcos tan profundos que parecían tallados con un cuchillo; los ojos, piedras azules incrustadas en las cicatrices. Una barba rubia le colgaba del mentón casi hasta el pecho. No era el señor Halloran, ni siquiera un hombre joven, sino un anciano; un gitano.

—¿Qué miras, chaval? —Su voz sonaba como un cubo oxidado lleno de grava.

—Nada. Lo... lo siento.

Di media vuelta y me escabullí tan deprisa como me lo permitió mi dignidad... o lo poco que quedaba de ella. Cuando me hallaba fuera de su vista, me detuve un momento para intentar recobrar el aliento y dominar las náuseas que amenazaban con engullirme. Sacudí la cabeza y, en vez de vómito, me brotaron carcajadas de la boca. No se trataba del señor Halloran ni del Hombre de Tiza, sino de un viejo feriante que seguramente tenía la coronilla calva bajo el sombrero tejano.

«Esto es de locos.» Como aquella escena con el puto enano en *Amenaza en la sombra* (una peli que habíamos visto sin permiso en casa de Gav el Gordo un par de años atrás, y solo porque nos habían dicho que Donald Sutherland y Julie Christie «lo hacían» de verdad delante de la cámara. En realidad, nos llevamos un chasco, porque Julie Christie apenas enseñaba nada, y en cambio el culo blanco y flacucho de Sutherland aparecía varias veces).

—Ed, ¿qué está pasando?

Al alzar la mirada vi que Hoppo corría hacia mí, seguido por las chicas. Al parecer, se habían bajado todos de la Ola. Lucy parecía bastante molesta por eso.

Intenté dejar de reír para parecer una persona cuerda.

—Me ha parecido verlo. Al señor Halloran. El Hombre de Tiza.

—¡Qué? ¿Estás de coña?

Sacudí la cabeza.

—No era él.

—Pues claro que no —respondió Hoppo con el ceño fruncido—. Está muerto.

—Lo sé —dije—. Es solo que...

Al fijarme en sus expresiones de preocupación y desconcierto, asentí despacio.

—Lo sé. Me he equivocado. Ha sido una tontería.

—Venga —dijo Hoppo, que aún parecía intranquilo—. Vamos a tomar algo.

Miré a Angie. Me dedicó una sonrisa lánguida y me tendió la mano. Me había perdonado. Con facilidad. Como siempre.

Aun así, la tomé de la mano. Agradecido.

—¿Quién es el Hombre de Tiza? —preguntó.

Rompimos poco después. Supongo que no teníamos mucho en común. No nos conocíamos muy bien, después de todo. O tal vez yo ya era un hombre joven con un pasado y un bagaje, y solo una persona especial podría compartir esa carga conmigo. Quizá por eso llevo tanto tiempo siendo un soltero empedernido. Todavía no he encontrado a esa persona. Aún no. Tal vez nunca la encuentre.

Al salir de la feria, le di un beso de despedida a Angie y me encaminé hacia mi casa con paso cansino, bajo el calor tórrido de última hora de la tarde. Las calles estaban extrañamente desiertas, pues la gente se refugiaba a la sombra de las terrazas de los bares y los patios traseros; incluso el tráfico de vehículos era esporádico, ya que nadie quería pasar mucho rato sofocándose en una enorme lata de metal.

Doblé una esquina, aún algo alicaído tras el incidente en la feria. Supongo que también me sentía un poco estúpido. Me había asustado muy fácilmente, me había convencido enseguida de que podía ser él. Qué idiota. Claro que no lo era. No podía serlo. Otra trampa más.

Suspirando, subí el camino de acceso y abrí la puerta principal. Papá estaba sentado en el salón, en su sillón favorito, contemplando el televisor con la mirada vacía. Mamá preparaba la cena en la cocina. Tenía los ojos enrojecidos, como si hubiera estado llorando. Mi madre no lloraba. No con facilidad. Supongo que salí a ella en ese aspecto.

—¿Qué ocurre? —pregunté.

Se enjugó los ojos, pero no me mintió asegurándome que no ocurría nada. Mi madre tampoco mentía. O eso creía yo en ese entonces.

—Tu padre —dice.

Como si la causa hubiera podido ser otra. A veces —y aún me avergüenza reconocerlo—, yo detestaba a mi padre por estar enfermo. Por las cosas que hacía y decía a causa de su enfermedad. Por la expresión ausente y perdida de sus ojos. Por el modo en que su dolencia nos afectaba a mamá y a mí. Cuando uno es adolescente, lo que más ansía es ser normal, y no había nada normal en nuestra vida con mi padre.

—¿Qué ha hecho esta vez? —pregunté sin apenas conseguir disimular mi desprecio.

—Se ha olvidado de mí —dijo mamá, y advertí que los ojos se le volvían a llenar de lágrimas—. Cuando le he llevado el almuerzo, me ha mirado por unos instantes como si fuera una desconocida.

—Oh, mamá...

La atraje hacia mí y la abracé con todas mis fuerzas, como si pudiera exprimirle todo el dolor, incluso mientras una pequeña parte de mí se preguntaba si, en ocasiones, el olvido era lo más misericordioso.

Los recuerdos..., quizá estos eran los auténticos asesinos.

2016

—Nunca presupongas nada —me dijo mi padre una vez—. Presuponer es una parida supina. —Al advertir que me quedaba mirándolo sin comprender, añadió—: ¿Ves esta silla? ¿Crees que seguirá aquí mismo mañana por la mañana?

—Sí.

—Entonces estás presuponiendo.

—Supongo.

Levantó la silla y la colocó sobre la mesa.

—La única forma de estar seguros de que esta silla permanecerá exactamente en el mismo lugar sería pegarla al suelo con cola.

—Pero ¿eso no sería hacer trampa?

—Siempre habrá gente que haga trampas, Eddie —aseveró en un tono más serio—. Y que diga mentiras. Por eso es importante que dudes de todo. Que intentes mirar siempre más allá de lo evidente.

Asentí.

—Vale.

La puerta de la cocina se abrió, y apareció mamá. Posó la vista en la silla, luego en papá y en mí, y sacudió la cabeza.

—Creo que prefiero no saberlo.

«Nunca presupongas nada. Duda de todo. Mira siempre más allá de lo evidente.»

Presuponemos las cosas porque nos resulta más fácil, porque somos perezosos. Nos ahorra tener que pensar a fondo, por lo general en cosas que nos hacen sentir incómodos. Pero el no pensar puede desembocar en malentendidos y, en algunos casos, en tragedia.

Como la travesura imprudente de Gav el Gordo, que había resultado en una muerte. Solo porque él no había meditado bien las consecuencias. Mi madre no había pensado que contarle a papá lo de Hannah Thomas pudiera hacer daño a nadie, pues había presupuesto que su marido guardaría el secreto. Y luego estaba el muchacho que había robado un pequeño anillo plateado y había intentado devolverlo porque creía que era lo correcto aunque, naturalmente, estaba muy muy equivocado.

Presuponer puede conducirnos también a otro tipo de errores. Impide que veamos a las personas como son en realidad y nos hace perder de vista a la gente que conocemos. Yo había presupuesto que era Nicky quien visitaba a su padre en Saint Magdalene, cuando en realidad era Chloe. Presupuse que estaba persiguiendo al señor Halloran en la feria, cuando no era más que un viejo feriante. Incluso Penny, la Dama del Jardín, había encaminado a todo el mundo hacia un tortuoso sendero de presuposiciones. Todos creían que esperaba a su difunto prometido Ferdinand. Pero Ferdinand no era su prometido. Lo era el pobre de Alfred. Ella llevaba todos esos años esperando a su amante.

No era un caso de amor imperecedero, sino de infidelidad y error de identificación.

A la mañana siguiente, en cuanto me levanto, hago unas llamadas. Bueno, para ser exactos, en cuanto me levanto me tomo varias tazas de café muy cargado, me fumo media docena de cigarrillos y luego hago unas llamadas. Primero telefoneo a Gav y a Hoppo, después a Nicky. Como era de esperar, ella no contesta. Le dejo un mensaje embarullado, que estoy convencido de que ella borrará sin escucharlo. Por último, llamo a Chloe.

—No lo veo claro, Ed.

—Necesito que lo hagas.

—Hace años que no hablo con él. No somos íntimos precisamente.

—Es una buena oportunidad para recuperar el contacto.

Exhala un suspiro.

—Estás equivocado respecto a esto.

—Tal vez. Tal vez no. Pero, aunque sé que no hace falta que te lo recuerde, me lo debes.

—Está bien. Pero no entiendo por qué es tan importante. ¿Por qué ahora? Aquello ocurrió hace treinta años, joder. ¿Por qué no lo dejas correr?

—No puedo.

—No será por Mickey, ¿verdad? Porque a él desde luego no le debes nada.

—No. —Pienso en el señor Halloran y en lo que robé—. Tal vez se lo debo a otra persona, y ya va siendo hora de que salde esa deuda.

The Elms es una urbanización para jubilados situada a las afueras de Bournemouth. Hay decenas de comunidades de ese tipo dispersas por la costa sur. De hecho, la costa sur viene a ser una especie de urbanización para jubilados gigantesca, aunque algunas zonas son más exclusivas que otras.

Podría afirmarse que The Elms figura entre las menos atractivas. La calle sin salida bordeada de pequeñas casas cuadradas de una sola planta parece deteriorada y un poco destartalada. Aunque los jardines se conservan en buen estado, la pintura empieza a agrietarse y descascarillarse, y el revestimiento está desgastado por los elementos. Los coches aparcados en la calle también cuentan sus historias. Son vehículos pequeños y relucientes —apostaría a que los lavan religiosamente todos los domingos—, pero tienen ya varios años. No es un mal sitio adonde retirarse. Por otro lado, tampoco es algo que pueda lucirse con orgullo tras currar como un burro durante cuarenta años.

A veces pienso que todo lo que nos esforzamos por conseguir en la vida resulta inútil a la larga. Trabajas duro a fin de poder comprar una casa grande y bonita para tu familia y conducir el último modelo de cuatro por cuatro que destroza la campiña. Luego los hijos crecen y se independizan, así que lo cambias por un coche más pequeño y respetuoso con el medio ambiente (a lo mejor con un asiento de atrás en el que solo cabe un perro). Después te jubilas, y la enorme casa familiar se convierte en una prisión de puertas cerradas con llave y habitaciones que crían polvo, y ese jardín ideal para las barbacoas en familia empieza a dar demasiado trabajo, y de todos modos los hijos organizan sus propias barbacoas últimamente. Así que también consigues una casa más pequeña. Y tal vez, antes de lo que imaginabas, solo quedas tú. Y te intentas convencer de que fue una buena idea mudarte, porque las habitaciones reducidas son más fáciles de llenar de soledad. Si tienes suerte, podrás abandonar el mundo por tu propio pie antes de verte reducido a vivir en un cuarto individual, a dormir en una cama con barrotes, incapaz de limpiarte tu propio trasero.

Armado con estos pensamientos tan positivos, aparco el coche en un pequeño hueco entre vados contiguos, frente al número veintitrés. Recorro el corto camino de acceso y llamo al timbre. Aguardo unos segundos. Me dispongo a llamar de nuevo cuando entreveo a través del vidrio esmerilado una silueta borrosa que se acerca y oigo el tintineo de unas cadenas y el chacoloteo de una cerradura al abrirse. Un tipo preocupado por la seguridad, pienso. Aunque no es de extrañar, dada su antigua profesión.

—¿Edward Adams?

—Sí.

Me tiende la mano. Tras vacilar unos instantes, se la estrecho.

La última vez que vi al agente Thomas de cerca fue cuando estaba de pie en el umbral de mi casa, hace treinta años. Sigue estando delgado, pero ya no es tan alto como lo recordaba. Obviamente, yo he crecido desde entonces, pero es verdad que la vejez empequeñece a la gente. El pelo negro ha encanecido casi del todo y se le ha caído casi todo. El rostro cuadrado tiene las facciones menos duras y está más demacrado. Sigue pareciendo una pieza gigante de Lego, aunque un poco fundida.

—Gracias por acceder a recibirme —digo.

—He de reconocer que no las tenía todas conmigo..., pero supongo que Chloe consiguió despertar mi curiosidad. —Se aparta de la puerta—. Pasa.

Entro en un recibidor pequeño y estrecho. Noto un tenue hedor a comida rancia y un fuerte olor a ambientador. Se ha pasado bastante con este último.

—El salón está aquí delante, a la izquierda.

Avanzo unos pasos y abro una puerta que da a una habitación sorprendentemente espaciosa con sofás hundidos de color beis y cortinas floreadas. Decoración elegida por la difunta señora de la casa, imagino.

Según Chloe, su abuelo se trasladó de vuelta al sur hace pocos años, cuando se jubiló. Un par de años después, su esposa falleció. Me pregunto si fue entonces cuando él dejó de encalar las paredes y arrancar las malas hierbas del jardín.

Thomas me invita con un gesto a sentarme en el menos raído de los dos sofás.

—¿Quieres beber algo?

—Esto... No, gracias. Acabo de tomarme un café. —Es mentira, pero no quiero convertir esta visita en un acto social, considerando el tema que quiero tratar.

—Muy bien. —Se queda parado un momento, con aire vacilante.

Me da la impresión de que no recibe muchas visitas. No sabe cómo comportarse en su casa en presencia de otra persona. Un poco como yo.

Por fin se sienta, en una postura rígida, con las manos sobre las rodillas.

—Bueno. El caso de Elisa Rendell. Ha pasado mucho tiempo. ¿Tú fuiste uno de los chicos que la encontraron?

—Sí.

—¿Y ahora tienes una teoría sobre quién la mató en realidad?

—Así es.

—¿Crees que la policía se equivocó?

—Creo que nos equivocamos todos.

Se acaricia la barbilla.

—Las pruebas circunstanciales eran convincentes. Pero no eran más que eso: circunstanciales. Si Halloran no se hubiera quitado él mismo de en medio, no estoy seguro de que hubiera habido base suficiente para acusarlo. La única prueba sólida era el anillo.

Noto que se me enrojecen las mejillas. Después de todos esos años. El anillo. El maldito anillo.

—Pero no contábamos con el arma homicida, ni con muestras de sangre del asesino. —Hace una pausa—. Y, por supuesto, nunca encontramos la cabeza. —Clava en mí una mirada penetrante, y es como si se quitara treinta años de golpe. Como si una chispa se hubiera reavivado en sus ojos.

—Bien, ¿cuál es tu teoría?

—¿Puedo hacerle algunas preguntas antes?

—Supongo, pero ten en cuenta que no estuve implicado muy a fondo en el caso. Solo era un agente de bajo rango.

—No son preguntas sobre el caso, sino sobre su hija y el reverendo Martin.

Se pone tenso de inmediato.

—No entiendo qué tiene que ver eso con nada.

Tiene todo que ver, pienso.

—Solo quiero que me aclare unas dudas.

—Podría pedirte que te marcharas, sin más.

—Podría.

Espero. El farol está marcado. Me doy cuenta de que quiere echarme, pero espero que la curiosidad y sus viejos instintos de poli le puedan.

—De acuerdo —dice—. Aclararé tus dudas. Pero lo hago por Chloe.

Muevo la cabeza afirmativamente.

—Entiendo.

—No. No lo entiendes. Ella es lo único que me queda.

—¿Y Hannah?

—Perdí a mi hija hace mucho tiempo. Y hoy he tenido noticia de mi nieta por primera vez en más de dos años. Si para volver a verla es necesario que hable contigo, lo haré. ¿Te ha quedado claro?

—¿Quiere que la convenza de que le visite?

—Es evidente que a ti te hace caso.

En realidad, no, pero aún me debe una.

—Haré lo que pueda.

—Bien. Es todo lo que te pido. —Se reclina en su asiento—. ¿Qué quieres saber?

—¿Qué opinaba usted sobre el reverendo Martin?

Suelta un resoplido.

—¿A ti qué coño te parece? Es obvio, ¿no?

—¿Y sobre Hannah?

—Era mi hija. La quería. La sigo queriendo.

—¿Y cuando se quedó embarazada?

—Fue una decepción para mí. Como lo habría sido para cualquier otro padre. Y me enfadé. Supongo que por eso me mintió sobre el padre.

—Sean Cooper.

—Sí. No debería haberlo hecho. Después me sentí mal por lo que dije sobre el chico. Pero, en aquel momento, si no hubiera estado muerto, lo habría matado yo mismo.

—¿Así como trató de matar al reverendo?

—Recibió su merecido. —Esboza una sonrisa fría—. Supongo que eso debería agradecérselo a tu padre.

—Supongo que sí.

Suspira.

—Hannah no era perfecta. Solo era una adolescente normal. Teníamos nuestras desavenencias, sobre el maquillaje o la longitud de sus faldas. Cuando empezó a juntarse con la cuadrilla de beatas de Martin, me alegré. Creía que le haría bien. —Se le escapa una carcajada amarga—. Qué equivocado estaba. Él la echó a perder. Antes estábamos muy unidos. Después, no hacíamos más que discutir.

—¿Tuvieron alguna discusión el mismo día en que asesinaron a Elisa?

Asiente.

—Una de las peores.

—¿Por qué?

—Porque ella había ido a verlo a Saint Magdalene, para decirle que había decidido tener el niño y que lo esperaría.

—Estaba enamorada de él.

—Era una niña. No tenía idea de lo que es el amor. —Sacude la cabeza—. ¿Tienes hijos, Ed?

—No.

—Sabia decisión. Los críos, desde el momento que nacen, te llenan el corazón de amor... y terror. Sobre todo las niñas. Sientes la necesidad de protegerlas de todo. Y cuando no lo consigues, tienes la sensación de que has fracasado como padre. Te has ahorrado muchos disgustos al no tener hijos.

Me remuevo un poco en mi asiento. Aunque la temperatura en el salón no es especialmente elevada, me siento acalorado, sofocado. Intento encarrilar de nuevo la conversación hacia donde me interesa.

—¿Me estaba diciendo que Hannah fue a visitar al reverendo Martin ese día, el día en que mataron a Elisa?

Hace una pausa para poner en orden sus pensamientos.

—Sí. Tuvimos una discusión terrible. Se marchó corriendo. No volvió para cenar. Por eso salí esa noche. Para buscarla.

—¿Estuvo cerca del bosque?

—Pensé que tal vez ella había ido allí. Sé que era un lugar donde se reunía con él en ocasiones. —Arruga el entrecejo—. Todo esto se lo conté a la policía en su momento.

—El señor Halloran y Elisa también solían verse en el bosque.

—Muchos chicos van allí a hacer lo que no deberían. Chicos... y pervertidos —espeta.

Bajo la vista.

—El señor Halloran era mi ídolo en aquella época —confieso—. Pero supongo que no era más que otro hombre adulto obsesionado con las chicas jóvenes, como el reverendo.

—No. —Thomas menea la cabeza—. Halloran no era en absoluto como el reverendo. No apruebo lo que hizo, pero no era lo mismo. El reverendo era un hipócrita, un mentiroso que peroraba sobre la palabra de Dios pero en el fondo la utilizaba para aprovecharse de esas muchachas. Le cambió el carácter a Hannah. Fingió que la colmaba de amor, cuando en realidad estaba emponzoñándole el corazón y, no contento con eso, le hizo un hijo bastardo.

Los ojos azules relampaguean. Una baba cremosa se le acumula en las comisuras de los labios. Dicen que no existe nada más fuerte que el amor. Tienen razón. Por eso las peores atrocidades se cometen en su nombre.

—¿Eso fue lo que le impulsó a hacerlo? —pregunto en voz baja.

—¿A hacer qué?

—Usted fue al bosque y la vio, ¿verdad? Ahí, de pie, como siempre que esperaba a que llegara él, ¿no? ¿Fue entonces cuando usted perdió la cabeza? ¿La agarró y la estranguló antes de que ella pudiera darse la vuelta? A lo mejor no podía soportar mirarla, y cuando por fin la miró, cuando se dio cuenta de su error, ya era demasiado tarde.

»Así que regresó más tarde y la cortó en pedacitos. No sé muy bien por qué. ¿Para ocultar el cuerpo? O tal vez solo para despistar...

—Pero ¿de qué demonios estás hablando?

—Usted mató a Elisa porque la confundió con Hannah. Tenían la misma complexión, y Elisa incluso se había teñido de rubio. Era comprensible que cometiera un error así a oscuras, estando furioso, fuera de sí. Confundió a Elisa con su hija, que había sido emponzoñada, corrompida y llevaba en su vientre al hijo bastardo del reverendo...

—¡No! Yo quería a Hannah. Quería que tuviera el niño. Sí, opinaba que debía darlo en adopción, pero jamás le habría hecho daño. Por nada del mundo... —Se pone de pie con brusquedad—. No debería haber dejado que vinieras. Creía que realmente habías averiguado algo, pero... ¿esto? Ahora sí que voy a pedirte que te vayas.

Levanto la mirada hacia él. Imagino que voy a percibir culpa o miedo en su rostro, pero no es así. No veo más que rabia y dolor. Tanto dolor que me entran náuseas. Me siento como una mierda. Y, sobre todo, siento que he cometido un error, un terrible error.

—Discúlpeme. Me...

Me lanza una mirada que me estremece hasta lo más hondo.

—¿Me pides disculpas por acusarme de matar a mi propia hija? No me basta con eso, señor Adams.

—No, supongo que no. —Me levanto y me dirijo hacia la puerta. Entonces lo oigo decir:

—Espera.

Me vuelvo. Camina hacia mí.

—Seguramente debería pegarte un puñetazo por lo que acabas de decir... —Intuyo que habrá un «pero». O, por lo menos, eso espero—. Pero lo del error en la identificación... me parece una teoría interesante.

—Y equivocada.

—Tal vez no del todo. Quizá solo te has equivocado de persona.

—¿Adónde quiere llegar?

—Aparte de Halloran, nadie tenía motivos para hacerle daño a Elisa. En cuanto a Hannah... Bueno, el reverendo Martin tenía un montón de seguidoras en esa época. Si alguna de ellas se hubiera enterado de que mantenían una relación, de que ella esperaba un bebé, es posible que se pusiera tan celosa, que enloqueciera hasta tal punto que quisiera matar por él.

Reflexiono sobre esto.

—Pero no conoce el paradero actual de ninguna de ellas, ¿no?

Sacude la cabeza.

—No.

—Ya.

Thomas se frota el mentón. Parece estar dándole vueltas a algo.

—Esa noche —dice al fin—, mientras buscaba a Hannah en el bosque, vi a alguien. Estaba oscuro y se encontraba bastante lejos, pero llevaba un mono como de obrero y cojeaba.

—No recuerdo que nadie mencionara que hubiera otro sospechoso.

—No llegamos a investigar esa pista.

—¿Por qué?

—¿Para qué perder el tiempo, si ya teníamos al culpable, y, por si fuera poco, uno muerto, que ahorraría a todo el mundo las costas de un juicio? Además, era una descripción demasiado pobre para usarla como base de una investigación.

Tiene razón. No aporta demasiado.

—Gracias, de todos modos.

—Treinta años son muchos. ¿Sabes? Es posible que nunca encuentres las respuestas que buscas...

—Lo sé.

—O, peor aún, tal vez obtengas las respuestas, y no sean las que querías.

—Eso también lo sé.

Cuando subo de nuevo al coche, estoy temblando. Bajo la ventanilla y cojo mis cigarrillos. Enciendo uno con avidez. Había puesto mi móvil en silencio antes de entrar en la casa. Cuando lo saco, descubro que tengo una llamada perdida. Dos, de hecho. Nunca había sido tan popular.

Llamo al buzón de voz y escucho dos mensajes confusos, uno de Hoppo y otro de Gav. Los dos dicen lo mismo:

—Ed, es sobre Mickey. Ya saben quién lo mató.

2016

Están sentados a la mesa de siempre, aunque, cosa rara, Gav tiene delante una cerveza en vez de una Coca-Cola light.

No bien acabo de acomodarme con mi propia pinta cuando deja caer el periódico frente a mí. Me fijo en el titular.

JÓVENES DETENIDOS POR AGRESIÓN EN LA RIBERA. Dos varones de quince años están siendo interrogados por la agresión mortal contra el antiguo vecino de la localidad Mickey Cooper (42). Fueron detenidos hace dos noches tras un intento de atraco en el mismo tramo de camino junto al río. La policía «mantiene la mente abierta» respecto a una posible relación entre ambos sucesos.

Leo por encima el resto de la noticia. No sabía nada del atraco, pero, por otro lado tenía otras preocupaciones. Frunzo el ceño.

—¿Te pasa algo? —pregunta Gav.

—En realidad, no dice que los jóvenes atacaran a Mickey —señalo—. De hecho, no es más que una suposición.

Se encoge de hombros.

—¿Y qué? Un atraco que salió mal. Nada que ver con su libro ni con los hombres de tiza. Solo un par de chorizos de poca monta en busca de dinero fácil.

—Supongo. ¿Se conoce la identidad de los chavales?

—Me parece que uno es alumno de tu instituto. ¿Danny Myers?

Danny Myers. Debería estar sorprendido, pero no lo estoy. Por lo visto ya no quedan muchos aspectos de la naturaleza humana que puedan sorprenderme. Y sin embargo...

—No pareces muy convencido —observa Hoppo.

—¿De que Danny haya atracado a alguien? Lo creo capaz de cometer alguna estupidez para impresionar a sus colegas. Pero matar a Mickey...

No, no estoy convencido. Me parece demasiado oportuno. Demasiado fácil. Demasiado parecido a una parida supina. Y hay otro detalle que me inquieta.

«El mismo tramo de camino junto al río.»

Sacudo la cabeza.

—Seguro que Gav tiene razón. Debe de ser la explicación más probable.

—Esta juventud de hoy en día... —comenta Hoppo.

Se hace el silencio. Se prolonga. Bebemos sorbos de cerveza.

—A Mickey le cabrearía mucho ver que lo llaman «antiguo vecino de la localidad» —digo al cabo de un rato—. Habría esperado «ejecutivo publicitario de altos vuelos», como mínimo.

—Ya. Bueno, dudo que «vecino» sea lo peor que lo han llamado —dice Gav. Sus facciones se endurecen—. Todavía no puedo creer que le pagara a Chloe para que te espiara. Ni que nos mandara esas cartas.

—Me imagino que quería darle más emoción a su libro —aventuro—. Las cartas eran una manera de introducir un golpe de efecto en la trama.

—Bueno, a Mickey siempre se le dio bien inventarse cosas —dice Hoppo.

—Y armar líos de cojones —agrega Gav—. Esperemos que todo eso haya terminado.

Hoppo levanta su vaso.

—Brindo por eso.

Alargo el brazo para coger mi bebida, pero debo de andar un poco distraído, porque vuelco sin querer el vaso, que cae por el borde de la mesa. Consigo atraparlo antes de que se haga añicos contra el suelo, pero la cerveza se derrama sobre las piernas de Gav.

Agita la mano.

—No te preocupes. —Intenta limpiarse los vaqueros con la mano. Me llama de nuevo la atención el contraste entre sus dedos fuertes y los músculos delgados y atrofiados de sus piernas.

«Piernas fuertes.»

Las palabras me vienen a la cabeza de improviso.

«Los tiene engañados a todos.»

Me pongo de pie con tal brusquedad que las otras bebidas salen volando.

«El lugar donde se reunía con él en ocasiones.»

Gav se apresura a coger su vaso.

—¿Qué coño te pasa?

—Yo tenía razón —digo.

—¿Sobre qué?

Los miro con fijeza.

—Estaba equivocado, pero tenía razón. Lo sé, es una locura. Cuesta creerlo pero... tiene sentido. Joder. Todo tiene sentido.

«El demonio disfrazado.» «Confiesa.»

—Ed, ¿de qué estás hablando? —pregunta Hoppo.

—Ya sé quién mató a la Chica de la Ola. A Elisa. Ahora tengo claro qué le ocurrió.

—¿Qué?

—Un acto divino.

—Se lo he dicho por teléfono, señor Adams. El horario de visitas ha terminado.

—Y yo le he dicho que tengo que hablar con él. Es muy importante.

La enfermera —la mujer robusta y severa que me recibió en mi visita anterior— nos contempla a los tres. (Hoppo y Gav el Gordo han insistido en que les dejara acompañarme. La vieja panda, reunida de nuevo. Para una aventura final.)

—¿Una cuestión de vida o muerte, supongo?

—Sí.

—¿Y no puede esperar a mañana?

—No.

—El reverendo no va a ir a ninguna parte en un futuro próximo.

—Yo no estaría tan seguro.

Me dedica una mirada extraña. Y entonces me doy cuenta. Ella lo sabe. Todos lo saben, pero nadie ha dicho nunca una palabra.

—Supongo que no da muy buena imagen —digo— cuando los internos salen de aquí, ¿no? Cuando los encuentran deambulando por ahí. Más vale guardar esas cosas en secreto, quizá. Sobre todo si pretenden que la Iglesia continúe financiándoles, ¿a que sí?

Entorna los ojos.

—Usted, venga conmigo. Ustedes dos —chasquea los dedos en dirección a Hoppo y Gav—, esperen aquí. —Vuelve a mirarme con dureza—. Cinco minutos, señor Adams.

La sigo por el pasillo. Los tubos fluorescentes emiten su resplandor áspero desde el techo. De día, el lugar consigue hasta cierto punto salirse con la suya en su pretensión de ser algo más que un hospital. Por la noche, no. Porque en las instituciones nunca se hace de noche. Siempre hay luz. Y siempre se oyen ruidos. Gemidos y lamentos, chirridos de puertas, rechinidos de suelas blandas sobre el linóleo.

Llegamos frente a la puerta del reverendo. Doña Simpática me lanza una última mirada de advertencia y me muestra los cinco dedos extendidos antes de llamar.

—¿Reverendo Martin? Tiene una visita.

Por un momento demencial, imagino que la puerta se abrirá y que él estará allí, de pie, sonriéndome con frialdad.

«Confiesa.»

Pero, naturalmente, el silencio es la única respuesta. Tras posar la vista en mí con expresión petulante, la enfermera abre la puerta con suavidad y sin hacer ruido.

—¿Reverendo?

Percibo la vacilación en su voz al tiempo que noto una ráfaga fría.

Sin perder un segundo, me abro paso junto a ella. La habitación está vacía, y la ventana abierta de par en par, mientras las cortinas ondean con la brisa de la tarde. Me vuelvo hacia la enfermera.

—¿No tienen cierres de seguridad en las ventanas?

—No nos parecía necesario... —titubea.

—¿No? ¿Aunque él ya había salido a darse garbeos antes? Me sostiene la mirada.

—Solo pasea cuando está disgustado.

—Y supongo que hoy lo estaba.

—Pues, de hecho, sí. Ha tenido una visita que lo ha alterado mucho. Pero nunca va muy lejos.

Corro hasta la ventana y echo un vistazo al exterior. Las sombras del anochecer se extienden con rapidez, pero alcanzo a distinguir la masa negra del bosque. No está lejos para ir a pie. Y, desde aquí, ¿quién habría podido verlo en el otro extremo de la finca?

—No puede hacerse daño —continúa—. Por lo general, sabe encontrar el camino de vuelta solo.

Giro sobre los talones.

—Ha dicho que ha tenido una visita. ¿Quién?

—Su hija.

Chloe. Ha venido a despedirse. Una nube de horror se cierne sobre mí.

«Acampar en el bosque durante un par de noches no hace mal a nadie.»

—Tengo que activar la alarma —dice la enfermera.

—No. Tiene que llamar a la policía. ¡Ahora mismo!

Paso la pierna por encima del alféizar.

—¿Adónde cree que va?

—Al bosque.

Ha encogido desde que éramos niños. No se trata solo de mi percepción como adulto. Es innegable que el bosque ha ido cediendo terreno, poco a poco, a la urbanización que crece más deprisa que los viejos robles y sicomoros que la rodean. Esta noche, sin embargo, vuelven a parecerme gigantescos, y la espesura, un lugar lleno de peligros y cosas oscuras.

Esta vez, yo encabezo la marcha, y mis pies emiten crujidos y chasquidos al avanzar por el suelo del bosque. Piso con cuidado, alumbrando el camino con la linterna que Doña Simpática me ha dejado (a regañadientes). En un par de ocasiones, el haz de luz se refleja en los redondos ojos plateados de algún animal antes de que este se escabulla a toda prisa para refugiarse en la negrura. Hay criaturas de la noche y hay criaturas diurnas. Creo que, a pesar de mi insomnio y mi sonambulismo, en realidad no soy una criatura de la noche.

—¿Estás bien? —susurra Hoppo detrás de mí, sobresaltándome.

Ha insistido en venir conmigo. Gav se ha quedado en la residencia para asegurarse de que llamen a la policía.

—Sí —musito—. Solo pensaba en cuando veníamos al bosque de niños.

—Ya —murmura Hoppo—. Yo también.

No entiendo por qué hablamos en susurros. No hay nadie que pueda oírnos. Nadie salvo las criaturas de la noche. Tal vez me equivocaba. Tal vez él no ande por aquí. Tal vez Chloe me haya hecho caso y se haya alojado en algún albergue. Tal vez...

El alarido surge del bosque como el eco de un espíritu de otro mundo. Los árboles parecen estremecerse, y una nube de seres de alas negras echa a volar hacia el cielo nocturno.

Miro a Hoppo, y ambos echamos a correr, con la luz de la linterna dando bandazos frente a nosotros. Esquivamos ramas y saltamos por encima de hierbas enmarañadas... hasta que salimos a un pequeño claro, como hace años. Como en mi sueño.

Me paro en seco, y Hoppo choca contra mi espalda. Ilumino alrededor con la linterna. En el suelo, frente a nosotros, hay una pequeña tienda de campaña individual medio desmontada. A un lado, una mochila y una pila de ropa. Ella no está aquí. Me invade un alivio momentáneo..., hasta que giro la linterna rápidamente para enfocar de nuevo el montón de ropa. Demasiado grande. Demasiado abultado. No es ropa. Es un cuerpo.

¡No! Corro hacia allí y caigo de rodillas.

—Chloe.

Le quito la capucha. Está pálida y tiene unas marcas rojas en el cuello, pero respira. Es una respiración superficial y débil, pero una respiración al fin y al cabo. No está muerta. Aún no.

Seguramente hemos llegado justo a tiempo y, pese a lo ansioso que estaba por verlo, por encararme con él, eso tendrá que esperar. En este momento es más importante cerciorarme de que Chloe está bien. Dirijo la vista a Hoppo, que permanece al borde del claro, indeciso.

—Tenemos que llamar a una ambulancia.

Asiente, saca su móvil y arruga el entrecejo.

—Casi no hay cobertura. —Aun así, se lo acerca a la oreja...

... y, de repente, desaparece. No solo el móvil; también la oreja. En su lugar hay un gran agujero sanguinolento. Veo un destello plateado, un chorro de sangre roja y oscura, y acto seguido el brazo se le cae hasta la cintura, sujeto solo por unos trozos filamentosos de músculo.

Oigo un grito. No es la voz Hoppo. Este me mira, enmudecido, antes de desplomarse en el suelo con un gemido gutural. El grito ha brotado de mi garganta.

El reverendo pasa por encima del cuerpo de Hoppo, tendido boca abajo. Le cuelga un hacha de la mano, reluciente y empapada de sangre. Se ha puesto un mono de jardinero encima del pijama.

«Llevaba un mono como de obrero y cojeaba.»

Arrastra una pierna mientras se me acerca a trompicones. Respira de forma irregular, y tiene la cara macilenta y cerosa. Parece un muerto ambulante, salvo por los ojos. De una viveza manifiesta, despiden un brillo que solo había visto una vez. En la mirada de Sean Cooper, iluminada por la locura.

Me pongo de pie con dificultad. Todas mis terminaciones nerviosas me instan a huir. Pero ¿cómo voy a dejar a Chloe y Hoppo? Y, para ser más precisos, ¿cuánto tiempo le queda a Hoppo antes de morir desangrado? Me parece oír sirenas a lo lejos. Quizá sean imaginaciones mías. Por otro lado, si consigo tirarle de la lengua...

—¿Así que pretende asesinarnos a todos? ¿No es pecado matar, reverendo?

—«El alma que pecare, esa morirá. La justicia del justo será sobre él, y la impiedad del impío será sobre él.»

Me mantengo firme, aunque noto una debilidad creciente en las piernas, mientras contemplo aquella hoja brillante de la que gotea la sangre de Hoppo.

—¿Por eso quería matar a Hannah? ¿Porque era una pecadora?

—«Porque a causa de la mujer ramera el hombre es reducido a un bocado de pan. Y la mujer caza la preciosa alma del varón. ¿Tomará el hombre fuego en su seno sin que sus vestidos ardan?»

Se aproxima, rastrillando hojas secas con la pierna coja, sin dejar de blandir el hacha. Es como intentar mantener una conversación con un Terminator bíblico. Aun así, lo sigo intentando, con desesperación y la voz entrecortada.

—Estaba embarazada de usted. Lo quería. ¿Es que eso no significa nada?

—«Si tu mano te fuere ocasión de caer, córtala; mejor te es entrar en la vida manco, que teniendo dos manos ir al infierno, al fuego que no puede ser apagado. Y si tu pie te fuere ocasión de caer, córtalo; mejor te es entrar a la vida cojo, que teniendo dos pies ser echado en el infierno.»

—Pero usted no se cortó la mano. Y no mató a Hannah, sino a Elisa.

Se detiene. Percibo una vacilación momentánea y decido aprovecharla.

—Cometió un error, reverendo. Asesinó a la chica equivocada. A una chica inocente. Pero eso ya lo sabe, ¿no? Admitámoslo: sabe, muy en el fondo, que Hannah también era inocente. El pecador es usted, reverendo. Es un mentiroso, un hipócrita y un asesino.

Soltando un rugido, se abalanza hacia mí. Lo esquivo en el último momento y le embisto el estómago con el hombro. Para mi satisfacción, oigo un «uuuf» mientras expulsa todo el aire y se tambalea hacia atrás, y siento un dolor intenso cuando el mango de madera del hacha me golpea con fuerza en un lado de la cabeza. El reverendo se desploma con gran estrépito, y el impulso que llevo me hace caer pesadamente sobre él.

Pugno por levantarme, por alcanzar el hacha, pero siento unas punzadas insistentes en la cabeza, y todo me da vueltas. La tengo casi al alcance de los dedos. Me estiro al máximo y resbalo hacia un lado. El reverendo rueda hasta inmovilizarme bajo su peso. Me rodea el cuello con los brazos. Le pego en la cara e intento sacudírmelo de encima, pero tengo las extremidades tan débiles que los golpes apenas surten efecto. Forcejeamos de un lado a otro. El hombre que ha sufrido una contusión contra el muerto viviente. Sus dedos me aprietan con más fuerza. Frenético, intento liberarme. Siento que mi pecho está a punto de estallar, que mis ojos son ascuas que amenazan con salirse de las cuencas. Mi campo de visión se reduce, como si alguien cerrara unas cortinas lentamente.

No es así como se suponía que debía terminar todo, jadea mi cerebro, privado de oxígeno. Este no es el final apoteósico que yo esperaba. Es un fraude, una engañifa. Es... De pronto, suena un golpe sordo, y él deja de apretarme. Puedo respirar. Me desprendo sus manos del cuello. La vista se me aclara. El reverendo me mira con fijeza y los ojos desorbitados por la sorpresa. Abre la boca.

—Confiesa...

Esta palabra le brota de los labios junto con un hilillo de sangre color rojo oscuro. Aunque sus ojos no se apartan de mí, el brillo se ha extinguido. No son más que globos llenos de cartílago y fluidos; lo que hubo alguna vez detrás de ellos se ha marchado para siempre.

Me retuerzo para salir de debajo de él. Tiene el hacha clavada en la espalda. Levanto la vista. Nicky se alza ante el cuerpo de su padre, con la cara y la ropa salpicadas de sangre, y las manos cubiertas con lo que parecen unos guantes rojos. Me mira como si acabara de reparar en mi presencia.

—Lo siento mucho. No lo sabía. —Se postra junto a su padre, mientras las lágrimas le resbalan por las mejillas y se mezclan con la sangre—. Debería haber venido antes. Debería haber venido antes.

2016

Tengo preguntas. Un aluvión de preguntas. Me las apaño más o menos bien con el cómo, el dónde y el qué, pero, por lo que respecta a los porqués, no dispongo de todas las respuestas. Ni por asomo.

Al parecer, Nicky cogió el coche en cuanto recibió mi mensaje. Al no encontrarme en casa, se pasó por el pub. Cheryl le explicó adónde habíamos ido, y las enfermeras le contaron el resto. Nicky, fiel a su naturaleza, salió en nuestra busca. Y estoy muy contento —más que contento— de que lo hiciera.

Chloe decidió visitar a su padre por última vez. Grave error. También lo fue comentarle que pensaba acampar en el bosque. Y teñirse el pelo de rubio. Creo que eso fue lo que lo desencadenó todo. Su repentino parecido con Hannah despertó reminiscencias en la mente de Martin.

A propósito de la mente del bueno del reverendo, los facultativos aún discuten sobre ello. ¿Constituían su conocimiento consciente y su capacidad de andar (y de matar) una anomalía temporal en su estado casi catatónico, o viceversa? El papel de inválido que representaba no era más que eso: un papel. Lo entendía todo desde el principio.

Ahora está muerto, así que nunca lo sabremos. Aunque estoy seguro de que alguien se ganará un nombre, y seguramente una buena suma de dinero, escribiendo un artículo académico sobre ello, o quizá un libro. Mickey debe de estar revolviéndose en la tumba.

La teoría —en gran parte mía— es que el reverendo mató a Elisa al confundirla con Hannah, la ramera que llevaba a su hijo bastardo en el vientre y que, desde el punto de vista de su mente perturbada, estaba hundiendo su reputación. ¿Por qué la descuartizó? Bueno, la única explicación que se me ocurre es el pasaje bíblico que me citó en el bosque: «Si tu mano te fuere ocasión de caer, córtala; mejor te es entrar en la vida manco, que teniendo dos manos ir al infierno, al fuego que no puede ser apagado».

Creo que cortarla en pedacitos fue su manera de asegurarse de que ella entrara en el cielo a pesar de todo. Tal vez lo hizo después de darse cuenta de su error. O tal vez lo hizo solo porque sí. ¿Quién lo sabe realmente? Tal vez Dios juzgue al reverendo, pero me habría gustado verlo ante un tribunal, enfrentándose a la acusación y a los semblantes implacables de un jurado.

La policía está planteándose reabrir el caso de Elisa Rendell. Hoy en día, cuentan con una ciencia forense avanzada, análisis de ADN y todas esas cosas chulas que salen en la tele y que podrían demostrar más allá de toda duda que el reverendo fue responsable del asesinato de Elisa. Por si acaso, no pienso aguantar la respiración hasta que eso suceda. Como recuerdo bien aquella noche en el bosque y la sensación de las manos del reverendo en torno a mi cuello, dudo que vuelva a aguantar la respiración en la vida.

Hoppo va a recuperarse casi por completo. Los médicos le cosieron la oreja, que no le quedó perfecta, pero él suele llevar el pelo un poco largo, de todos modos. En cuanto al brazo, están haciendo todo lo posible, pero los nervios son cosas muy delicadas. Le han dicho que quizá recobre parcialmente el movimiento, o quizá no. Es demasiado pronto para saberlo. A modo de consuelo, Gav el Gordo le dice que ahora podrá aparcar donde le dé la gana (y que aún le queda un brazo sano para hacerse pajas).

Durante unas semanas, la prensa se convierte en una presencia fastidiosa e inoportuna tanto en el pueblo como delante de mi puerta. Yo no quiero hablar con ellos, pero Gav el Gordo les ha concedido una entrevista. En ella, menciona varias veces su pub. Cada vez que voy allí, compruebo que el negocio vive un momento boyante. Por lo menos una cosa buena ha salido de todo esto.

Empiezo a recuperar algo parecido a la rutina, salvo por algunos detalles. Aviso al instituto de que no volveré después de las vacaciones de otoño y llamo a una agencia inmobiliaria.

Un joven atildado con un corte de pelo caro y un traje barato se presenta en casa y procede a echarle un vistazo. Me muerdo la lengua y lucho contra la sensación de que está invadiendo mi espacio mientras abre y cierra los armarios, pisa las tablas del suelo con fuerza, dice «mmm», «aaah» y me comenta que los precios han experimentado una subida considerable en los últimos años. A pesar de que, según él, la casa necesita «algunas reformas», arqueo las cejas ligeramente cuando me da un valor de tasación aproximado.

Colgamos el letrero de EN VENTA unos días más tarde.

Al día siguiente de eso, me pongo mi mejor traje oscuro, me aliso el cabello y me anudo con cuidado una lúgubre corbata gris al cuello. Me dispongo a salir cuando alguien llama a la puerta principal. Chasqueando la lengua —qué oportuno—, atravieso el recibidor a toda prisa y abro de un tirón.

Nicky está al otro lado. Me mira de arriba abajo.

—Qué elegante.

—Gracias. —Me fijo en su abrigo de color verde subido—. Algo me dice que no vas a acompañarnos.

—No. Solo he venido hoy a hablar con mi abogado.

A pesar de que Nicky salvó tres vidas, aún es posible que la juzguen por el homicidio no premeditado de su padre.

—¿No podrías quedarte un poquito más?

—Ya he reservado un billete de tren. Diles a los demás que lo siento, pero...

—Estoy seguro de que lo comprenderán.

—Gracias. —Me tiende la mano—. Y solo quería decirte... adiós, Ed.

Me quedo mirándole la mano. Entonces, tal como hizo ella hace tantos años, doy un paso hacia ella y la estrecho entre mis brazos. Se pone tensa por un momento, pero luego me abraza también. Aspiro su aroma. No a vainilla ni a chicle, sino a almizcle y cigarrillos. No estoy aferrándome a ella, sino dejándola ir.

Al cabo de un rato, nos separamos. Vislumbro un destello cerca de su garganta. Frunzo el ceño.

—¿Llevas tu viejo colgante?

Baja la vista.

—Sí, nunca me he desprendido de él. —Juguetea con el pequeño crucifijo de plata—. Debe de parecerte raro que conserve algo tan ligado a recuerdos desagradables, ¿no?

Sacudo la cabeza.

—No creas. Hay cosas a las que uno simplemente no puede renunciar.

Ella sonríe.

—Cuídate.

—Tú también.

La sigo con la mirada mientras baja por el camino de acceso, hasta que desaparece al doblar la esquina. Aferrarse, pienso. Renunciar. A veces, son una misma cosa.

Agarro mi abrigo y, tras asegurarme de que la pequeña petaca aún está en el bolsillo, salgo por la puerta.

El gélido aire de octubre me abofetea y pellizca las mejillas. Subo al coche y, aliviado, pongo la calefacción a tope. La temperatura empieza a resultar vagamente aceptable cuando llego al crematorio.

Detesto los funerales. ¿Y quién no, salvo los directores de las funerarias? Pero algunos son peores que otros. Los de personas jóvenes, los de quienes han sufrido una muerte repentina y violenta, los de bebés. Nadie tendría que ver jamás un ataúd pequeñito descender hacia la oscuridad.

Otros simplemente parecen inevitables. Como es natural, la muerte de Gwen supuso un duro golpe a pesar de todo. Pero, como le sucedió a mi padre, una vez que te despides de tu mente, es inevitable que el cuerpo siga el mismo camino tarde o temprano.

No hay mucha gente. Gwen tenía numerosos conocidos, pero pocos amigos. Mamá está aquí, al igual que Gav el Gordo, Cheryl y algunas de las personas a quienes les limpiaba la casa. Lee, el hermano mayor de Hoppo, no ha podido —o querido— pedir permiso para faltar al trabajo. Hoppo está sentado en la primera fila, envuelto en una chaqueta de lana gruesa que le viene grande, y con el brazo en un cabestrillo de aspecto industrial. Ha perdido peso y se le ve mayor. Hace solo unos días que el hospital le dio el alta. Sigue yendo para acudir a sesiones de fisioterapia.

Gav se encuentra junto a él, en la silla de ruedas, y Cheryl al otro lado, en el banco. Me sitúo detrás de ellos, junto a mi madre. Cuando me siento, ella extiende la mano hacia la mía. Como cuando era niño. La tomo y la aprieto con fuerza.

La ceremonia dura poco, lo que constituye un alivio y a la vez un oportuno recordatorio de que setenta años en este planeta pueden condensarse en un discurso de diez minutos más algunas chorradas innecesarias sobre Dios. Si alguien nombra a Dios cuando me muera, espero que arda en el infierno.

Por lo menos, con la incineración, una vez que se corren esas cortinas, se acaba todo. No tenemos que encaminarnos arrastrando los pies hasta el cementerio. Ni contemplar cómo introducen el ataúd en la profunda fosa. Todavía conservo frescos en la memoria todos esos detalles del entierro de Sean.

En vez de ello, salimos todos en fila y nos colocamos alrededor del jardín del recuerdo para admirar las flores y sentirnos incómodos. Gav y Cheryl van a celebrar un velatorio íntimo en el Bull, pero me parece que ninguno de nosotros está muy por la labor.

Converso un rato con Gav, y luego dejo a mamá hablando con Cheryl y me escondo detrás de una esquina, más que nada para fumarme un cigarrillo rápido y beber un sorbo de mi petaca, pero también para apartarme de la gente.

Hay alguien más a quien se le ha ocurrido la misma idea.

Hoppo está de pie cerca de una hilera de lápidas pequeñas que indican dónde hay cenizas enterradas o esparcidas. Siempre me da la impresión de que las lápidas del jardín del crematorio parecen versiones a escala de las auténticas: una maqueta de un cementerio.

Hoppo alza la vista cuando me acerco.

—Hola.

—¿Puedo preguntarte cómo estás, o sería una pregunta estúpida?

—Estoy bien, creo. Aunque sabía que esto pasaría, uno nunca está preparado, en el fondo.

No. Nadie está realmente preparado para la muerte, para algo tan finito. Como seres humanos, estamos acostumbrados a controlar nuestra vida. A prolongarla, hasta cierto punto. Pero la muerte no admite discusión. Ni alegato final, ni apelaciones. La muerte es la muerte, y tiene todas las cartas en la mano. Incluso si consigues engañarla una vez, no te dejará ponerla en evidencia de nuevo.

—¿Sabes qué es lo peor? —dice Hoppo—. Una parte de mí se siente aliviada por su marcha. Por no tener que ocuparme más de ella.

—Eso me ocurrió cuando murió mi padre. No te sientas culpable por eso. No te alegras de que haya fallecido, sino de que la enfermedad haya llegado a su fin.

Saco la petaca y se la ofrezco. Tras vacilar unos instantes, la acepta y toma un trago.

—¿Cómo llevas lo demás? —pregunto—. ¿El brazo?

—Todavía no tengo mucha sensibilidad, pero los médicos dicen que es cuestión de tiempo.

Claro. Siempre nos damos tiempo. Hasta que un día se nos acaba, sin más.

Me alarga la petaca para devolvérmela. Aunque algo en mi interior se resiste, le hago un gesto para animarlo a beber más. Me enciendo el cigarrillo mientras él echa otro trago.

—Y tú, ¿qué? —inquiere—. ¿Listo para dar el gran salto a Manchester?

Mi intención es trabajar como profesor sustituto durante una temporada. Manchester parece estar a una distancia adecuada para proporcionarme una nueva perspectiva sobre las cosas. Sobre muchas cosas.

—Casi —respondo—, aunque tengo la sensación de que los chavales me comerán vivo.

—¿Y Chloe?

—Ella no irá conmigo.

—Creía que estabais...

Sacudo la cabeza.

—He pensado que más valía que siguiéramos siendo solo amigos.

—¿En serio?

—En serio.

Y es que, por mucho que me gustara imaginar que Chloe y yo podíamos tener un futuro juntos, lo cierto es que no le intereso en ese sentido. Y nunca le interesaré. No soy su tipo, y ella no es la persona indicada para mí. Además, ahora que sé que es la hermana pequeña de Nicky, no me parecería bien.

Tienen que tender puentes entre ellas. No quiero ser yo quien los vuele en pedazos otra vez.

—En fin —digo—. A lo mejor conozco a una cariñosa moza norteña.

—Cosas más raras se han visto.

—Ya te digo.

Se hace el silencio. Esta vez, cuando Hoppo me tiende la petaca, la cojo.

—Supongo que ahora se ha acabado todo de verdad —dice, y sé que no se refiere solo a los hombres de tiza.

—Supongo.

Pero aún quedan agujeros en la trama. Cabos sueltos.

—No te veo muy convencido.

Me encojo de hombros.

—Sigue habiendo cosas que no entiendo.

—¿Como cuáles?

—¿Nunca te has preguntado quién envenenó a Murphy? No tiene ningún sentido. Estoy casi seguro de que Mickey le soltó la correa ese día, seguramente porque quería causarte un dolor como el que él sentía. Y el dibujo que encontré seguramente fue obra suya también. Pero aún me cuesta mucho imaginar que Mickey matara a Murphy. ¿A ti no?

Se queda un rato callado. Por un momento, creo que no me va a contestar.

—No lo mató —dice por fin—. Ni él ni nadie. Al menos a propósito.

Lo miro fijamente.

—No te entiendo.

Posa la vista en la petaca. Se la paso de nuevo. Toma un buen lingotazo.

—Mi madre ya había empezado a volverse un poco distraída. Perdía las cosas, o las guardaba donde no tocaba. Una vez la pillé sirviendo cereales en una taza de café y echándoles agua hirviendo encima.

Esto me resulta familiar.

—Un día —prosigue—, más o menos un año después de que muriera Murphy, llegué a casa y la encontré preparándole la cena a Buddy. Había puesto comida de lata en un bol, y estaba añadiendo algo de una caja que había sacado del armario. Creía que se trataba del pienso seco para perros, pero entonces caí en la cuenta de que era veneno para babosas. Se había confundido de caja.

—Joder.

—Impedí que se lo diera justo a tiempo, y creo que incluso hicimos alguna broma al respecto. Pero me dio que pensar. ¿Y si ya le había pasado lo mismo antes, con Murphy?

Reflexiono sobre esto. No fue un acto deliberado. Solo un terrible error.

«Nunca presupongas nada. Duda de todo. Mira siempre más allá de lo evidente.»

Se me escapa una carcajada. No puedo evitarlo.

—Durante todo este tiempo, hemos estado tan equivocados respecto a eso... también.

—Siento no habértelo dicho antes.

—¿Por qué habrías de decírmelo?

—Bueno, supongo que ahora ya tienes la respuesta a tu pregunta.

—A una de ellas.

—¿Hay más?

Doy una calada más profunda al pitillo.

—La fiesta. La noche del accidente. Mickey decía que alguien le había echado alcohol en la bebida, ¿te acuerdas?

—Mickey mentía más que hablaba.

—Sobre eso, no. Nunca conducía después de haber bebido. Adoraba ese coche que tenía. Por nada del mundo se habría arriesgado a hacerle ni un arañazo.

—¿Y qué?

—Creo que es verdad que alguien le echó algo en la bebida esa noche. Alguien que quería que tuviera un accidente. Alguien que lo odiaba a muerte, pero que no contaba con que Gav iría también en el coche.

—Un amigo así dejaría bastante que desear.

—No creo que esa persona fuera un amigo de Mickey. Ni en ese entonces, ni ahora.

—¿Qué quieres decir?

—Te topaste con Mickey cuando volvió a Anderbury. El primer día. Le contaste a Gav que habíais hablado.

—¿Y qué?

—Todo el mundo dio por sentado que Mickey se había desviado hacia el parque esa noche porque estaba borracho y no paraba de pensar en su difunto hermano, pero yo no lo creo. Creo que fue allí a propósito, para encontrarse con alguien.

—Y así fue. Se encontró con un par de atracadores adolescentes.

Sacudo la cabeza.

—No los imputarán. No hay pruebas suficientes. Además, ellos niegan haber ido cerca del parque esa noche.

Medita sobre ello.

—¿Así que mi primera teoría tal vez era la correcta? ¿La de que Mickey estaba borracho y se cayó al agua?

Hago un gesto afirmativo.

—Porque «ese tramo del camino no está iluminado». Eso me comentaste cuando te dije que Mickey se había caído en el río y se había ahogado, ¿verdad?

—Así es.

Se me encoge el corazón por una fracción de segundo.

—¿Cómo puedes saber en qué tramo se cayó Mickey, si no estabas allí?

Se le alarga la cara.

—¿Por qué iba yo a querer matar a Mickey?

—¿Porque había descubierto al fin que tú habías causado

el accidente? ¿Porque iba a contárselo a Gav, o a incluirlo en su libro? Dímelo tú.

Me mira durante unos segundos más de lo que me resulta cómodo. Luego me devuelve la petaca, apretándomela contra el pecho.

—En ocasiones, Ed..., más vale no conocer todas las respuestas.

Dos semanas después

Resulta curioso lo insignificante que te parece tu vida cuando la dejas atrás.

Después de cuarenta y dos años, cabría imaginar que el espacio que ocuparía sobre la Tierra sería más grande, que la huella que dejaría en el tiempo sería un poco más profunda. Pero no; como le pasa a casi todo el mundo, buena parte de mi vida —al menos la parte material— cabe sin problemas en un camión de mudanzas grande.

Observo cómo se cierran de golpe las puertas del vehículo en cuyo interior viajan mis últimas posesiones terrenales, bien guardadas en cajas con etiquetas. Bueno, casi las últimas.

Dedico a los encargados de la mudanza lo que espero que interpreten como una sonrisa jovial y de camaradería.

—Entonces ¿ya está todo?

—Sí —responde el miembro más veterano y curtido del equipo—. Listo.

—Bien, bien.

Vuelvo la mirada hacia la casa. El letrero de VENDIDA aún me llama la atención con aire acusador, como recriminándome que, en cierto modo, he fracasado, que he reconocido la derrota. Aunque pensaba que mi madre se disgustaría por la venta, de hecho me da la sensación de que más bien ha sido un alivio para ella. Se ha negado a aceptar un penique del dinero de la venta.

—Lo necesitarás, Ed. Para instalarte, para empezar de cero. A todos nos hace falta de vez en cuando.

Alzo la mano en señal de despedida cuando el camión arranca. He alquilado un piso de una habitación, así que casi todas mis cosas irán directas a un trastero. Me dirijo lentamente de vuelta a la casa.

Del mismo modo que mi vida me parece más pequeña ahora que se han llevado mis posesiones, la casa, inevitablemente, se me antoja más grande. Me quedo parado unos instantes en el vestíbulo, sin motivo alguno, antes de subir con paso cansino a mi habitación.

Hay una zona más oscura en el suelo, debajo de la ventana, en el espacio que antes ocupaba la cómoda. Me acerco, me pongo de rodillas y saco un pequeño destornillador de mi bolsillo. Lo inserto bajo las tablas sueltas y hago palanca para levantarlas. Dentro solo quedan dos objetos.

Extraigo el primero con delicadeza: un recipiente grande de plástico. Debajo, plegado, está el segundo: una vieja mochila. Mamá me la compró después de que perdiera mi riñonera en la feria. ¿Lo había mencionado ya? Me gustaba esa mochila. Tenía un dibujo de las Tortugas Ninja, y era más guay y a la vez más práctica que una riñonera. Más adecuada para recoger y juntar cosas, también.

La llevaba conmigo esa mañana soleada pero glacial en que pedaleé hasta el bosque. Solo. No sé muy bien por qué. Todavía era muy temprano, y no solía aventurarme en el bosque por mi cuenta. Y menos aún en invierno. Tal vez tenía una corazonada. Después de todo, uno nunca sabe cuándo va a descubrir algo interesante.

Y esa mañana, eso fue justo lo que sucedió.

Tropecé literalmente con la mano. Cuando se me pasó la impresión inicial y, después de rebuscar un poco, encontré el pie. Luego, la mano izquierda. Las piernas. El torso. Y, por último, la pieza más importante del puzle humano. La cabeza.

Descansaba sobre un pequeño montón de hojas, con la vista fija en las copas de los árboles. La luz del sol se colaba entre las ramas peladas y formaba charcos dorados en el suelo. Me arrodillé junto a ella. Luego extendí la mano —que me temblaba ligeramente por la emoción—, le toqué el cabello y se lo aparté de la cara. Las cicatrices ya no parecían tan ásperas. Si el señor Halloran las había suavizado con pinceladas delicadas, la muerte había obtenido el mismo resultado con la fría caricia de su esquelética mano. Ella volvía a estar hermosa. Pero parecía triste. Y perdida.

Deslicé los dedos sobre su rostro y, casi sin pensar, la levanté. Pesaba más de lo que imaginaba. Y ahora que la había tocado, descubrí que no podía soltarla. No podía dejarla allí tirada entre las herrumbrosas hojas otoñales. La muerte no solo le había devuelto la belleza, sino que la había hecho especial. Y yo era el único que podía verla. El único que podía aferrarse a ella.

Con un cuidado reverencial, le quité algunas hojas y la metí en la mochila. Allí estaría seca y calentita, y no tendría que mirar directamente al sol. Tampoco quería que contemplara la oscuridad, ni que los trozos de tiza se le metieran en los ojos. Así que metí la mano y le cerré los párpados.

Antes de salir del bosque, saqué una tiza y dibujé indicaciones que conducían a su cuerpo, para que la policía la encontrara. Para que el resto de ella no permaneciera perdido mucho tiempo.

Nadie me dirigió la palabra ni me abordó durante el trayecto de regreso. Tal vez, si alguien lo hubiera hecho, yo lo habría confesado todo. Sin embargo, llegué a casa sin incidentes, entré con la bolsa que contenía mi valiosa nueva posesión y la escondí bajo las tablas del suelo.

Por supuesto, esto me planteaba un problema. Sabía que debía informar de inmediato a la policía sobre el paradero del cuerpo. Pero ¿y si me preguntaban dónde estaba la cabeza?

No se me daba bien mentir. ¿Y si adivinaban que me la había llevado yo? ¿Y si me metían en prisión?

Así que se me ocurrió una idea. Cogí mi caja de tizas y me puse a dibujar hombres de tiza. Para Hoppo, para Gav el Gordo, para Mickey. Pero intercambié los colores para embrollar las cosas. Para que nadie supiera quién los había dibujado en realidad.

También tracé un muñeco junto a mi casa y aparenté —incluso para mis adentros— que me había despertado y lo había descubierto. Luego fui pedaleando a la zona de juegos.

Mickey ya estaba allí. Los otros fueron llegando. Tal como yo había previsto.

Levanto la tapa del recipiente y echo un vistazo dentro. Las cuencas vacías me devuelven la mirada. Unas pocas hebras de pelo quebradizo, fino como el algodón de azúcar, se han quedado pegadas al cráneo amarillento. Si se observa con detenimiento, se alcanzan a distinguir los surcos que el metal de la Ola le abrió en los pómulos al rasgar la piel.

Ella no ha permanecido aquí durante todos estos años. Después de unas semanas, el olor en mi habitación resultaba insoportable. Los cuartos de los adolescentes suelen oler mal, pero no tanto. Excavé un agujero en el extremo más alejado de nuestro jardín y la guardé allí durante varios meses. Pero volví a llevármela a mi habitación. Para tenerla cerca. Para tenerla a salvo.

Alargo la mano para tocarla una vez más. Luego echo una ojeada a mi reloj. De mala gana, cierro la tapa, introduzco el recipiente en la mochila y bajo las escaleras.

Meto la mochila en el maletero del coche y la tapo con varias chaquetas y otras bolsas. Dudo que la policía me pare y me interrogue sobre lo que llevo, pero nunca se sabe. Podría producirse una situación incómoda.

Me dispongo a sentarme al volante cuando me acuerdo de las llaves de casa. El agente inmobiliario tiene un juego, pero yo había pensado dejarles las mías a los nuevos propietarios antes de marcharme. Cruzo de nuevo el camino de acceso con la grava crujiendo bajo mis pies, me detengo ante la puerta, saco las llaves y las introduzco en la ranura del...

Me quedo pensando. La ranura del... ¿?

Trato de atrapar la palabra, pero cuanto más lo intento, más deprisa se me escurre entre los dedos y se me escapa. La ranura del... ¿? La ranura del puñetero... ¿?

Me viene a la cabeza la imagen de mi padre, contemplando el pomo de la puerta, incapaz de dar con esa palabra obvia pero escurridiza, con el rostro crispado en un gesto de frustración y desconcierto. «Piensa, Ed. Piensa.»

Y entonces me acuerdo. El bu...zón. Eso es: el buzón.

Sacudo la cabeza. Qué tonto he sido. Me he dejado llevar por el pánico, eso es todo. Simplemente estoy cansado y estresado por la mudanza. Todo va bien. Yo no soy mi padre.

Empujo las llaves por la ranura, las oigo caer al otro lado de la puerta con un golpe seco, vuelvo sobre mis pasos y subo al coche.

La ranura del buzón. Por supuesto.

Arranco el motor y me pongo en marcha... hacia Manchester y hacia mi futuro.

Agradecimientos

En primer lugar, gracias a vosotros, los lectores, por leer. Por comprar este libro con el dinero que tanto os cuesta ganar, por sacarlo de una biblioteca o pedírselo prestado a un amigo. Sea cual sea el camino por el que habéis llegado hasta aquí, gracias. Os estaré eternamente agradecida.

Gracias a mi estupenda agente Madeleine Milburn por rescatar mi novela de la pila de manuscritos no solicitados y descubrir su potencial. La mejor... agente... del mundo. Gracias también a Hayley Steed, Therese Coen, Anna Hogarty y Giles Milburn por sus esfuerzos y experiencia. Sois una panda fantástica.

Gracias a la maravillosa Maxine Hitchcock, de MJ Books, por nuestras conversaciones sobre caquitas de bebé y por ser una editora con ideas tan estimulantes y profundas. Gracias a Nathan Roberson, de Crown US, por lo mismo (salvo las conversaciones sobre caquitas de bebé). Gracias a Sarah Day por la corrección de estilo y a todo el equipo de Penguin Random House por su apoyo.

¡Gracias al personal de todas y cada una de las editoriales del mundo que han decidido publicar mi libro! ¡Espero conoceros a todos en persona algún día!

Gracias, por supuesto, a mi sufrido compañero Neil, por su amor, su apoyo y todas las tardes que se pasó conversando con la parte de atrás de un ordenador portátil. Gracias a Pat y Tim por tantas cosas, y a mamá y papá... por todo.

Ya casi acabo, lo prometo...

Gracias a Carl, por escuchar mis incesantes parloteos sobre mis aspiraciones de escritora cuando me dedicaba a pasear perros. ¡Y por todas esas zanahorias!

Por último, gracias a Claire y Matt por comprarle a nuestra pequeña un regalo tan genial por su segundo cumpleaños: un cubo de tizas de colores.

Mirad lo que habéis hecho.

megustaleer

Descubre tu próxima lectura

Apúntate y recibirás recomendaciones de lecturas personalizadas.

www.megustaleer.club

megustaleerES   @megustaleer   @megustaleer